La furia del amor

Johanna Lindsey

La furia del amor

Traducción de Núria Pujol

CÍRCULO de LECTORES

1

Inglaterra, 1214

Walter de Roghton estaba sentado en la antesala de la cámara del rey, donde le habían dejado esperando. Todavía tenía esperanzas de obtener la audiencia que le habían prometido pero, a medida que los minutos iban convirtiéndose en horas y seguían sin llamarle ante la presencia real, cada vez se hacía más dudoso que pudiera ser esa noche. Allí se habían congregado también otros lores, otros optimistas como él, que querían obtener algo del rey Juan. Walter era el único que no parecía nervioso. Y sin embargo lo estaba, sólo que conseguía ocultarlo mejor que los demás.

Lo cierto es que tenía motivos para estar nervioso. Juan Plantagenet era uno de los reyes más odiados de la Cristiandad, uno de los más traidores y falsos. Un rey que no pestañeaba a la hora de colgar a niños inocentes para coaccionar a sus enemigos. Como escarmiento no había funcionado, pero como atrocidad había conseguido que los barones de Juan se volvieran aún más contra él, temerosos y disgustados.

Ése era el rey que había intentado arrebatarle la corona a su hermano en dos ocasiones, Ricardo Corazón de León, y en ambas se le había perdonado la traición gracias a la intervención de su madre. Cuando, tras la muerte de Ricardo, la corona pasó a ser suya, mandó asesinar al otro pretendiente a ella, su joven sobrino Arthur y que encarcelaran a la hermana de éste, Eleonor, durante más de la mitad de su vida.

Algunos se compadecían de Juan por haber sido el menor de los cuatro hijos del rey Enrique. Después de haber dividido su reino entre sus hermanos mayores, no había quedado nada para Juan. Por eso le apodaban Juan sin Tierra. Sin embargo, el hombre que se había convertido en rey no despertaba mucha compasión. No había por qué apiadarse de alguien que había logrado la excomunión de su país durante varios años por su guerra contra la Iglesia, una proscripción recientemente levantada. Desde luego había muchos motivos para odiar a ese rey, y para temerlo.

Walter se estaba poniendo nervioso pensando en las fechorías de Juan, aunque seguía apareciendo tranquilo a los ojos de los demás. Se preguntó por enésima vez si merecía la pena. ¿Qué pasaría si el plan que iba a proponerle fracasaba?

Lo cierto era que Walter podía vivir el resto de sus días sin aparecer siquiera ante el rey. Después de todo, era un barón menor, no tenía necesidad de frecuentar la corte real. Pero ése era el problema:

él no era importante... pero lograría que eso cambiara.

Las cosas podían haber cambiado unos años antes, cuando descubrió a la soltera adinerada perfecta y la cortejó diligentemente, con el resultado de que se la robó un lord con un título más importante que el suyo. La mujer que hubiera debido ser su esposa, lady Anne de Lydshire, le hubiera aportado riqueza y poder con las tierras de su dote. Pero, contrariando sus planes, la habían desposado con Guy de Thorpe, conde de Shefford, con lo cual las posesiones de De Thorpe se duplicaron y la familia de Guy pasó a ser una de las más poderosas de Inglaterra.

La mujer con la que finalmente se había casado Walter resultó una mala elección, y no hizo más que añadir sal a las heridas de su resentimiento. Las propiedades que había aportado a su fortuna habían sido aceptables para la época pero, desgraciadamente, se hallaban en La Marche y, por consiguiente, las perdió cuando Juan fue despojado de la mayoría de sus posesiones francesas. Walter podía haber conservado las tierras si hubiera estado dispuesto a jurarle lealtad al rey francés, pero entonces hubiera perdido su torre del homenaje en Inglaterra. Además, sus propiedades en Inglaterra eran mayores.

Por otra parte, su esposa no le había dado hijos, sólo una hija. Una inútil, eso era esa mujer. Con todo, su hija Claire finalmente podía serle de utilidad ahora que había alcanzado la edad casadera de los doce años.

Por todo ello la visita de Walter al rey Juan cumplía dos objetivos: vengarse por el desaire de que había sido objeto antaño, cuando le desestimaron como pretendiente de Anne, y arrebatarle finalmente las propiedades, a ella y a Shefford, casando a Claire con el único hijo y heredero de éste.

Era un plan brillante y bien pensado. Circulaban rumores de que muy pronto Juan iba a intentar apoderarse de las tierras angevinas que había perdido tiempo atrás. Y Walter tenía una zanahoria que blandir ante la nariz de Juan, si es que le daban la oportunidad de exponerle su plan.

Finalmente se abrió la puerta de la cámara y Chester, uno de los pocos condes en los que Juan aún confiaba plenamente, hizo pasar a Walter. Se apresuró a arrodillarse antes de que el rey le hiciera un impaciente ademán con la mano para que se aproximara.

No estaban solos, como Walter había esperado. Estaba presente la esposa de Juan, Isabelle, y una de sus damas de honor. Walter nunca había visto a la reina de tan cerca, y se quedó aturdido mirándola con temor reverencial. Los rumores que circulaban acerca de ella eran ciertos: quizá no era la mujer más bella del mundo, pero sí la más bella de Inglaterra.

Juan le doblaba con creces la edad, se había casado con Isabelle cuando ésta sólo contaba doce años. Y, aunque ya era una edad casadera, la mayoría de los nobles que tomaban esposas tan jóvenes optaban por esperar unos años antes de consumar el matrimonio. No así Juan, porque Isabelle era muy madura para su edad y demasiado bella para que un hombre, cuyas correrías putañeras antes del matrimonio habían sido notorias, pudiera refrenarse.

No tan alto como su hermano Ricardo, pero apuesto aún a los cuarenta y seis años, Juan era moreno, con su cabellera negra salpicada ahora de canas, los ojos verdes de su padre y una complexión algo rechoncha.

Juan sonrió con indulgencia cuando advirtió la mirada de Walter y su incredulidad, una reacción a la que estaba acostumbrado y que le complacía profundamente. Se enorgullecía de la belleza de su joven esposa. Sin embargo, su sonrisa fue breve: la hora era tardía y no reconocía a Walter. Su edecán sólo le había dicho que uno de sus barones tenía noticias urgentes que comunicarle.

Así que su pregunta fue escueta y tajante:

—¿Te conozco?

Walter se ruborizó al tomar conciencia de que se había distraído de su propósito, aunque fuera momentáneamente.

—No, majestad, nunca nos habíamos visto, acudo muy raramente a la corte. Soy Walter de Roghton. Administro una pequeña torre del homenaje del conde de Pembroke.

—Entonces, tal vez hubiera debido transmitirme tus noticias el mismo Pembroke…

—No son de naturaleza que pueda confiarse a otros, milord, ni tampoco son exactamente noticias

—se vio obligado a admitir Walter—. Sin embargo, no sabía de qué otra forma explicarle a vuestro edecán el motivo de mi visita.

A Juan le ofendió el tono críptico de su réplica. Él mismo era hombre de sutilezas e insinuaciones.

—No son noticias, pero es algo que debo saber. Bien, ¿y qué no puedes confiarle ni a tu señor feudal? —Juan esbozó una sonrisa—. Harás bien en no tenerme en suspenso por más tiempo.

—¿Podríamos hablar en privado? —susurró Walter, mirando de nuevo a la reina.

Juan hizo un mohín de disgusto, pero le indicó a Walter el antepecho de la ventana en el extremo opuesto de la habitación. Comentaba algunos asuntos con su adorable y joven esposa, pero había ciertas cosas que era mejor no discutir con una mujer cuya inclinación a las habladurías era conocida.

Juan llevaba una copa de vino en la mano. No le había ofrecido nada a Walter. Y su impaciencia era evidente.

Walter fue al grano en cuanto estuvieron sentados uno frente al otro en el amplio alféizar de la ventana.

—¿Estáis al corriente de los desposorios, contraídos hace años con la bendición de vuestro hermano Ricardo, entre el heredero de Shefford y la hija Crispin?

—Sí, creo haberlo oído mencionar, un emparejamiento que, absurdamente, obedecía más a la amistad que al beneficio.

—No exactamente, alteza —repuso Walter prudentemente—. Tal vez no sepáis entonces que Nigel Crispin regresó de Tierra Santa con una verdadera fortuna...

—¿Una fortuna?

Aquello suscitó el interés de Juan. Siempre había carecido de fondos para gobernar correctamente su reino, ya que Ricardo había vaciado las arcas reales con sus malditas cruzadas. Sin embargo, lo que un barón menor como Walter considerara una fortuna no parecía susceptible de ser tomado en consideración por un rey.

—¿Qué significa una fortuna para ti? —preguntó—. ¿Unos cientos de marcos y unos cuantos cálices de oro?

—No, alteza, más bien el rescate de un rey multiplicado varias veces.

Juan movió los pies, incrédulo. Cualquier rescate real que se mencionara en esos días sólo podía referirse al que habían pedido a cambio de su hermano Ricardo cuando uno de sus enemigos lo había hecho prisionero en su vuelta a casa desde Tierra Santa.

—¿Más de cien mil marcos?

—Y fácilmente el doble, incluso —replicó Walter.

—¿Y cómo es que tú lo sabes si aún no había llegado a mis oídos?

—Entre los íntimos de lord Nigel no es ningún secreto, se conoce incluso el heroico relato de cómo obtuvo esa fortuna salvando la vida de vuestro hermano. Aunque tampoco es algo que deseara airear, y es comprensible, habiendo como hay tantos ladrones por ahí. Yo mismo lo supe accidentalmente, cuando me enteré de la parte de esa fortuna que había sido destinada a la dote de la futura esposa de Shefford.

—¿Y cuánto fue?

—Setenta y cinco mil marcos.

—¡Inaudito! —exclamó Juan.

—Aunque comprensible, dado que Crispin no es rico en tierras, mientras que Shefford sí lo es. Crispin hubiera podido poseer muchas tierras si así lo hubiera querido pero, al parecer, no es hombre dado a las ostentaciones y es feliz con su pequeño castillo y algunas posesiones insignificantes. En verdad que hay pocos que sepan lo poderoso que todas esas riquezas hacen a Crispin, y el inmenso ejército de mercenarios que podría reunir si le fuera preciso.

Juan no necesitó escuchar nada más.

—Y si esas dos familias se unen en matrimonio, bien cierto es que serán más poderosos incluso que Pembroke y Chester.

Lo que no añadió es que podían ser más poderosos aún que él mismo, máxime cuando tantos de sus barones ignoraban sus peticiones de ayuda o se rebelaban contra él, pero Walter lo entendió perfectamente.

—Entonces, ¿comprendéis la necesidad de impedir esa unión? —se aventuró a preguntar.

—Lo que comprendo es que Guy de Thorpe nunca me ha negado ayuda cuando se la he solicitado, ha apoyado mis guerras con constancia, en ocasiones incluso ha mandado a su hijo y a su bien abastecido ejército de caballeros para engrosar mis filas. Lo que comprendo es que Nigel Crispin, quien hasta ahora prácticamente no poseía tierras, deberá pagar los impuestos correspondientes. Lo que comprendo es que si prohíbo forzosamente esta unión, entonces esos dos amigos —y pronunció esa palabra con una buena dosis de fastidio— tendrán motivos para unirse de todos modos, pero contra mí.

—Pero ¿y si algo o alguien que no fuerais vos impidiera esa unión? —preguntó maliciosamente Walter.

Juan prorrumpió en una carcajada y atrajo una mirada breve y curiosa de su esposa desde el otro lado de la sala.

—Pues que yo no padecería el menor remordimiento.

Walter sonrió serenamente, porque eso es lo que había supuesto.

—Aún sería más beneficioso, alteza, que cuando Shefford busque una nueva prometida le sugierais una con títulos de propiedad al otro lado del Canal. Es sabido que os manda caballeros para vuestras guerras en Inglaterra y en Gales, pero os manda tropas de escuderos a las guerras francesas, porque ahí no tiene intereses personales que defender. Sin embargo, si la esposa de su hijo tuviera títulos ahí, pongamos en La Marche, se interesaría personalmente en que el conde de La Marche no os molestara más. Y la ayuda que trescientos caballeros puedan prestaros será más valiosa que la de mil mercenarios a los que se paga con dinero, en eso estaréis de acuerdo.

Juan le respondió con una sonrisa, porque lo que estaba diciendo era cierto. Un caballero leal y bien adiestrado era más útil que media docena de mercenarios. Y trescientos caballeros bien adiestrados, que eran los que Shefford podía reunir, podían significar la diferencia entre ganar o perder una buena batalla.

—Supongo que tú tienes esa hija con tierras en La Marche. ¿Me equivoco? —preguntó Juan, a modo de mera formalidad.

Pero ya suponía la respuesta.

—Efectivamente, milord.

—Luego no veo motivo alguno para no recomendársela, si es que el cachorro de Shefford busca otra candidata.

No era exactamente una promesa, aunque por aquel entonces el rey Juan no tenía fama de mantener sus promesas. No obstante, Walter estaba satisfecho.

2

Ya conocéis mis sentimientos al respecto, padre. Resultaría censurable que nombrara a varias herederas susceptibles de convertirse en mi esposa, hay un par que incluso me gustarían y, sin embargo, vos me conmináis a escoger a la hija de vuestro amigo que sólo nos aportará monedas que no necesitamos.

Guy de Thorpe contempló a su hijo y suspiró. Wulfric había nacido cuando ya llevaba muchos años casado, cuando ya había perdido la esperanza de tener un hijo. Sus dos hijas mayores se casaron incluso antes de que éste naciera. Guy tenía nietos mayores que su propio hijo. Siendo su único hijo —al menos su único hijo legítimo— Guy no hallaba defecto alguno en él; no le daba más que motivos de orgullo, excepto por su testarudez y, con ella, su propensión a discutir con su padre.

Como Guy, Wulfric era un hombre alto, con la musculatura templada por el adiestramiento en las artes de la guerra. También tenían ambos el pelo negro y los ojos azules del padre de Guy, pese a que los de éste eran de un azul más pálido, mientras que los de Wulfric tenían un matiz más oscuro, y la espesa cabellera de Guy era ahora más grisácea que negra. La mandíbula cuadrada y resuelta del joven era más de Anne, y esa nariz recta y patricia también procedía de la familia materna. No obstante, Wulfric se parecía más a Guy, aunque era más apuesto; al menos las damas lo consideraban más digno objeto de sus miradas.

—¿Por eso has participado en todas las guerras habidas y por haber desde que la chica ha cumplido la edad, Wulf? ¿Para evitar la boda con ella?

Wulfric tenía el don de ruborizarse, y eso hizo. Sin embargo, se defendió.

—La vez que la vi hizo que su halcón me atacara, todavía tengo la cicatriz.

Guy pareció asombrado.

—¿Por eso te has negado siempre a acompañarme al castillo de Dunburh? Vaya, Wulf, pero si sólo era una niña. No me dirás que le guardas rencor a una niña...

Wulfric se sonrojó más, pero no por pudor sino de ira.

—Era una auténtica fiera, padre. Ciertamente, se comportaba más como un chico que como una niña, retadora, blasfema y capaz de atacar a todo aquel que osara contradecirla. Pero no, no es por eso que no la quiero. Quiero a Agnes de York.

—¿Por qué?

Wulfric vaciló ante la inesperada pregunta.

—¿Por qué?

—Sí, ¿por qué? ¿La amas acaso?

—Sé que me gustaría verla en mi cama, pero ¿amarla? No, creo que no.

Guy soltó una risita, aliviado.

—La lujuria no tiene nada de malo. Es una emoción sana, si dejas a un lado lo que los piadosos curas dicen al respecto. Un hombre puede considerarse afortunado si la halla en el matrimonio, y aún más afortunado si también encuentra amor. Pero tú sabes tan bien como yo que ninguna de esas cosas son requisito para el matrimonio.

—Pues entonces es que soy peculiar por preferir codiciar a mi mujer que a las fulanas que la sirven —sostuvo Wulfric resueltamente.

Ahora le tocó a Guy ruborizarse. Que no amaba a Anne, su mujer, no era un secreto para nadie. Le tenía cariño y le inspiraba mucho respeto, incluso el de mantener a sus amantes alejadas de los dominios de ella. A diferencia de su amigo Nigel, que había amado profundamente a su esposa, y que hasta la fecha seguía lamentándose de haberla perdido, Guy jamás había conocido esa emoción con mujer alguna. Ni siquiera pensaba que se hubiera perdido nada. No obstante, la lujuria... Había tenido varias amantes a lo largo de esos años, demasiadas para contarlas, y, si Anne no había oído hablar de ellas, con toda seguridad su hijo sí.

Sin embargo, no había reprobación en los ojos de Wulfric. Frecuentaba los prostíbulos desde que era un adolescente, de modo que no era quién para arrojar la primera piedra. Por consiguiente, Guy no veía la necesidad de explicarle los pormenores de cómo se satisface la lujuria, ya sea dentro o fuera del matrimonio. Lo que un hombre desea raramente es lo que le sirven en bandeja. Pero así es la vida.

En cambio, lo que dijo fue:

—No voy a crearle dificultades a nuestra familia solicitando la anulación del contrato de esponsales. Sabes bien que Nigel Crispin es mi mejor amigo. También sabes que me salvó la vida, cuando se me cayó el caballo encima, aprisionándome, y yo no podía zafarme a pesar de que tenía una cimitarra sarracena a pocos centímetros de mi cabeza. No podía hacer nada para recompensarle por ello, ni él lo hubiera aceptado tampoco. Fue por gratitud que le ofrecí lo más preciado para mí, tú, a quien no engendró más que hijas. La unión de nuestras familias era secundaria. Él sólo podía aportar un pequeño capital a nuestra unión, al menos entonces.

—¿Entonces? ¿Queréis decir que ahora es importante? —replicó Wulfric, burlón.

Guy suspiró de nuevo.

—Si el rey solicitara sólo los cuarenta días de servicio que se le deben, no sería importante, pero pide más. Si le hubieras dado sólo los cuarenta días que se le debían no sería importante, pero le diste más. Incluso ahora, acabas de regresar del combate y ya mencionas que quieres cruzar el Canal con el rey en su próxima campaña. Creo que ya está bien, Wulf. No podemos seguir sosteniendo a nuestra gente y al ejército del rey a la vez.

—No me habíais dicho que estábamos apurados —dijo Wulfric casi acusándole.

—No quería preocuparte, estabas lejos, luchando en las guerras de Juan. Y no estamos apurados, pero la situación es molesta. En estos últimos diez años han ocurrido demasiadas cosas que han mermado nuestras reservas. La visita que el rey nos hizo el año pasado, con toda su corte, nos perjudicó bastante, aunque era de esperar, sucede lo mismo dondequiera que vaya, por eso no puede quedarse nunca mucho tiempo en el mismo sitio. Las campañas de Gales aún nos perjudicaron más, los hombres tenían graves dificultades para encontrar una granja donde abastecerse, y los galeses se escondían en las montañas…

Guy no añadió más al recuento. La expresión de Wulfric se había vuelto amarga al recordar lo fútil que resultaba luchar contra los galeses. No se enfrentaban a los ejércitos en los campos de batalla sino que los diezmaban acechándolos en emboscadas. Wulfric había perdido a muchos de sus hombres en Gales.

—Lo que estoy diciendo, Wulf, es que lo que tu esposa nos aportará...

Wulfric terció, testarudo, y le cortó en seco.

—Todavía no es mi esposa.

Y Guy prosiguió como si no le hubiera oído, aunque añadió con mayor énfasis:

—Tu *esposa* nos aportará lo que necesitamos precisamente ahora. Contamos con alianzas poderosas. Tus cinco hermanas están muy bien situadas. Tenemos muchas tierras, y cuando estés casado podremos comprar más, si es preciso podremos edificar más castillos, hacer mejoras... Entiéndelo, Wulf, traerá una fortuna, y con eso no se bromea, la necesites o no. —Guy tomó un largo sorbo de vino antes de abordar lo peor—. Además, la has tenido demasiado tiempo esperando y rechazarla ahora supondría un insulto grave, ya ha superado con mucho la edad casadera, por mor de tus demoras. En fin, ya está dicho. Ha llegado la hora de que vayas por ella y hagas lo que tienes que hacer. Dentro de una semana partirás hacia Dunburh.

—¿Es una orden? —repuso Wulfric fríamente.

—Si es preciso, que lo sea. No voy a incumplir el contrato, Wulf. Ahora ya es demasiado tarde, tiene dieciocho años. ¿Serías capaz de avergonzarme?

Wulfric sólo fue capaz de replicar, aunque airado:

—Está bien. Me casaré con ella. Pero que llegue a vivir con ella está por verse.

Y, con eso, salió ofendido de la sala. Guy le miró marcharse, y luego se quedó contemplando el fuego en el gran hogar. Era tarde. Había esperado a que Anne y sus doncellas se marcharan de la sala para hablar a solas con Wulfric. Tal vez hubiera debido reclamar el apoyo de Anne.

Wulfric jamás discutía con su madre, no tanto como con su padre, en cualquier caso. En realidad, más parecía que le gustara ceder a los deseos de su madre, tanto la quería. Y Anne todavía estaba más ansiosa que Guy por que se celebrara el matrimonio. Era ella la que le había instado a hablar con Wulfric antes de que éste encontrara otra guerra a la que sumarse. Sin duda, movida por su deseo de ver cómo se volvían a llenar sus arcas. Aunque, al menos, hubiera podido lograr el consentimiento de su hijo, sin reparar en lo mucho que él odiaba esa perspectiva.

Guy suspiró de nuevo y se preguntó hasta qué punto le estaba haciendo un favor a la hija de Nigel obligando a su hijo a casarse con ella.

3

El viaje hasta Dunburh duraba una jornada y media, incluso acompañado de una veintena de hombres armados y algunos caballeros. No los llevaba para su protección personal, sino porque tendrían que escoltar a una dama y su comitiva de sirvientes en el camino de vuelta. Y en el reino de Juan abundaban los malhechores.

Algunos de los propios barones de Juan, exiliados de sus tierras, habían emprendido su guerra particular en los caminos, atacando a los que aún gozaban del favor real. De modo que, aunque Guy no hubiera insistido en que se tomaran esas precauciones, Wulfric lo hubiera hecho de todos modos. No iba a permitir que su padre le acusara de negligente por haber perdido a su futura esposa durante el camino, por más que a él quizá le apeteciera.

La futura esposa... El mero recuerdo de esa escuálida diablilla le obligó a ahogar un gruñido. Su medio hermano le miró alzando una ceja.

Acababan de levantar el campamento del segundo día, emprendían de nuevo el camino e iban a buen ritmo. Con tantos hombres a los que alojar, lo cual suponía de por sí una proeza, juzgó que lo más adecuado sería acampar junto al camino. Sin embargo, tendría que pensar en esos alojamientos para el camino de vuelta, porque ella parecía de las que reclaman una cama para dormir.

—¿Todavía no te has hecho a la idea de este matrimonio? —le preguntó Raimund mientras cabalgaban uno junto a otro.

—No, y me da la sensación de que no lo lograré jamás —admitió Wulfric—. Es como si me compraran con dinero, y ése es un sentimiento horroroso lo mires como lo mires.

Raimund bufó.

—Entonces ¿fue nuestro padre el que hizo la oferta, no el de ella? Si hubiera sido al contrario, podría estar de acuerdo. Pero siendo así...

—¡Bah, no quiero hablar de ello!

—No, ahora es mejor que lo pienses, dentro de poco vas a tener que tratar con ella directamente —apuntó con prudencia Raimund—. ¿Qué es lo que tanto te humilla de esta boda, Wulf?

Wulfric suspiró.

—Cuando era una niña no hallé nada en ella que me gustara y sí mucho que me disgustó. No albergo muchas esperanzas de que estos años la hayan cambiado. Me temo que voy a odiar a mi mujer.

—Bueno, debo decir que no vas a ser el primero al que le ocurra —dijo Raimund chasqueando la lengua—. Si querías contraer un matrimonio plácido, tenías que haberte fijado en los villanos. Ellos sí pueden escoger a sus parejas. Los nobles no pueden permitirse ese lujo.

Había una satisfacción tan maliciosa en esas palabras que Wulfric le pegó un leve puñetazo a su hermano, que soltó una carcajada.

—No tienes por qué recordarme que tú sí escogiste esposa, y que la quieres mucho —gruñó Wulfric—. Y tú no eres ningún villano —añadió.

Raimund le sonrió afectuosamente, ya que no eran muchos los que reivindicarían su nobleza con la convicción con que lo hacía Wulfric. La madre de Raimund sí era una villana y le puso en la situación poco envidiable de que no le aceptaran ni entre los nobles ni entre los villanos. Raimund había sido más afortunado que la mayoría de los bastardos, porque Guy le había reconocido e incluso le había acogido en su familia y le había adiestrado como a un caballero. Cuando le hubo armado caballero, además, le concedió una pequeña propiedad que podía considerar suya.

Gracias a esa propiedad había podido casarse con la mujer que escogió para ser su esposa, la hija de sir Richard, Eloise. Richard era un caballero sin tierra al servicio del mismo Guy, de modo que no esperaba tener la oportunidad de encontrar a un hombre con pudientes para casarlo con su única hija, por lo que accedió encantado a la propuesta de Raimund. No, Raimund no envidiaba a su hermano por ser el único hijo legítimo del conde. Él llevaba una vida sencilla y le gustaba así. La vida de Wulfric sería siempre mucho más complicada que la suya.

—¿Cuánto tiempo ha pasado desde que la conociste? —preguntó Raimund.

—Casi una docena de años.

Raimund puso los ojos en blanco.

—Por los clavos de Cristo, Wulf, ¿y dices que no crees que haya cambiado en todo este tiempo? ¿Que no le habrán enseñado una conducta adecuada a su propio rango? Verás como incluso te pedirá disculpas por lo que fuera que causara tu disgusto. Por cierto, ¿qué lo provocó?

—Ella tenía seis años y yo trece, y yo sabía muy bien quién sería ella para mí, aunque ella no lo supiera. La busqué para conocerla y la encontré en las caballerizas de Dunburh con dos mozalbetes de su misma edad. Ella les estaba enseñando un halcón gerifalte enorme, diciendo que era suyo. Incluso llevaba el pájaro posado en su brazo. Maldita sea, ¡pero si era casi igual de grande que ella!

Mientras le estaba contando la historia, evocó claramente el día en que conoció a su prometida. Iba desaseada, parecía haberse revolcado por la inmundicia y llevaba tiznado su descarado rostro. Sus piernas, largas para su estatura, se asomaban descocadas, ya que no iba vestida como debiera, sino que llevaba unas mallas con jarreteras cruzadas y una túnica vasta muy parecida a la que llevaban los chicos que estaban con ella.

En realidad, había tenido dificultades para discernir cuál de los tres era ella. Sin embargo, aquellos a los que había preguntado detalles acerca de ella, le habían advertido de su extraordinario atractivo. Al parecer, a los lugareños de Dunburh, que a la hija de su señor se le antojara ir por ahí vestida de esa manera les hacía una gracia inaudita.

Algunos villanos también vestían así a sus hijas, pero era porque les sobraban ropas masculinas y no podían permitirse comprar otras. Pero ¿qué mujer siendo, además, una dama, prefería vestirse de hombre pudiendo no hacerlo? Pues ella. Y con su largo pelo castaño peinado para atrás y tan sucia, Wulfric nunca hubiera imaginado cuál de los tres era ella.

Alguien la llamó por su nombre y entonces comprendió que era la que llevaba ese pájaro tan enorme apoyado en el brazo. El halcón ni siquiera llevaba el capirote puesto y su primer impulso fue protegerla. Ella no tenía ni idea de lo peligrosas que eran las aves rapaces. Además, era demasiado niña para que le permitieran siquiera aproximarse a ellas. Sin duda, se había acercado a hurtadillas en ausencia del halconero.

Entonces fue cuando la oyó fanfarronear ante sus crédulos y jóvenes amigos.

—Ahora es mío —les decía—. Sólo quiere comer de mi mano.

¿Suyo? Wulfric no pudo contener un resoplido incrédulo. El sonido le llamó la atención a ella, pero sólo despertó su curiosidad. Al fin y al cabo, era demasiado joven para comprender que él la había llamado mentirosa.

—¿Quién eres? —le espetó de pronto.

—Soy el hombre con quien te van a casar en cuanto cumplas la edad necesaria.

Él no alcanzaba a comprender qué la había ofendido de sus palabras, que no eran más que la verdad, pero la enfadaron mucho. La llamarada que cruzó sus ojos verdes y los llenó de destellos incandescentes expresó la rabia que se había apoderado de ella.

—Luego montó en cólera y me llamó mentiroso a mí y media docena de insultos más que jamás había escuchado —le contó a Raimund—. Después me ordenó, sí, me ordenó, que me apartara de su vista.

Raimund intentó contener la risa, pero lo consiguió a duras penas.

—Vaya, ¿y todo eso una cría tan pequeña?

—Una diablilla tan pequeña, sí —replicó Wulfric—. Cuando vio que no me iba (la verdad es que estaba tan atónito que no podía ni moverme), sus ojos se convirtieron en dos pequeñas rendijas y levantó el brazo así, lo suficiente para que el halcón se lanzara contra mí. Levanté la mano para protegerme, pero su pico me atrapó dos dedos y no había forma de que los soltara.

Raimund soltó un débil silbido.

—Tuviste suerte de que no te arrancara un dedo.

—Cuando por fin conseguí quitármelo de encima y lanzarlo contra la pared, tenía una herida lo bastante grande para dejarme una cicatriz. No sé si maté al pajarraco, pero esa pequeña bruja seguro que pensó que sí, porque la emprendió a puñetazos conmigo. Ya sabes que yo era muy alto para mi edad, y ella apenas me llegaba a la cintura. Pero me mordió y, cuando el dolor me hizo aullar, uno de sus golpes acertó donde yo no hubiera querido y caí de rodillas.

Raimund sonrió burlón.

—Bueno, como me consta que has dejado una larga retahíla de prostitutas satisfechas desde entonces, colijo que la herida no fue grave.

Wulfric le dirigió una mirada fulminante.

—No tiene gracia, hermano. A mí me dolía y ella no paraba de pegarme. Además, como había quedado a su altura, sus puñetazos llovían sobre mi cabeza. A punto estuvo de dañarme un ojo. Me dejó la cara llena de moretones.

Fue incluso peor que eso, pero no le gustaba admitirlo. Se retorcía de dolor por el golpe que le había asestado en la ingle y la herida de su mano sangraba. Pero ella le aporreaba con tal velocidad, como un torbellino, que no conseguía cogerle las manos ni mantenerla apartada para conseguir reponerse, porque era una chiquilla endiabladamente escurridiza.

Debería haberle dado la azotaina que merecía, pero jamás había pegado a un niño ni a nadie que fuera tan pequeño, y mucho menos una mujer. Sin embargo, en su intento de no hacerle daño a ella, se había lastimado aún más a sí mismo. Al final la había apartado de un fuerte empujón, y había huido dando traspiés.

Afortunadamente, no había vuelto a verla. Se había cuidado bien de ello. Le ocultó la herida a su padre, pero pergeñó una excusa para regresar a casa de lord Edward, quien le había criado desde que tenía siete años y donde había conocido a su hermano y había trabado amistad con él, al que también habían puesto bajo la tutela de Edward Fitzallen. A partir de ese día, se había asegurado de ausentarse del castillo de Shefford cada vez que esperaban la visita de Nigel y su familia, y jamás había vuelto a acompañar a su padre a Dunburh.

—Debes tener en cuenta —observó Raimund, conciliador— que habrá cambiado, que alguien debe de haberle enseñado a comportarse como una dama.

—Sí, lo sé. Supongo que no volverá a darme de puñetazos, no se atreverá. Pero ¿cómo se le enseña a una muchacha a no ser una arpía cuando ha nacido arpía?

—Tal vez con palabras dulces y no dándole motivos para ser una arpía.

Wulfric bufó.

—No me refería a cómo enseñarle sino cómo podría alguien así aprender. Lo dudo seriamente. Puede que ahora parezca una dama, de acuerdo, pero me temo que seguirá siendo la misma diabla. Y la primera vez que me mire con esos ojos verdes de gata entrecerrados...

—¿Qué harás?

Wulfric suspiró.

—Darme por enterado.

4

Si no recuerdo mal, deberíamos llegar al castillo de Dunburh dentro de una hora —observó Wulfric contemplando el paisaje—. Está detrás de este otero. Si atajamos por el bosque, avanzaremos más rápido, porque el camino serpentea a medida que va acercándose a Dunburh.

Había un sendero despejado que cruzaba el bosque y por el que, sin duda, otros habían pasado antes que ellos. En esa época del año, los árboles estaban despojados de hojas que ocultaran la visión, de modo que, aunque la vegetación era frondosa, podían ver a los demás y distinguir una pradera cercana y, allá a lo lejos, un pueblecito.

—Lleva doce años evitando este lugar pero de pronto le ha entrado prisa por llegar —bromeó Raimund.

—Prisa por acercarme a un fuego reconfortante —replicó con una mirada furibunda.

Raimund ignoró su mirada, pero coincidió en que celebraría estar junto al fuego. El cielo estaba despejado, pero a partir del mediodía la temperatura había bajado notablemente. Podían utilizar el fuego de alguna granja, o hacer un poco de ejercicio.

—¿Qué te parece si seguimos por el camino y hacemos la última legua corriendo? —sugirió Raimund.

Wulfric se limitó a poner los ojos en blanco.

—La manera más rápida de hacerse con un castillo cerrado es correr hacia él, si no saben quién eres. No, eso no nos llevará antes junto al fuego. Cortaremos por el bosque y llegaremos por atrás, a través de su pueblo.

No aguardó más sugerencias, e inició el ascenso del estrecho sendero. Pronto llegaron al prado y de ahí al pueblo, que bordearon para no alarmar a los lugareños. Precaución un tanto inútil porque la mayoría estaba en sus casas, la mañana era fría y en esa época del año no había tareas que atender en el campo.

El castillo aún quedaba retirado, del otro lado de un bosque llano, aunque sus torres despuntaban por encima de las copas de los árboles. El follaje era ahí más espeso, la mayoría arbustos de hojas mustias, aunque también había abundancia de pinos que impedían la vista del castillo.

Cuando habían recorrido la mitad del trayecto que separaba el pueblo del castillo, escucharon el sonido característico de armas entrechocando. Ese sonido dibujaba siempre una sonrisa en los labios de Wulfric. Era un guerrero, se había pasado la mayor parte de su vida formándose para eso, era un maestro en las artes de la guerra y le gustaba poner en práctica sus conocimientos. Raimund compartía el mismo sentir, y se sonrieron antes de espolonear a sus caballos para avanzar la siguiente curva del camino.

Les sorprendió toparse con una escaramuza. Al principio creyeron que estaban practicando, pero no hubiera habido tanta gente, ni tampoco una mujer.

Había cuatro hombres a caballo, y unos siete a pie, contando la mujer, y llevaban todos gruesas capas de invierno. Era difícil saber quiénes eran los de Dunburh y quiénes los agresores. Por eso Wulfric no pudo cargar contra ellos y empezar a matar indiscriminadamente.

Detuvo a sus hombres pero nadie se había dado cuenta de su presencia, de modo que tuvo que gritar:

—¿Quién necesita ayuda aquí?

Tuvo que gritar de nuevo, pues el choque de las espadas causaba mucho ruido. Este segundo grito llamó la atención de todos, que contemplaron absortos la veintena de jinetes que acompañaba a Wulfric, y durante un instante se hizo un profundo silencio.

Fue un momento breve, porque los cuatro jinetes huyeron a la velocidad del rayo y desaparecieron por entre los árboles de ambos lados del sendero. Tal vez fueran los de Dunburh y se dirigieran hacia el castillo, pensando que ellos habían llegado en auxilio de los agresores, pero no parecía muy probable. No, porque la mujer seguía ahí y se estaba acercando a él.

Ella hizo una reverencia que le abrió la capa y dejó un rico atavío al descubierto. O sea que era una dama, bonita además. Para entonces ya había captado toda la atención de Wulfric. Estaba aterrada, su rostro estaba apenas recuperando el color. Se le había soltado el griñón, de un pelo castaño arenoso y, cuando levantó la vista para mirarle, sus ojos eran de un verde tan brillante, que parecían cristales de olivina...

¿Ojos verdes? ¿Acaso... era ella? ¿Su prometida ofreciéndole una gratitud tan dulce y coqueta? No, seguro que no podía ser tan afortunado. No podía haber cambiado tanto y convertirse en esa preciosa mujer.

Hasta su voz era más suave:

—Vuestra llegada no ha podido ser más oportuna, señor, y os agradezco mucho que...

Pero no tuvo tiempo de acabar su frase ya que la apartó de un empujón un mozalbete que miró a Wulfric y gritó:

—¡No os quedéis ahí sentados como una panda de inútiles, corred tras ellos! ¡Hay que apresarlos!

Wulfric se puso tieso, más ofendido de lo que recordaba haber estado jamás. El osado muchacho no podía tener más de catorce años y no vestía mejor que cualquier miserable del pueblo. Ésos fueron los aspectos en los que reparó Wulfric antes de decidir desmontar con intenciones de estrangular al bribonzuelo.

No obstante, aún no se había levantado del sillín cuando oyó al rapaz gruñendo:

—Incompetentes que se llaman a sí mismos caballeros. Ofrecen ayuda, pero luego no la dan.

Wulfric continuó en la silla y avanzó con el caballo. El estúpido muchacho no tenía seso ni para apartarse, pues se quedó quieto, de pie, desafiante, como retando a Wulfric a que le atacara. Wulfric admiraba la valentía pero no la estupidez, y aquel chico tenía que estar tarado para hablarle así a un caballero montado. Ése fue el único motivo que refrenó su mano; él no pegaba a niños, ni a mujeres, ni a idiotas de escaso juicio.

—¿Hubierais preferido seguir como estabais, perdiendo la batalla? —le dijo—. Yo puse punto final al combate, nada más.

—¡Los dejasteis escapar! —le acusó el mozalbete.

—No soy un alguacil que tenga que perseguir malhechores y si dices una palabra más, me voy a comer tu lengua para cenar.

En ese momento la dama dio un paso al frente y le tendió una mano apaciguadora a Wulfric.

—Os lo ruego —le suplicó—, no más violencia.

El chico debía de ser un sirviente, dado que ella intentó protegerle. Y Wulfric estaba tan complacido de su intervención, que hubiera hecho cualquier cosa por mostrarle su deferencia.

—Como gustéis, milady. ¿Puedo devolveros a Dunburh? Ése es mi destino.

Ella asintió tímidamente, pero preguntó:

—¿Habéis venido a ver a mi padre?

Wulfric le prodigó una sonrisa radiante. Si albergaba aún alguna duda de que aquélla fuera su prometida, ella acababa de disiparla.

La aupó a la parte delantera de su cabalgadura. Pesaba tan poco como una niña y olía a rosas estivales. Vaya, era un hombre de suerte.

—En realidad estoy aquí para ver a lord Nigel, y a vos —le dijo cuando la hubo aposentado.

Ella se volvió para mirarle, con sus bellos ojos dilatados por la sorpresa.

—¿A mí?

—Tal vez hubiera debido presentarme antes. —Sonrió—. Soy Wulfric de Thorpe, y es un gran placer veros de nuevo, milady.

El grito sofocado no salió de la garganta de ella, sino de alguien que estaba en el suelo. Wulfric intentó averiguar quién se había sentido tan turbado por su identidad, pero sólo vio a aquel chico medio tonto corriendo hacia el castillo.

Frunció el entrecejo y pensó que hablaría con lord Nigel para que le diera una lección al mozalbete, cuando oyó que la dama decía:

—Pero si no nos hemos visto antes.

Wulfric sonrió para sus adentros. Magnífico. Ella no recordaba su desafortunado encuentro años atrás y, como él mismo iba a olvidarlo muy pronto, no tenía sentido recordárselo.

—Pues me he equivocado pero no importa, el placer sigue siendo mío, milady. Y estoy seguro de que desearéis informar a vuestro padre de lo aquí ocurrido, igual que yo, así que dirijámonos hacia el castillo —concluyó.

Tardaron unos minutos en llegar al trote. El escenario de la reciente escaramuza estaba lo bastante lejos del pueblo y del castillo como para que nadie oyera el batir de las armas. ¿Intencionado? Eso parecía. Wulfric pensó que ojalá hubiera mandado a sus hombres en pos de los bellacos. Después de todo, habían atacado a su prometida, aunque él no se había dado cuenta hasta que ellos ya llevaban demasiada ventaja. Sin embargo, ya fuera con intención o sin ella, nadie atacaba lo que pertenecía a Wulfric sin cargar con las consecuencias.

En cuanto llegaron al castillo, la dama se apresuró a excusarse y correr hacia el torreón. Él tenía que hablar con el senescal de Nigel acerca de cómo se iban a acuartelar sus hombres. No obstante, mandó a algunos de sus hombres a buscar huellas o rastros de los atacantes. No estaría de más ayudar a lord Nigel a prenderlos.

Dunburh no era como lo recordaba; en realidad era más grande que cuando Wulfric lo había visto por última vez. Una fortaleza realmente grande para un barón menor como Nigel Crispin, pero en aquellos tiempos pocos hombres poseían una fortuna como la de Crispin, ni siquiera los grandes condes de esas tierras.

Habían añadido un grueso muro de protección, que doblaba el tamaño del interior, aunque la vieja muralla seguía en pie, y se habían erigido muchos edificios entre las dos. La verdad es que había espacio suficiente para albergar a un ejército sin estrecheces, permitir que se entrenaran en dos explanadas de torneo e incluso que practicaran el tiro con arco en una zona contigua.

Wulfric estaba ansioso por reunirse de nuevo con su prometida y tener la oportunidad de conocerla mejor, así que se dirigió hacia el torreón en cuanto pudo. Seguía sin poder creerse su buena suerte, que ella hubiera cambiado tanto. Efectivamente, alguien se había ocupado de ella y le había enseñado a comportarse como una lady. No podía imaginar mejor esposa que ella, de voz suave, tímida y gentil.

Era mucho más hermosa que Agnes de York, su piel era más suave y su provocativo rostro subyugaba. No había despertado su lujuria como podría haberlo hecho Agnes, pero no dudaba que lo haría. En pocas palabras, ella le había sorprendido y complacido tanto que no había habido lugar para otras emociones.

Las escaleras interiores que conducían a la gran sala estaban bien iluminadas con la luz de las antorchas. La capilla también estaba arriba, en el rastrillo, y una amplia antecámara conducía hasta ellas. Otro tramo de escaleras seguía hasta la cuarta planta de la torre.

Con las prisas, Wulfric casi se dio de bruces con una figura pequeña que salía de la capilla. Tardó apenas un segundo en reconocerla y en notar cómo la cólera se apoderaba de nuevo de él. Puede que el sirviente no estuviera del todo en sus cabales —¿qué otra excusa podía tener para osar hablarle de ese modo a un caballero del reino?— pero era evidente que había evitado el castigo, lo cual le sentó muy mal a Wulfric.

Por eso dijo despectivamente:

—¿Qué? ¿Rezando para que te perdonen por tener una lengua tan suelta?

Pero el chico replicó descaradamente:

—Rezando para que te marches, aunque ya veo que mis plegarias no han sido atendidas.

Aquello era demasiado. Cualquier sirviente recibiría un par de bofetones por dirigirse con tanta insolencia a un noble del reino. Wulfric se disponía a hacer justamente eso, pero el mozo le ignoró y se dio la vuelta para entrar en la sala, obviamente acostumbrado a decir lo que le placiera sin temor a ninguna represalia.

Airado, Wulfric le siguió. Lo perseguiría hasta las cocinas, si era necesario, pero las personas que se hallaban en la sala repararon en su presencia y Nigel le llamó, obligándole a centrarse en la bienvenida de su anfitrión.

No obstante, el ver a su prometida junto a su padre disipó su enfado y se dirigió presto hacia el gran hogar para reunirse con ellos. Ésa era otra de las zonas que mostraba mejoras debidas al enriquecimiento de Nigel. Ahí no había la solitaria silla de respaldo alto que solía reservarse para el señor del castillo sino cuatro, todas forradas de espesas pieles que las hacían más cómodas, y en el centro de las cuatro una mesita baja labrada, con una bandeja con refrescos encima. También había escabeles y bancos dispuestos en lo que parecía la parte más frecuentada del castillo.

El fuego de la chimenea crepitaba débilmente, dispensando una agradable bienvenida a los que venían de fuera, aunque en el resto de la sala tampoco hacía frío. Las ventanas, a través de las que entraba luz a raudales, estaban todas provistas de caros cristales que aislaban del frío cortante. Los enormes tapices que cubrían las paredes de piedra también contribuían a crear esa atmósfera cálida.

Si bien era una sala como cualquier otra, concebida para que la mayoría de los habitantes del castillo se acomodaran en un mismo lugar, era mucho más lujosa y confortable que otras que él había visto. El mismo rey podría envidiar una cámara como aquélla, pensó Wulfric, y se preguntó si Juan la habría visitado alguna vez. Lo más probable era que no, ya que de lo contrario habría hallado razones para confiscarla.

Eso no complacía a Wulfric, que servía lealmente a un rey que, sin embargo, no le gustaba lo más mínimo. Sus sentimientos no diferían de los del resto de los nobles del país. Juan se había granjeado la simpatía de pocos y la enemistad de muchos, pero seguía siendo su rey, y los hombres de honor mantendrían los solemnes juramentos que le habían hecho, al menos hasta que no pudieran soportarlo más.

Nigel salió a su encuentro a mitad del recorrido y le llevó junto al hogar. Parecía encantado con la llegada de Wulfric.

—Mi corazón se regocija de que estés finalmente aquí, Wulfric, con motivo de la unión de nuestras familias. Tu padre me hizo saber que te dirigías hacia nuestra casa, pero no te esperábamos tan pronto. De haberlo sabido hubiera advertido a mi hija que se preparara convenientemente. Aunque veo que ya te has encontrado con ella.

Habían llegado a la chimenea, donde la mencionada dama estaba aguardándolos nerviosa. Wulfric se apresuró a tranquilizarla, dirigiéndole una cálida sonrisa y besándole una temblorosa mano.

—Sí, ya nos hemos visto, milord —le dijo a Nigel, con la mirada puesta en la dama—. Aunque no hemos sido presentados formalmente.

—Yo no soy vuestra prometida, lord Wulfric.

Al pronunciar esas palabras, la dama se ruborizó. Debió habérselo dicho antes, en el bosque, pero su timidez se lo impidió. Él era un hombre demasiado alto como para que ella se arriesgara a molestarlo; además, los hombres enfadados le causaban terror. Era evidente que él estaba confuso, y ella lo lamentaba tanto que añadió rápidamente, a modo de explicación:

—Soy su hermana, Jhone.

Ahora Nigel también parecía confundido.

—Pero sí has visto a Milisant, ¿no? Has entrado en la sala con ella.

Wulfric se volvió hacia la puerta. Había entrado con ese... chico. No, por favor, no, ése no podía ser ella. Eso significaba que no había cambiado en absoluto en todos esos años... Significaba que, después de todo, tendría que cargar con esa fierecilla, tal como había temido.

5

Ve por ella, Jhone, y cuida de que por una vez se vista adecuadamente.

Ésa fue la orden que Nigel le dio a su hija, la hija que Wulfric había creído equivocadamente que iba a ser suya. Era obvio que Milisant Crispin no iba a bajar a la sala, apropiadamente vestida o no. ¿Por una vez? ¿Significaba que esa alocada no se vestía ni comportaba jamás como la dama que se suponía que era?

Wulfric refrenó su lengua para que no se le escapara ningún insulto que ofendiera al mejor amigo de su padre, pero mantener la calma no era fácil cuando acababa de comprender que la mujer con la que estaba obligado a casarse era cualquier cosa menos femenina. Estaba furioso. ¿Cómo era posible que ese hombre permitiera que su hija mayor, nada menos que su heredera, anduviera por ahí como una salvaje?

Mientras aguardaban, Nigel intentó entretenerle con historias del rey Ricardo, al que admiraba, y de las muchas guerras en las que él había tomado parte. Era un viejo caballero curtido por más de una batalla. Cinco años más joven que el padre de Wulfric, era aún joven cuando fueron juntos a las Cruzadas. Guy estaba ya casado y tenía dos hijas cuando fueron a Tierra Santa, pero Nigel sólo dejó atrás a su esposa. No había tenido hijos hasta que regresó a Inglaterra.

Wulfric recordó vagamente que había otra hija. Nunca había prestado atención a ello, dado que no tenía interés en la otra Crispin. También sabía que la esposa de Nigel había muerto pocos años después del nacimiento de Milisant, pero que la chica no tuviera una madre que le enseñara las maneras de una dama no era excusa para que se hubiera convertido en lo que era. Otras damas morían al dar a luz y a sus hijas se las educaba adecuadamente.

Se hizo un silencio embarazoso. Los sirvientes iban y venían. A medida que se iba acercando la hora de la cena, habían instalado unas mesas de caballete. No obstante, las dos mujeres seguían sin aparecer.

Finalmente, Nigel suspiró y, aún con una sonrisa incómoda, le dijo:

—Tal vez debería hablarte de mi hija primogénita. Sabes, Milisant no es como se espera que sea una joven de su edad.

Aquello podía considerarse una descripción comprensiva, pero Wulfric respondió:

—Ya lo he comprobado.

Nigel tragó saliva.

—Nunca he comprendido por qué, pero ella ha deseado siempre ser mi hijo y no mi hija. Eso no cambia las cosas, sigue siendo mi heredera, pero ella no lo ve así. A ella lo que le gustaría es coger una espada y ser un caballero, si pudiera manejarla, claro. Monta en cólera porque no tiene la fuerza que quisiera. Pero sí consigue hacer otras cosas propias de hombres.

Wulfric casi temió preguntar, pero tenía que enterarse.

—¿Otras cosas?

—Caza, no como una dama sino como un verdadero cazador. Domina el arco, debo admitirlo, mejor que ningún hombre. Ha planificado un sistema de defensa de Dunburh por sí sola, por si fuera necesario. Y, aunque nunca lo será, ella afirma que podría defenderlo. Entabla amistad con ciertos animales a los que ella considera imposibles de cazar; en realidad, siempre ha sido capaz de domesticar a los más salvajes desde que era una niña.

Wulfric arrugó la frente al escuchar eso último. Así pues, era posible que la joven Milisant fuera realmente la dueña de aquel halcón, como ella había afirmado años atrás, y que lo hubiera adiestrado ella sola.

—Así que prefiere los quehaceres masculinos. ¿Significa eso que se burla de los pasatiempos femeninos?

—No sólo se burla, sino que se niega a tener nada que ver con ellos —dijo Nigel con otro suspiro—. Seguro que ya has notado cuáles son sus inclinaciones. No será porque yo no haya intentado que lleve la ropa que debería llevar por nacimiento. No le doy dinero para que se compre esas ropas, pero encarga que se las hagan. Comercia con los villanos para que le hagan la ropa que quiere. Si se las quito, consigue otras a cambio de carne fresca. Si también le quito ésas, se procura más. El verano que intenté meterla en vereda iba por ahí medio desnuda.

Hubiera sido una grosería preguntar cómo era posible que, sencillamente, no se le pudiera ordenar que hiciera lo que le ordenaban. Wulfric temía que le tuviera tan poco respeto a su padre que, aun así, le desobedeciera. Sin embargo, tenía derecho a saber lo peor, ¡uf!, ¿qué podía ser peor que eso?

—¿Es que no se da cuenta de que queda... ridícula, vestida de hombre?

—¿Crees que le importa? En absoluto, su apariencia le trae sin cuidado. No tiene la vanidad que cabría esperar en una mujer.

Wulfric suspiró. Aquello no tenía remedio y se vio obligado a preguntar:

—¿Cómo es posible que se haya llegado a este punto? ¿Por qué no se la enmendó hace tiempo, antes de que llegara a ser tan... poco femenina?

Como había supuesto, la pregunta causó desazón a Nigel.

—Sé lo que sospechas y, sí, fue culpa mía. Mi única excusa es que no supe que Mili se estaba comportando de un modo inadecuado hasta que fue demasiado tarde. Cuando mi esposa falleció, yo... yo perdí la razón. No atendía a nada, estaba como ausente. No sé si puedes comprender el pozo en el que me hundió el dolor de la pérdida, pero lo cierto es que recuerdo pocas cosas de los primeros años tras su muerte.

—Mi padre siempre ha dicho que la amabais muchísimo —señaló Wulfric, incómodo, ya que el aspecto de Nigel era el de alguien que se está sumiendo de nuevo en la pena.

—Sí, la amé, pero no supe cuánto hasta que la perdí. Mi hermano Albert, que Dios le bendiga, vivía con nosotros por aquel entonces. Le confié que cuidara de mis hijas, pero él también era viudo y... y como las maneras masculinas de Milisant le parecieron divertidas, no hizo esfuerzo alguno por intentar cambiarla.

—Pero decís que vos estabais aquí...

—Sí, pero raramente sobrio, muchacho —admitió Nigel—. Y a mis hijas les divertía confundirme y fingir que eran la otra. De modo que, cuando veía a Jhone, pensaba que era Milisant, y no me di cuenta de que algo iba mal hasta que era demasiado tarde. Cuando finalmente comprendí en lo que se había convertido mi hija, sus costumbres ya estaban tan arraigadas que no hubo forma de recuperarla.

—¿Que no hubo forma? —inquirió Wulfric sintiéndose de pronto más tenso.

—Milisant es toda ardor, no como su hermana Jhone, que es un tanto tímida. Tiene la fiereza y el coraje de su madre. Ése es uno de los motivos por los que he sido incapaz de tener mano dura con ella. Me temo que sabe que me recuerda mucho a su madre y se aprovecha de eso.

—No es deber de un padre moldear a sus hijas igual que hace con sus hijos y, para ser justo —señaló Wulfric—, nadie hubiera esperado que fuerais vos quien lo hiciera. ¿Es que no había aquí damas que pudieran ocuparse de ella?

Nigel sacudió la cabeza.

—Ninguna de alta alcurnia desde que falleció mi esposa. Sólo las que pertenecen a los caballeros a mi servicio, aunque ninguna ha tenido la fortaleza de enfrentarse a mi hija. Cuando por fin empecé a darme cuenta de que Milisant no estaba recibiendo la educación que le correspondía, la mandé al castillo de Fulbray con la esperanza de que la esposa de lord Hugh tomara el asunto en sus manos. Pero para entonces ya era demasiado tarde, llevaba demasiado tiempo haciendo su santa voluntad y, tras unos años de intentos, la mandaron de vuelta como irrecuperable. Lo habían intentado todo y los castigos benévolos no habían logrado nada.

Wulfric se preguntó si aquel anciano se daba cuenta de que la mujer que estaba describiendo no era apta para ser una esposa, que ningún hombre en uso de razón querría a una mujer tan anormal... Vaya, eso era lo que iba a librarle de esa boda. El propio Nigel se sentiría obligado a liberarle de la promesa de matrimonio. Sólo tenía que señalarlo, y eso hizo:

—Os agradezco vuestra honestidad, lord Nigel, pero, considerándolo en su conjunto, ¿creéis que será una buena esposa?

Su decepción fue profunda cuando Nigel le respondió con una sonrisa.

—Sí, no tengo la menor duda de que lo que necesita para moderar sus maneras y darse cuenta de que está en un error es un marido e hijos.

—¿Cómo podéis estar tan seguro?

—Porque con su madre ocurrió exactamente lo mismo, y ella es hija de su madre. He dicho que mi esposa tenía una naturaleza indómita y, en honor a la verdad, cuando la conocí era una bruja orgullosa y airada, con una lengua pérfida capaz de levantar ampollas. Sin embargo, el amor la cambió por completo.

Fue difícil contener el impulso de burlarse del anciano. Wulfric preguntó:

—Suponéis que me amará. ¿Qué ocurrirá si no es así?

Nigel soltó una risita nerviosa, con lo que le confundió aún más, hasta que dijo:

—No veo nada malo en ti, más bien al contrario. ¿O me dirás que tienes dificultades con las mujeres? —Wulfric se sonrojó y él prosiguió—: Ya suponía que no. Y mi hija no será distinta a las demás cuando, con el paso del tiempo, te conviertas en el centro de su vida. Lo cierto es que no confío en nadie como en el hijo de Guy para que cuide de mi hija mayor porque, si eres como tu padre, sé muy bien que la tratarás con respeto.

Y eso fulminó la última esperanza que Wulfric albergaba de que Nigel invalidara el acuerdo. Era un hecho: su destino iba a estar unido al de esa fierecilla, por ser hijo de su padre, por no ser un caballero grosero como algunos, porque, a diferencia de tantos otros, él no atacaba a los débiles, porque su padre le había educado de otro modo.

Se sentía comprensiblemente amargado ante la perspectiva de tener que educar a su propia esposa. Algo de esa sensación salió a relucir en la observación que hizo a continuación, a pesar de que intentó mantener un tono neutro.

—Pero tendré que tratarla mientras tanto, lord Nigel, antes de que se opere ese cambio tan esperanzador. Ella ignora vuestras órdenes. ¿Qué os hace pensar que obedecerá las mías?

—Porque conmigo conoce el límite de lo que puede transgredir sin sufrir represalias, pero contigo no tendrá esa ventaja. No es ninguna tonta, muchacho, ni mucho menos. Sólo es... un tanto extraña en su actitud y en lo que considera importante, hasta el momento. Pero verás cómo sus prioridades cambiarán en cuanto se case.

El padre se mostraba muy optimista. No así Wulfric.

6

Jhone tardó bastante en traer a su hermana de vuelta. Milisant podía haber subido las escaleras que conducían a la cámara de la torre que compartían pero, tal como había sospechado Jhone, había cruzado el corredor que iba hasta las escaleras de otra torre que la llevarían de nuevo abajo y le permitirían escaparse. Y Dunburh no era un lugar pequeño donde fuera fácil encontrarla si ella no lo deseaba.

Por fin dio con ella en los establos, donde estaba tramando amistad con el semental negro de Wulfric de Thorpe. No se trataba de uno de esos enormes caballos utilizados en las batallas por su crueldad y su disposición a pisotear todo lo que hallara a su paso. Esos animales no eran buenos para viajar precisamente por esas inclinaciones y, por ello, los caballeros que podían disponer de un animal más cordial reservaban al otro únicamente para la batalla. Sin embargo, era un semental grande, y hasta entonces no se había mostrado muy amistoso.

—No estarás disponiéndole en contra de su propietario, ¿verdad? —le preguntó Jhone a medida que se iba aproximando al establo.

—Lo he pensado.

Esa réplica hosca hizo sonreír a Jhone.

—Pero has cambiado de opinión...

—Sí, no quisiera que el caballo resultara herido, lo que sin duda ocurriría si ese bastardo no pudiera controlarlo. Está visto que repartir golpes y provocar el dolor ajeno forma parte de su naturaleza, como yo misma he podido comprobar.

—De eso hace mucho tiempo, Mili —le recordó Jhone dulcemente—. No era más que un muchacho, no un hombre hecho y derecho como ahora. Seguro que ha cambiado.

Milisant levantó la cabeza, desafiante, con un destello fulgurando en sus ojos y terció, taxativa:

—Lo has podido observar tú misma ahí abajo, en el sendero. Me hubiera pegado si tú no hubieras intervenido.

—Pero él no sabía que eras tú.

—¿Y cuánto más pequeña que él soy, independientemente de quién o qué crea que soy?

Jhone difícilmente podía refutarle eso, así que observó:

—Pero yo vi la incredulidad que se reflejó en su cara cuando se dio cuenta de quién eras.

—Perfecto —zanjó Milisant—. Así cuando vuelva a la sala será para oír que se ha anulado ese acuerdo absurdo.

—De eso yo no estaría tan segura —dijo Jhone mordiéndose el labio—. ¿Tiene potestad para ello? ¿Para romper un contrato que contrajo su padre?

Milisant frunció el entrecejo.

—No, supongo que no. Entonces tendré que asegurarme que sea papá el que lo rompa. Iba a hacerlo de todos modos, sólo que no pensaba que iba a ser tan pronto. —Soltó un bufido—. ¿Y cómo iba yo a pensar en ello? En los últimos seis años pudo haber venido cuando le placiera y reclamarme, pero no lo hizo. La verdad es que me había olvidado completamente de él.

Eso no era del todo cierto, y ambas lo sabían. El corazón de Milisant estaba destinado a otro hombre y, por lo tanto, no podría casarse con él hasta que se rescindiera el viejo acuerdo que la prometía con Wulfric de Thorpe. Así que no había tenido más remedio que pensar en su viejo prometido, aunque esos pensamientos no fueran especialmente placenteros.

—Tal vez haya tardado en aparecer, Mili, pero aquí está. ¿Qué harás si tienes que casarte igualmente con él?

—Antes me arrojaría de lo alto de esa torre.

—¡Milisant!

—No he dicho que vaya a hacerlo, sino que lo preferiría.

Jhone no sabía cómo hacerle todo aquello más llevadero a su hermana y su confusión le dolía en lo más hondo. Fue una crueldad por parte de De Thorpe haber esperado tanto, sin comunicación alguna, sin haber ido ni una vez de visita para que se pudieran conocer mejor y hacerse a la idea de su unión.

Había pasado tanto tiempo sin tener noticias suyas que no era extraño que Milisant hubiera entregado su corazón a otro joven caballero, al que ella aprobaba y le gustaba mucho, uno al que no le importaba que no fuera como las otras chicas. Incluso eran amigos, y Jhone sabía por experiencia propia que ser amiga de tu futuro marido cambia mucho las cosas y atenúa los miedos de la novia.

Dos años antes Jhone se había casado con un joven que sí había ido a visitarla a menudo después de prometerse cuando ella tenía diez años. Así, había tenido seis años para conocerle y se había sentido muy complacida a su lado. El dolor de haberle perdido aún la entristecía, pues había fallecido no mucho tiempo antes.

No obstante, ella era la pequeña, y se había sentido extraña casándose antes que Milisant; suponía que, también para su hermana, todo aquello había resultado un poco embarazoso y que como consecuencia de ello le guardaba cierto rencor a su prometido. Aunque Milisant nunca lo había admitido y, si lo había sentido, lo había ocultado muy bien.

—¿De verdad piensas que papá accederá a anular el contrato ahora que el novio ha venido por ti? Su ausencia ha dejado de ser una baza para tu razonamiento.

Milisant apoyó la frente en el lomo del caballo con gesto abatido.

—Accederá —dijo con voz tan baja que Jhone apenas la oyó. Y luego añadió, en voz más alta y levantando la mirada—: Tiene que hacerlo. ¡No puedo casarme con ese bruto, Jhone! Me asfixiará, intentará dominarme. Que Wulfric de Thorpe se haya presentado finalmente no excusa su tardanza, ¡y fue su tardanza lo que hizo que yo buscara en otra parte!

Eso parecía razonable, y además era verdad. Milisant no había pensado en romper el acuerdo. Había odiado la perspectiva de ese matrimonio y había odiado a su prometido, pero se había resignado a su destino; hasta que pasó el tiempo y Wulfric seguía sin aparecer ni mandar misiva alguna. Y su padre solía concederle a Milisant lo que ésta deseaba o, mejor dicho, a menudo se rendía ante la imposibilidad de que los deseos de ella fuesen más acordes a los suyos.

Sin embargo, por alguna razón Jhone tenía la sensación de que en esta ocasión las gestiones de Milisant con su padre no iban a tener éxito. Los esponsales eran algo sagrado a lo que se comprometían los hombres, y era inadmisible que las mujeres los cuestionasen, dado que no se las consultaba a la hora de establecerlos. De alguna manera, Jhone sabía que su hermana era consciente de ello y que ése era uno de los motivos de su ira.

El otro motivo era, sin duda, el ataque en el sendero. Ahí, la primera emoción había sido el miedo, pero el miedo tiende a convertirse en ira en cuanto desaparece. ¿Y quién habría esperado un ataque como ése tan cerca de Dunburh? Milisant ni siquiera había llevado sus armas consigo, pues su intención era sólo ir hasta el pueblo.

—Le he contado a papá lo sucedido en el sendero —dijo Jhone—. Ha mandado a sir Milo a buscar rastros de esos hombres.

—Bien —asintió Milisant—. Milo es un caballero eficiente, no como otros —añadió con un gruñido.

Jhone se abstuvo de hacer comentarios.

—No consigo imaginar quiénes eran, ni por qué parecían tan interesados en atraparte.

—¿Tú también lo notaste? —preguntó Milisant frunciendo el entrecejo pensativa—. Pensé que eso de que querían atraparme eran imaginaciones mías.

Jhone sacudió la cabeza.

—No; es cierto, pero ¿por qué?

Milisant se encogió de hombros.

—¿Por qué iba a ser? Para pedir un rescate. Con todas las mejoras que se han hecho en estos últimos diez años para reforzar las defensas de Dunburh, no creo que sea un secreto para nadie que las arcas de papá están rebosantes. Y yo soy su heredera.

Jhone soltó una risilla.

—Sí, pero ¿quién diría que eres su heredera viéndote?

Milisant sonrió.

—Eso es verdad. En Dunburh hay mucho tráfico de vendedores ambulantes y juglares y, más aún, de mercenarios en busca de trabajo. Cualquiera podría haber descubierto quién soy. Seguro que alguno de esos mercenarios a los que se les negó el trabajo pensó en secuestrarme como la manera más fácil de llenarse los bolsillos.

Jhone asintió pensativa. Ése parecía un motivo más razonable.

—Pero ahora tendrás que andarte con más cuidado —le advirtió—. Y eso significa que se acabó lo de salir sola a cazar.

—Si hubiera tenido mi arco a mano, Jhone, nunca se habrían acercado tanto, lo sabes muy bien.

Por más cierto que eso fuera, no disuadió a Jhone de la necesidad de ser cautelosas.

—En esta ocasión sólo eran cuatro. La próxima puede que sean más. No te hará ningún mal dejar de cazar durante unos días, o llevarte a algunos hombres contigo; al menos hasta que los hayan apresado.

—Ya veremos —fue todo lo que Milisant prometió.

Pero Jhone la conocía demasiado bien como para pretender que con amenazas su hermana hiciera las cosas como ella quería. Con Milisant se requerían tácticas más sutiles. De modo que no añadió nada a lo ya dicho, al menos de momento. Además, todavía tenía que abordar el tema principal, la razón por la que la estaba buscando. Y tampoco sabía cómo hablarle de eso sin que Milisant se cerrara en banda. Así pues, Jhone decidió cambiar de tema y señaló:

—*Stomper* se pondrá celoso si te ve mimar tanto a este semental en su presencia.

Milisant sonrió mientras se dirigía hacia un caballo más alto que estaba esperando pacientemente a que le prestaran atención.

—No; sabe muy bien que aunque comparta mis sentimientos no significa que haya menos para él.

Luego salió del establo para ir a ver al otro caballo, y el semental intentó seguirla. Ella se detuvo y le susurró unas palabras dulces. Cuando ella emprendió la marcha de nuevo, el caballo parecía haber comprendido que tenía que quedarse.

Jhone había visto la misma escena muchas veces antes, puesto que, desde que tenía memoria para recordarlo, Milisant había mostrado una afinidad especial con los animales. Era casi como si la entendieran cuando se dirigía a ellos. Como si pudiera sentir su miedo y su dolor como propios, y que ellos lo notaran y se sintieran consolados. Aunque ése no era el caso, naturalmente; hubiera sido una tontería que ella se lo creyera. Lo que pasaba es que tenía empatía con los animales. Los que se hacían amigos suyos no se sentían amenazados. Pero, incluso a los que cazaba, les pedía perdón antes de matarlos y, con frecuencia, incluso les daba la oportunidad de eludir sus flechas. Tal vez fuera porque ella siempre cazaba para comer, nunca como deporte.

Jhone también era empática, pero no con los animales sino con las personas. Al menos, parecía poder sentir las emociones de los demás con mayor intensidad que los propios interesados. Por eso la ira que solía ser propia de los hombres la asustaba tanto, porque la sentía con tanta intensidad como si fuera suya, y eso la aterrorizaba.

Por eso había amado tanto a su esposo William, y le había rogado a su padre que declinara las otras ofertas que pudieran hacer respecto a ella, porque no estaba preparada para unirse de nuevo en matrimonio. William no había sido un hombre airado. Su actitud había sido tan jovial y despreocupada que nunca se tomaba nada lo bastante en serio como para enfadarse. Y la había amado tanto que ella había llorado mucho su pérdida. Sería casi imposible encontrar otro hombre como él, y ella ni siquiera lo intentaba.

Después de acariciar y susurrarle al otro caballo, Milisant se dio la vuelta y se dirigió hacia la salida del establo. Al fin, Jhone dijo:

—Papá me ha pedido que te llevara a la sala, adecuadamente vestida.

Milisant se paró en seco y soltó un bufido.

—¿Ponerme yo la cotardía[1] para ése? El día que me la traigas de ortigas.

Jhone se cubrió la boca rápidamente, pero no antes de que Milisant viera su sonrisa.

—Bueno, como ése no tengo ninguno, pero tengo alguno de más. Ya sé que quemaste los últimos que te mandó hacer papá.

—Pues te pones uno y te haces pasar por mí. No pienso ir de buena gana a hablar con ese patán.

No era una sugerencia extraña. En el pasado, solían hacerse pasar la una por la otra. Era uno de sus juegos infantiles, a Jhone le gustaba mucho porque le daba la sensación de que, cuando fingía ser Milisant, también parecía investirse de su valor y osadía, que a veces echaba de menos en sí misma. Sin embargo, llevaban algunos años sin hacerlo, y para reci-

1. En la Edad Media, cierto jubón o corpiño usado por hombres y mujeres. *(N. de la T.)*

bir a De Thorpe... no, era imposible. Le daba demasiado miedo.

—Mili, no puedo. Me vería temblar, y tú no quieres que se lleve esa impresión de ti, ¿verdad? Además, papá se daría cuenta, es justo lo que se está temiendo.

Milisant frunció el entrecejo.

—Pues ve y dile que no me encuentras, que me he marchado del castillo. No veo motivo alguno para entrevistarme con De Thorpe, ya que tengo la intención de que se anule el acuerdo; en cuanto pueda hablar con papá a solas.

—Papá se va a enfadar si regreso a la sala sin ti —predijo Jhone.

—Papá se enfada muy a menudo conmigo. Pero nunca le dura mucho tiempo.

Jhone no estaba nada segura de que en esta ocasión también fuera así. Después de todo, Wulfric de Thorpe no era un visitante como los demás. Su padre querría honrarle con las atenciones debidas al hijo de un conde, las mismas que debía recibir un conde, casi las mismas que se le dispensaban a un rey. ¡Y ella ni siquiera le había dispuesto todavía una cámara! Jhone palideció al recordarlo y le dijo a su hermana a modo de conclusión:

—Se lo diré, pero no le va a gustar nada. Así que no tardes mucho en hablar con él, Milisant, y en templar los ánimos.

Salió del establo y dejó a Milisant mirándola con severidad y murmurando:

—¿Templar los ánimos? ¿Desde cuándo hago yo otra cosa que inflamarlos? —Y levantó la voz para gritarle a su hermana—: ¡Tú eres la que puede templarle, no yo!

Pero Jhone ya no podía oírla.

7

Milisant fue a la armería en busca de un arco (no iba a arriesgarse a entrar en la torre a recoger el suyo) y se escurrió por la puerta lateral desde donde podía confundirse rápidamente con el boscaje. Todavía tenía el corazón en un puño, y no precisamente por una emoción placentera.

Una liebre salió al camino para saludarla y ella se detuvo a acariciarle el hocico. Tenía varios amigos en esos bosques y los prados contiguos, cuya amistad se había granjeado a lo largo de esos años. A unos pocos se los había llevado al castillo, pero a la mayoría no había podido. Eran demasiados.

Sin embargo, el animal notó que estaba de mal humor y no tardó en alejarse a la carrera. Ella suspiró y reanudó el paso con andares silenciosos. Cuando estuvo en la parte más frondosa del bosque, se detuvo de nuevo, se subió a un árbol y se instaló sobre una robusta rama. Tenía una amplia vista de los alrededores y los animales que aún no habían encontrado una madriguera donde hibernar. Pero no estaba de humor para matar nada. Sólo había llevado el arco para su propia protección, ya que sabía que esos bosques eran la dirección hacia la que habían huido esos agresores.

Ella también huía, intentando escapar de un recuerdo que hoy había regresado con mucha nitidez gracias a él. Hubiera podido ser un día como los demás, que ella no recordara, hacía tanto tiempo y ella era tan joven, pero el dolor asociado con ese recuerdo lo había vuelto indeleble.

Les estaba mostrando a sus amigos, muy orgullosa, cómo había logrado adiestrar a *Rhiska*. El halconero se había rendido con *Rhiska*, porque era un halcón hembra al que no habían educado cuando era una cría, y se negaba a adaptarse al trato humano. En realidad, estaba dispuesto a mandársela a los cocineros, o al menos eso había dicho (Milisant se dio cuenta después de que eso había sido una broma). Por eso también se sentía orgullosa de haberle salvado la vida al animal al domesticarlo.

Pero entonces había aparecido él, que atrajo la atención del animal con un sonido y la miró como si hubiera hecho algo malo. Y como ella había adiestrado a *Rhiska* sin que lo supiera el halconero, inmiscuyéndose en dominios en los que tenía expresamente prohibido el acceso, sabía que sí había hecho algo malo, pero ignoraba cómo era posible que ese extranjero lo supiera.

«Soy el hombre con quien te vas a casar en cuanto tengas la edad necesaria», le había dicho. Y no podía haberle dicho nada peor. Él era bastante apuesto. Cualquier otra chica se hubiera estremecido al oír eso, pero Milisant había decidido precisamente esa semana que no iba a casarse jamás.

Unos días antes, uno de los villanos del pueblo le había pegado una paliza tan brutal a su esposa que ésta había muerto al día siguiente. Y los cuchicheos que el hecho suscitó entre la gente causaron una terrible impresión a la niña que entonces era Milisant. «Se lo merecía», «Estaba en su derecho de meter a su mujer en cintura», «Se le ha ido un poco la mano. ¿Quién va a cocinar ahora para él?» y «Una mujer debe saber cómo impedir que su marido se enfade con ella».

Para la mente infantil de Milisant, la mejor manera de impedir todo eso era sencillamente no casándose nunca. Teniendo el problema una solución tan simple, se preguntaba cómo no se les había ocurrido a muchas mujeres más. Todavía no le habían hablado de Wulfric de Thorpe, todavía no sabía que había un contrato matrimonial que la obligaba a casarse con él. De modo que se creía a salvo de esos maridos de mano dura; hasta que él apareció ahí, afirmando con aquella arrogancia que iba a casarse con ella.

Era un mentiroso, eso estaba claro, pero sus palabras la habían asustado porque parecía muy seguro de sí mismo. Además, llevaba un mal año, a lo largo del cual había descubierto que la mayoría de las cosas que le gustaban le estaban vedadas. También fue el año en que descubrió, o al menos lo descubrieron sus amigos, que tenía un carácter terrible y que, en lo sucesivo, tendría que aprender a controlarlo.

El mentiroso tuvo ocasión de comprobarlo, pero cuando ella le ordenó que se marchara él se había quedado tan campante. Eso fue la gota que colmó el vaso. Iba a hacer que le echaran del castillo y que le cerraran las compuertas en las narices.

Ella se movió para colocar a *Rhiska* en su percha y salir de las caballerizas para llamar a un guarda armado que se encargara de aquel desconocido. La ponía furiosa que la hubieran ignorado. Después de todo, ella era la hija del lord y ese hombre era un extraño. Pero *Rhiska* notó su ira y reaccionó abalanzándose contra el extraño.

Milisant se llevó una sorpresa, mayor aún cuando aquel tonto levantó una mano sin guante para protegerse del halcón. Aún no había entrenado al animal para cazar, y por eso aún no sabía que debía regresar cuando le llamaba. Sin embargo, todos los halcones son cazadores por naturaleza; sólo que no suelen atacar a las personas. No obstante, *Rhiska* picoteó la mano del muchacho. Milisant dio un paso al frente para decirle al animal que le soltara, pero el chico reaccionó atizando a *Rhiska* y lanzándolo contra la pared.

El pájaro murió casi al instante. Milisant no necesitó examinarlo para saber que estaba muerto, había notado cómo se le escapaba el espíritu de la vida y aquello le hizo perder los estribos. Se arrojó sobre el muchacho, igual que *Rhiska*, y quiso matarle.

En realidad, no era consciente de lo que estaba haciendo, la pena la había enloquecido; no se dio cuenta hasta que él la empujó y salió despedida contra una de las perchas de los pájaros. Cayó sobre un pie, oyó el crujido de su tobillo y notó que el dolor la cegaba. El dolor de un pie roto era peor que cualquier otro dolor, porque sabía que esas roturas no se arreglan, que se quedaba una coja de por vida. Y con los cojos nadie tenía piedad, los ignoraban, los consideraban hasta tal punto inferiores que pasaban a ser menos que un villano, se convertían en mendigos.

Pero no gritó ni emitió sonido alguno, tal vez por la impresión. Nunca supo cómo había soportado el dolor que le causó volver a poner el hueso en su sitio, ni tampoco por qué lo había hecho, salvo por la terrible perspectiva de quedarse coja para el resto de su vida.

Sus dos amigos habían corrido en busca de ayuda para llevarla a la torre y el extraño se marchó. No había vuelto a verle. Lo más irónico era que, como ella no había emitido sonido alguno, nadie pensó que se hubiera herido de gravedad, todo el mundo pensó que era una torcedura que se iba a curar rápidamente.

Sólo se había enterado Jhone, con quien había compartido su temor a quedarse coja. También se lo habían ocultado al sanador del castillo, porque su respuesta hubiera consistido en hacerle una sangría con sus sanguijuelas. Ni siquiera le había examinado la lesión, pero sabían que ésa era la cura que recetaba para cualquier enfermedad. Sus malditas sanguijuelas estaban rechonchas.

Milisant estuvo tres meses sin poder andar, tres meses sin quitarse la bota con la que se había comprimido el tobillo. Se la había puesto porque parecía que le aliviaba un poco el tormento, y luego no se la había quitado.

Incluso después de que el dolor remitiera completamente, le daba miedo dar un paso o examinarse con detenimiento el pie. Sólo fue porque Jhone se quejaba de que le daba patadas con esa bota cuando dormían por lo que, finalmente, Milisant se la quitó y descubrió que, después de todo, no iba a quedarse coja.

A partir de ese día, Milisant elevó una oración diaria para agradecer que su pie hubiera sanado y no hubiera quedado coja. Hasta dos años después no supo quién era aquel extraño, y que era cierto que estaba prometida a él. No había mentido, aunque tampoco se había granjeado precisamente sus simpatías matando a su *Rhiska* y dejándola a ella casi coja, todo había que decirlo. Le despreciaba a él y despreciaba la mera idea de verse forzada a casarse con él.

Los seis años transcurridos desde que se enterara de la verdad había estado preocupada, y el año siguiente, y el que vino después. Pero cuando cumplió los catorce empezó a tranquilizarse. Wulfric no había regresado a Dunburh y al parecer no volvería jamás. Así que había tomado la decisión de casarse con su amigo Roland en cuanto éste cumpliera la edad requerida.

Su padre no tendría más remedio que mostrarse razonable con eso. Con Roland podría ser feliz, estaba segura; ella le admiraba y además eran buenos amigos. Pero con Wulfric... ni siquiera pensaba molestarse pensando en lo infeliz que podía llegar a ser con un bruto como aquél.

Lo cierto es que era apuesto, lo había sido de muchacho y como hombre aún más. Sin embargo, no podía compararse con Roland, que tenía cara de ángel y cuerpo de gigante; igual que su padre, al que Milisant había conocido en una ocasión en que este último había ido a visitar a Roland a Fulbray.

A Roland y a ella los habían acogido en Fulbray. A la mayoría de los chicos los acogían en otra familia para convertirlos en unos caballeros, porque era sabido que en el seno de la propia familia sus criados y sus padres les consentían demasiado. Los futuros caballeros necesitaban endurecerse. A las chicas también las mandaban a educarse en otras casas, pero era simplemente por costumbre. Sin embargo, no todas las chicas iban a completar su formación fuera de su hogar.

Roland la había fascinado desde el primer momento, porque sabía que tenían más o menos la misma edad, en aquel momento ocho años, aunque él era tan alto que le sacaba varias cabezas a los chicos con que se entrenaba. Y aprendía muy rápido, tenía habilidad para todo lo que se propusiera. Al principio envidió la facilidad con que él aprendía todas esas artes que a ella le hubiera gustado aprender.

Así fue como le conoció. Milisant no se contentaba con quedarse en la torre con las demás chicas, aprendiendo a coser, a bordar, a desenvolverse con gracia en sociedad y todas esas cosas que no le interesaban nada. Lo que a ella le apasionaba era lo que se aprendía en los campos y en el patio de armas, la belleza de las flechas lanzadas con pulso certero, la precisión letal con que una espada se abatía sobre el adversario. Veía en todo ello un auténtico provecho y la compensación de los esfuerzos y la práctica, la diferencia que estriba entre la vida y la muerte.

Estuvo dos años escondiéndose de Margaret, cuya ingrata tarea consistente en atraerla al redil donde se reunían las damas solía ser fútil. Aprendió a hacerse ella misma los arcos y las flechas gracias a las enseñanzas de un maestro arquero que pensaba que ella no era sino otro joven paje deseoso de aprender.

Ella y Roland tenían algo en común que los unió desde el principio y forjó una amistad entre ellos. Ambos eran muy distintos a los de su propia edad, Milisant por la forma en que se burlaba de los quehaceres de las damas, y Roland por su increíble talla y sus excepcionales habilidades.

Llevaba años sin ver a Roland, desde la vez en que se detuvo a visitarla de camino a Clydon, donde iba a pasar unos días de reposo. A diferencia de ella, él seguía en Fulbray, de donde no se marcharía hasta que le invistieran caballero.

Aunque tal vez ya fuera caballero y ella no se hubiera enterado. Solían cartearse esporádicamente, a pesar de lo mucho que les costaba escribir esas cartas y aún más hacer que llegaran a su destino. Además, hacía poco que ella había dejado de escribirle; quería proponerle que se unieran en matrimonio y no estaba muy segura de cómo hacerlo.

Le daba vueltas y más vueltas a cuál podía ser la reacción de su padre ante el asunto, después de que hubiera accedido a anular su contrato con De Thorpe, cuando oyó el galope de un caballo aproximándose. El jinete se acercaba lentamente al árbol al que ella estaba subida. El hombre no la vio, porque tenía la mirada fija en el suelo. Tardó un momento en reconocerle como uno de los caballeros que acompañaba a Wulfric.

Se sorprendió al ver que se detenía justo debajo de su árbol. Luego oyó:

—¿De verdad piensas que esa rama puede soportar tu peso sin romperse?

Milisant se puso tensa. Jamás la habían descubierto, ni siquiera el halconero, que adiestraba a los halcones en esos bosques y que, por tanto, tenía un buen motivo para mirar hacia arriba frecuentemente. Y ese caballero ni siquiera la había mirado. Fue entonces cuando el hombre levantó la mirada, descubriendo unos ojos azul oscuro, no tan oscuro como los ojos de él, aunque se le parecían mucho.

—No sois hermano de De Thorpe —aventuró— puesto que es hijo único. ¿Sois su primo acaso?

El desconocido se echó a reír.

—La mayoría de la gente no nos ve ningún parecido. ¿Cómo lo has descubierto?

Era cierto que no se parecían tanto. Él era más bajo que Wulfric, y más delgado. Y tenía el pelo castaño claro, mientras que el de Wulfric era negro ala de cuervo. Su rostro también era distinto: la mandíbula de éste era menos pronunciada, su nariz más ancha, sus cejas rectas y pobladas y no curvas y en punta como las de Wulfric.

—Tenéis sus mismos ojos —respondió ella—, no tan oscuros como los suyos, pero los mismos.

Él asintió.

—Es cierto. Tenemos el mismo padre, aunque yo nací en el pueblo.

Así pues, era un bastardo, algo de lo más común. Algunos incluso heredaban, en el caso de que no hubiera un heredero legítimo. De cualquier modo, era su hermano, y Milisant se preguntó por qué no sentía hacia éste el mismo desagrado que le inspiraba el otro. Tal vez porque éste parecía realmente agradable, con sus ojos achinados y su risa fácil. Lo cierto es que no era para nada amenazante, así que tal vez fuera verdad que no guardaban tanto parecido entre sí.

—¿Qué hacéis en estos bosques? —preguntó ella.

—Buscando a los que son tan estúpidos como para atacar a una dama.

Obviamente se refería a Jhone, y los asaltantes de los que hablaba eran los que les habían atacado en el camino. ¿Le habría pedido ayuda sir Milo? No sabía qué le hubiera impulsado a hacerlo, puesto que Dunburh contaba con numerosos caballeros y con casi una cincuentena de hombres armados.

—¿No podrías bajarte de ahí antes de que se rompa la rama? —le sugirió.

—No peso tanto como para romperla.

—Sí, eres pequeño —admitió él, y añadió crípticamente—: aunque mayor de lo que pareces, a mi entender.

—¿Por qué lo decís?

—Porque, para ser un villano, tienes demasiado juicio, y más si eres tan joven como pareces.

Milisant confirmó que no se había dado cuenta de quién era ella, igual que su hermano, que no se enteró hasta que se lo dijeron.

—Y demasiado audaz, además. ¿Quién eres, pues, muchacho? ¿Posees acaso un feudo franco?

—Preferiría poseer un feudo franco a ser quien soy, señor. Soy la hija de Nigel Crispin.

Él hizo una mueca y profirió un murmullo que llegó a oídos de ella: «Pobre Wulf». Así que compadecía a su hermano porque un contrato le obligaba a casarse con ella, ¿no? No se compadecía de ella, claro, por verse forzada a casarse con un bruto insensible. Aunque, ¿desde cuándo el destino de las mujeres era objeto de consideración por parte de los hombres?

Saltó al suelo y se plantó frente al caballo, que dio un paso atrás, espantado. Ella le puso la mano en el lomo y le dijo unas palabras tranquilizadoras en sajón antiguo. El animal se aproximó y frotó su hocico contra ella.

El caballero parpadeó. Ella no se dio cuenta antes de levantar la vista y decirle a modo de despedida:

—Sí, vuestro hermano merece que le compadezcáis puesto que, si me veo forzada a unirme a él, no tendrá ni un instante de paz.

Se dio la vuelta y, antes de desaparecer de nuevo en la espesura del bosque, oyó:

—¿Vais así de sucia para ocultaros mejor o porque sois de la opinión de que bañarse no es saludable?

Milisant se volvió hecha un basilisco. Como si lo que ella llevara puesto fuera asunto de los demás…

—¿De qué suciedad habláis? —espetó.

Él sonrió y sus ojos se achinaron de nuevo.

—De la suciedad de vuestro rostro y vuestras manos, milady, que cubre lo que podría percibirse como la piel de una mujer. Ciertamente útil para llamar a engaño a los que pudieran notar que sois una mujer, eso es verdad. ¿Lo hacéis a propósito, pues? ¿O es que ha pasado demasiado tiempo desde la última vez que contemplasteis vuestro reflejo?

Milisant rechinó los dientes.

—Mirarse en el espejo es la mejor forma de perder el tiempo, y, aunque no es asunto que os interese, me baño con mayor frecuencia que muchos, ¡prácticamente una vez por semana!

Él rió.

—Entonces ha de ser que ya os toca el baño.

Ella se negó a frotarse la cara con la manga para ver si la llevaba sucia. Además, estaba segura de que así era. En cuanto se quedaba un momento quieta, Jhone se dedicaba a frotarle las manchas de la cara. Sólo que no estaba acostumbrada a que se lo señalaran. «¡Como si me importara!», bufó para sus adentros. ¡Qué tontería tan femenina, eso de la presunción y la vanidad!

Y, aunque era cierto que le tocaba su baño semanal, no iba a dárselo por una cuestión de principios. No hasta que Wulfric se marchara de Dunburh, que seguro sería mucho más tarde de lo que ella deseaba. Si su hermano había reparado en que iba sucia, también podía notarlo él, tanto mejor para que aceptase anular el contrato de esponsales.

Se alejó sonriendo y dijo:

—Preocupaos por vuestros hábitos higiénicos, señor, porque me parece que no vais a quedaros lo suficiente para que podáis disfrutar de un baño caliente.

Y dicho esto regresó con sigilo al bosque y desapareció de la vista.

8

Milisant empezaba a notar los efectos de haberse saltado la comida y la cena, pero la ansiedad le impedía visitar la cocina antes de hablar con su padre. Era un hombre de costumbres y solía retirarse cada noche a la misma hora, tuviera invitados o no. Y ella quería pillarle en el momento adecuado, cuando estuviera solo en su habitación pero todavía no se hubiera dormido.

Se metió a hurtadillas en la recámara en la que dormían sus escuderos y esperó a que salieran de la cámara después de ayudarle a acostarse. No tuvo que esperar mucho rato. Los dos escuderos, que la reconocieron, se limitaron a mirarla con curiosidad cuando cruzó ante ellos y entró en la cámara de su padre.

Las tupidas cortinas de la cama de su padre estaban corridas para resguardarle de las corrientes de aire, y ella carraspeó para advertirle de su presencia. No la inquietaba la posibilidad de que no estuviera solo. Su padre nunca había tenido amante alguna, al menos que ella supiera. Prefería dormir con los recuerdos de aquella a la que todavía echaba de menos. Milisant lamentaba amargamente no haber conocido a su madre, una mujer capaz de inspirar una devoción como ésa incluso después de muerta. Ella sólo contaba tres años cuando falleció, y recordaba con vaguedad su dulce fragancia y su voz apacible, capaz de ahuyentar todos los miedos.

—Te estaba esperando —dijo él mientras descorría las cortinas y daba unos golpecitos a un lado de la cama, indicándole que se sentara a su lado.

Ella se aproximó lentamente, incapaz de descifrar por su tono cuán enfadado estaba. Sabía que no sólo había mandado a Jhone a buscarla, porque se había pasado el día dándoles esquinazo.

—¿No estás demasiado cansado de hablar? —le preguntó, cautelosa, sentándose junto a él.

—Las charlas contigo son siempre interesantes, Mili, porque nunca sabe uno lo que piensas. Así que no, no estoy demasiado cansado para hablar contigo.

—¿Verdad que te parezco interesante? —dijo ella frunciendo el entrecejo—. Aunque aseguraría que no crees que les ocurra lo mismo a los demás.

—Si pretendes que niegue eso, no lo conseguirás. Es verdad que los demás te encuentran... más rara que interesante. También es cierto que no eres una ilusa y no te engañas al respecto, de modo que no debería ofenderte saberlo. Si uno se esfuerza en ser distinto a como es, hija mía, tiene que asumir las consecuencias. La naturaleza humana se aferra a lo normal y tradicional y cuestiona, e incluso teme, lo que no lo es.

—A mí no me tienen miedo —replicó ella, burlona.

—Los que te conocen bien no te temen, es verdad. Les pareces normal porque llevan tiempo sabiendo cómo eres. Y esa aceptación te ha llamado a engaño y has creído que podías seguir haciendo lo que te placiera indefinidamente. Pero eso, Mili, no es así.

Ella percibió la tristeza que impregnaba su voz. Sin embargo, no se tomó sus palabras a pecho. No pensaba cambiar de manera de ser sólo porque a algunos su conducta les pareciera extraña en una mujer. Se había pasado la vida luchando contra esas restricciones y límites. ¿Por qué iba a dejar de hacerlo ahora? Aunque sabía muy bien por qué su padre insistía en que cambiara ahora. Era por Wulfric de Thorpe.

Su padre prosiguió en el mismo tono.

—Ya eres lo bastante mayor, y sin duda lo bastante inteligente, para comprender los beneficios que puede reportarnos el compromiso.

—¿En qué sentido? —preguntó ella.

—En el sentido de que no te costaría tanto ponerte ropas más apropiadas para causarle una buena impresión a tu futuro marido. Tenerle complacido no puede revertir más que en tu propio bien. Sin embargo ni siquiera te has dignado a aparecer. ¿De verdad era necesario avergonzarme así ante el hijo de mi amigo?

—¡No, papá, sabes muy bien que no era ésa mi intención! —protestó Milisant.

—Pues ése ha sido el caso —replicó lord Nigel—. ¿Tanto te hubiera contrariado tratar a nuestro huésped con respeto?

—Yo no le debo ningún respeto —murmuró.

Su padre frunció el entrecejo.

—Le debes todos los respetos. Es tu prometido y pronto será tu marido.

—Pues yo tengo otros planes.

—¿Otros planes?

Ése era el motivo por el que había acudido a su habitación, y se apresuró a decírselo antes de que él la detuviera.

—No quiero casarme con él, papá. La mera idea me aterroriza. Prefiero casarme...

—Eso es normal.

—No, no lo es. Es por él. Esta mañana, en el camino, si Jhone no lo hubiera impedido, él me habría pegado, y sólo porque había preguntado por qué no perseguía a los agresores antes de que huyeran.

Sabía que estaba induciendo a su padre a conclusiones erróneas. Debía haberle mencionado que Wulfric no la había reconocido. Por desgracia, su padre lo supuso por sí mismo.

—Ha pensado que eras un chico, Mili, y además villano. Sabes perfectamente que a los villanos hay que tratarlos con severidad si se atreven a cuestionar a sus superiores. A algunos los han colgado por menos que eso. Al parecer, él incluso ha sido más indulgente.

Milisant montó en cólera.

—¿Te hubiera parecido aceptable que me pegara?

Nigel bufó.

—Dudo que lo hiciera jamás. Y debes ser honesta, hija mía. Has preferido provocarle, así que la elección de si quieres vivir en armonía con él es tuya, de nadie más.

—¡No quiero vivir con él! Con quien quiero casarme es con Roland Fitz Hugh de Clydon. Le conozco bien. Somos amigos.

—¿No es el hijo de lord Ranulf?

—Sí.

—¿Y no es uno de los vasallos de Guy de Thorpe?

—Sí, pero...

—¿Y pretendes que te case con el hijo de un vasallo, cuando puedes casarte con el hijo del mismo señor? No digas tonterías, Mili.

—¡Si no fueras amigo del conde, si no le hubieras salvado la vida, jamás me habría considerado digna de su precioso heredero! Lo sabes tan bien como yo.

—Razón de más para que consideres un honor que te hayan tomado en consideración. La oferta surgió de él. Rechazarla hubiera constituido el peor insulto. Deberías sentirte halagada. Serás la esposa de un conde.

—¿Qué me importan a mí los títulos si me consta que seré desgraciada? ¿Es eso lo que quieres para mí? ¿Condenarme a vivir una vida que no quiero?

—No, yo quiero que seas feliz, Mili. La diferencia está en que yo sé que serás feliz en cuanto olvides toda esa tontería de que no puedes amar a Wulfric. No hay razón alguna para que no puedas amarle.

La más contundente de las razones asomó a la punta de su lengua: que, en un breve lapso no sólo había matado a una de sus mascotas sino que además casi la había dejado coja de por vida. Sin embargo, como su padre no se había enterado de su fractura, porque Jhone se había hecho pasar por ella durante los tres meses en que estuvo recuperándose en su habitación y no la habían echado de menos, no la hubiera creído. Y, aunque la creyese, tampoco se lo iba a tener en cuenta, porque Wulfric apenas era un adolescente por aquel entonces, y a los chicos se les perdonan sus fechorías infantiles.

Por eso adujo otra razón, que no era del todo cierta aunque ella estaba convencida de que lo iba a ser.

—No puedo amar a Wulfric porque amo a Roland y sé que puedo ser feliz con él. A Roland no le temo, porque sé que será un marido bueno y tolerante, al igual que tú has sido un padre bueno y tolerante.

Nigel meneó la cabeza.

—Hablas de sentimientos infantiles. Eso no es amor...

—¡Lo es!

—No; llevas más de dos años sin verle. Recuerdo perfectamente la visita que nos hizo. Es un buen muchacho y me impresionaron sus buenas maneras. Pero no te he hecho ningún bien tolerándote esas preferencias durante años. Lo que necesitas ahora no es tolerancia. Ha llegado el momento de que aceptes lo que eres, una mujer, pronto una esposa, pronto también una madre, y debes comportarte como tal. ¿O es que piensas seguir avergonzándome hasta el fin de mis días como has venido haciendo hasta la fecha?

Milisant palideció. Nunca le había oído hablar así. No, eso no era verdad. Había mencionado en repetidas ocasiones lo mucho que le incomodaban sus tendencias antinaturales, aunque no parecía querer decir eso. Ella nunca le había tomado en serio. Sin embargo, ahora...

—¿Te avergüenzas de mí? —preguntó ella con un hilillo de voz.

—No, niña, no me avergüenzo de ti, pero me contraría ver que no puedes aceptar tu destino, lo que el buen Dios ha escogido que seas. Y estoy cansado de que no me hagas caso. No te das cuenta de la falta de respeto que constituye que me desobedezcas, ni de cómo los otros lo perciben y me pierden el respeto a su vez...

—¡No, eso no es así!

—Desgraciadamente sí lo es, Mili. Un hombre que no es capaz de controlar a su propia hija, ¿cómo puede esperar tener el mando de sus hombres y que éstos le respeten? No me has hecho caso en ninguna ocasión. En fin, te lo pediré por última vez, antes de que dejes mi casa para siempre. Cumple este contrato que fue contraído para ti con buena fe, y que te honra. Hazlo por mí si no por ti misma.

¿Cómo podía negarse? Aunque, por otra parte, ¿cómo podía acceder a condenarse al matrimonio con un hombre al que no amaba? Su dilema debía de resultar tan obvio, que Nigel añadió:

—No tienes por qué casarte con él mañana mismo. ¿Crees que disponer de un poco de tiempo para conoceros os ayudaría? ¿Tal vez un mes, para que puedas convencerte de que será un buen marido para ti?

—¿Y si al cabo de un mes mi conclusión no es ésa? —preguntó.

Nigel suspiró.

—Te conozco, hija mía. Eres terca como una mula. ¿Podrías olvidarte por una vez de ese rasgo de tu carácter e intentar esto de verdad? ¿Puedes ser justa y darle realmente una oportunidad que cambie la opinión que tienes de él?

¿Podía? Ignorar los sentimientos no es fácil, en especial cuando son tan poderosos. Como no podía contestarle con el corazón, le respondió:

—No lo sé.

Lord Nigel sonrió.

—Al menos eso es mejor que un no.

—¿Y si no llega a gustarme jamás?

—Si me consta que lo has intentado, que lo has intentado de veras... Bueno, entonces veremos.

No le dejaba mucho margen de esperanza, pero se temía que eso era todo cuanto obtendría de él, porque se le veía muy determinado a concretar esa unión.

9

Milisant bajó a las cocinas tras despedirse de su padre, no porque estuviera hambrienta sino porque eso tenía pensado hacer. El apetito le había desaparecido por completo, nada sorprendente teniendo en cuenta que le roncaba la bilis en la barriga.

En realidad, se encontró de pie en medio de la cocina sin tener ni idea de qué hacía allí. Ni siquiera recordaba cómo había llegado, porque estaba completamente absorta comprendiendo la importancia de lo que, más a menos, acababa de prometer.

¿Darle a él una oportunidad? ¿De verdad acababa de prometer eso? ¿Cuando sabía perfectamente qué tipo de hombre era aquél? A los chicos no se les corregían sus tendencias naturales al final de la pubertad. Ella había podido comprobarlo esa misma mañana, puesto que la tendencia de Wulfric seguía siendo la de derrochar superioridad, y ¡ay de aquel contra el que la ejerciera!

—¿Así que es aquí donde has estado escondida todo el día?

Milisant se dio la vuelta en seco, pasmada. Wulfric estaba de pie en el marco de la puerta, llenándolo por completo con su imponente presencia física. La habitación estaba caldeada gracias a varios hornos que se iban alimentando a lo largo de la noche, pero la luz era mortecina y, en la penumbra, su corpachón aún parecía más ominoso, la larga melena, más negra que el hollín, le cubría los hombros y las sombras de sus ojos azules les daban también matices negros. Sin embargo, la anchura de sus hombros y sus musculosos brazos eran lo que le hacía tan amenazante.

Roland era más alto que Wulfric, quizá le sacaba media cabeza, un verdadero gigante como su padre, aunque no inspiraba temor como Wulfric. Odiaba que aquel hombre despertara el miedo en ella, que solía ser tan audaz. Tenía que ser el daño que le hizo siendo una niña, tenía que ser eso y el vívido recuerdo de todo aquello, eso era lo que hacía que, en su presencia, ella estuviera tensa y casi temblorosa.

¿De modo que tenía que brindarle la oportunidad de demostrarle que era digno de su mirada? Por Dios, ¿cómo iba a hacer eso? Él la paralizaba. El único instante del día en que no le había temido fue cuando ella le gritó, por la mañana, y sólo porque la rabia que le dio que no saliera en persecución de los agresores había sido un sentimiento más poderoso. La ira había sido el amortiguador que le había permitido tratar con él. Pero no la podía utilizar a modo de defensa, no si estaba dispuesta a hacer lo que su padre le había pedido.

—¿Tendremos que añadir la sordera selectiva a la lista? —le dijo al silencio que recibió en respuesta a su pregunta.

Milisant sintió un escalofrío.

—¿La lista de mis defectos? Sí, añadidla, porque suena a un buen defecto. Y no, no he estado escondida aquí. Y vos ¿qué hacéis aquí? ¿No os han dado de comer hoy?

—Antes no me apetecía probar bocado, pero ahora sí. Preguntadme por qué no me apetecía antes.

Milisant frunció el entrecejo, ahora sí que notaba que él estaba enfadado y que le echaba las culpas a ella. Tal vez se hubiera equivocado. Decididamente, ella le había culpado por su propia desgana. Logró articular:

—Si os desplace tanto como a mí la idea de nuestra unión, lo comprendo.

Él asintió.

—Ya veo.

En lugar de sentirse insultada, a Milisant le pareció que se le abría una rendija de esperanza. Si a él le desagradaba tanto como a ella la perspectiva de la boda, puede que también le hablara a su propio padre al respecto. La charla con el suyo no había funcionado, pero tal vez él tuviera más fortuna. Podían intentar colaborar los dos en una resolución del dilema. Si se podía contar con esa posibilidad, lo más honesto sería comentárselo desde un principio.

Lo abordó con cautela.

—Quizá habréis notado que no deseo casarme con vos. —Y para amortiguar el golpe, adjuntó una pequeña mentira—. No es nada personal, es que amo a otra persona.

Al parecer, eso no suavizó la impresión porque su expresión se hizo más sombría.

—Lo mismo me ocurre a mí, pero ¿cambia eso las cosas? ¿Vamos a ser un matrimonio típico?

—El de mis padres no fue así —le informó ella secamente—. Yo aspiro a algo mejor.

Él soltó un bufido incrédulo.

—Pues vuestros padres fueron una extraña excepción, no la regla. Sabéis tan bien como yo que las bodas entre nobles son alianzas políticas y nada más que eso. El amor nunca se tiene en cuenta.

—¡Pues no debería ser así!

—Pues lo es, y sois muy ingenua si pensáis que puede ser de otro modo.

—¿Ingenua? ¡A vos os gusta tanto como a mí! —afirmó airada—. ¿Por qué lo aceptáis entonces? ¿Por qué no intentáis convencer a vuestro padre de que hay que evitarlo?

—¿De verdad pensáis que no lo he hecho ya?

Sus esperanzas se desvanecieron. Él también lo había intentado y, por su tono de voz, no había obtenido mejores resultados que ella.

—¡Vaya! ¿No os importa que yo pueda pensar que os rendís con mucha facilidad? —murmuró ella, con amargura, consciente de que ella había hecho lo mismo.

—En absoluto, muchacha, dado que os empeñáis en comportaros como una niña. Las opiniones de los niños me importan muy poco.

¿Ése era el hombre al que se suponía ella tenía que darle una oportunidad? ¿Una oportunidad para que la insultara y la despreciara? Sí, sería un marido fantástico, tan fantástico como los cerdos enjaulados junto a la cocina.

Con el rostro encendido por la ira, Milisant le preguntó:

—¿Seríais capaz de reconocer una opinión si la oyerais? Los hombres como vos tienden a no escuchar nada más que sus propios pensamientos.

Como insulto de rebote, dio en el blanco. Ahora su rostro tenía el mismo tono carmesí que el de ella. Dio unos pasos y se acercó demasiado a ella como para sentirse tranquila. Había olvidado cómo reaccionaba él a las opiniones que no le gustaban: con los puños.

Pero él no la intimidó, todavía estaba demasiado enfadada para eso, ni siquiera se asustó cuando él la cogió por la barbilla. No le hacía daño, pero la retenía con fuerza. Ella no podía escapar de la mirada de advertencia que él le dirigía.

—Yo te aseguro, muchacha, que aprenderás a hablar con dulzura o a callarte la boca —le dijo.

—¿De verdad?

El temblor que notó en la voz de ella le hizo sonreír. Pero no fue una sonrisa afable, sino perversa.

Había una distancia tan corta entre ellos que su tamaño la abrumaba. ¿Por qué nunca se había sentido tan pequeña junto a Roland, que en realidad era más alto que Wulfric? Tal vez porque la presencia de Roland nunca le había resultado tan imponente como la de Wulfric.

Él se aproximó aún más.

—Sí, de verdad, porque lo primero que vas a aprender es que yo no soy tu padre. Así que no creas que podrás seguir haciendo tu santa voluntad, como él te ha consentido.

—Tú qué sabes lo que se me ha permitido.

—A la vista está lo que te han permitido, y no me gusta nada. Cuento con que la próxima vez que te vea vayas vestida apropiadamente. No imaginas lo que siento cuando te veo vestida como un mendigo.

Ella soltó un grito sofocado y se abrió paso hacia la puerta pegándole un empujón. Tras ella escuchó una risilla malévola y la pregunta:

—Pero bueno, ¿no le vas a preparar algo de comer a tu futuro esposo?

Ella llegó a las escaleras que conducían a la sala y le gritó a modo de respuesta:

—¡Sólo si pudiera servirte estofada tu propia lengua!

10

Es la hora, milady.

—¿La hora? —susurró Milisant abriendo los ojos.

—Sí, mirad a lo lejos, por la ventana —dijo la doncella—. Está saliendo el sol.

—Mejor miras tú por la ventana, Ena, mientras yo duermo un rato más.

—Pero si nunca os levantáis tarde. —Le retiró la manta, pero Milisant la asió al vuelo con un gruñido.

—Tampoco había perdido nunca el sueño, y eso fue lo que me ocurrió ayer por la noche. Como no conseguí pegar ojo, ahora estoy muerta de sueño. Vete, Ena. Vuelve dentro de una hora... o dos, o tres. Sí, tres horas estaría bien.

Se escuchó un chasquido de reprobación, pero la criada se marchó. Milisant suspiró y volvió a conciliar el sueño. Aunque no pasó mucho rato antes de que volvieran a quitarle la manta.

—Si no os levantáis, os perderéis el almuerzo —le advirtieron.

Milisant se incorporó de un brinco.

—¿El almuerzo? ¿Me has dejado dormir hasta tan tarde?

El almuerzo, la más copiosa de las dos comidas del día, se servía poco antes de mediodía. En su vida había dormido más allá de la hora tercia, no digamos ya hasta casi sextas.

La criada le estaba dirigiendo una mirada resignada de: lo-he intentado-pero-no-hubo-manera. La joven Ena era una doncella magnífica, llevaba años al servicio de las dos hermanas y la veteranía en la familia la había hecho condescendiente.

Milisant se apresuró a levantarse del amplio lecho en que dormía con su hermana. Naturalmente, Jhone se habría levantado a una hora razonable y, sin duda, había estado cuidando de sus huéspedes durante toda la mañana, una de las muchas tareas que recaían en la dama de la torre. Y a Jhone se la consideraba la señora de Dunburh, dado que Milisant no había aspirado jamás a esa distinción y no había otra persona que pudiera desempeñar esa función tras la muerte de su madre.

Se fue quitando la ropa con la que dormía durante el invierno y del armario sacó una túnica limpia y unos calzones con polainas. Ya estaba medio vestida cuando recordó que ese día no podía vestir como lo hacía habitualmente. Se lo había prometido a su padre. Pero descartó con rapidez la idea y siguió anudándose el cordón de sus calzones. ¿Vestirse de otro modo sólo porque Wulfric se lo había ordenado después de tratarla como lo había hecho e insultarla llamándola mendigo?

Bufó para sus adentros y recorrió la habitación con la mirada buscando su calzado.

—¿Dónde están mis botas? —le preguntó a Ena.

—Debajo de la cama, donde las dejasteis.

—Nunca las dejo ahí. Las dejo junto a la palangana. Sabes muy bien que me lavo siempre los pies antes de acostarme. Tú misma me calientas el agua.

Era una de sus peculiaridades desde que se había quitado la bota del pie dañado, años atrás. El hedor que desprendía su pie, tras tres meses de encierro, la había impresionado profundamente. Desde entonces nunca se acostaba sin lavarse antes los pies.

Ena se agachó junto a la cama y luego se levantó blandiendo el par de botas y con una sonrisa de ya-te-lo-dije.

—Quizá por eso no podíais dormir ayer por la noche.

Milisant se ruborizó. La noche pasada estaba tan enfadada que había olvidado incluso una cosa así. Recordaba que quiso, no, necesitó hablar con Jhone, pero su hermana se había dormido en seguida y le dio reparo despertarla. Así que se había acostado sin poder compartir sus preocupaciones, y por eso la habían atormentado toda la noche.

Su estómago le recordó con un gruñido que el día anterior no le había tratado con mucha amabilidad, de modo que se apresuró a terminar de vestirse, ansiosa por ponerle remedio a eso. Cuando tendió la mano para que Ena le diera su capa de lana, ésta le ofreció otra prenda.

—Si no vais a vestiros como le gustaría a vuestro padre, al menos poneos esto en honor de los huéspedes que os están aguardando abajo —le sugirió.

Era un largo mantón, mucho más apropiado para llevar encima de la cotardía, una fina prenda de rico terciopelo azul bordado con pieles negras. Milisant pensó que esa concesión sí podía hacerla y asintió, permitiendo que la doncella le cubriera sus estrechos hombros y abrochara los broches y las cadenas de oro que lo mantendrían sujeto.

Sin embargo, no hizo lo que la criada esperaba, es decir, comprender que le sentaba mucho mejor con el cotardía azul claro para el que se había confeccionado. Así que Ena se quedó suspirando mientras Milisant salía de la habitación.

Había bullicio en la gran sala, las gentes del castillo iban llegando para la comida del mediodía. Milisant casi bajó corriendo los últimos escalones de la torre, pues los gorjeos de su estómago la conminaban a darse prisa. Pero se paró en seco cuando, justo a la entrada de la sala, se encontró de pronto con Wulfric, que estaba al pie de la escalera, como si estuviera esperándola. Y comprendió que así era cuando sus ojos la repasaron concienzudamente y empezó a menear la cabeza con gesto de desaprobación.

—Hummm... Sólo a medias, muchacha. Sube de nuevo y acaba la otra mitad.

Milisant irguió la barbilla y un destello de ira cruzó su mirada. Estaba a punto de replicar cuando él añadió:

—A menos que desees que te asista. Vete ahora y vístete como es debido si no quieres que te vista yo mismo.

—No te atreverías —siseó ella.

A lo que él respondió con una risita.

—¿Que no? Pregúntale a tu sacerdote por los contratos matrimoniales y te contará que estamos casados a todos los efectos menos la ceremonia del lecho. Y eso significa que me asisten derechos respecto a ti, muchacha, que suplantan los derechos de tu padre. Cuando te prometieron a mí, mi familia obtuvo un control sobre ti que podía ejercer cuando quisiera. Mi padre hubiera podido decidir tu educación, dónde deberías vivir y todo lo relacionado con tu crianza, incluso hubiera podido recluirte en un convento de monjas hasta el día de la boda. Es obvio que haberte dejado al cuidado de tu familia ha sido un error, aunque puedo enmendarlo. Vamos a empezar por el principio: hoy me honrarás vistiéndote como la dama que se supone que eres. Si tengo que ayudarte, lo haré. ¿De verdad necesitas mi ayuda?

Milisant lo miró atónita. Más furiosa de lo que podía concebir, abrió la boca para cubrirle de insultos pero reparó en su padre, al otro lado de la sala, mirándola de hito en hito, así que volvió a cerrarla. Le dirigió una mirada furibunda a Wulfric, pero giró sobre los talones para subir de nuevo la escalera.

Aquello era intolerable. Aquel bruto carecía por completo de sensibilidad, de tacto, de comprensión. Todo cuanto le decía no era sino una provocación para que pelearan. ¿Acaso pretendía hacerla montar en cólera para tener una excusa para volver a tratarla con brutalidad? No cabía duda: debajo de su actitud se escondía un espíritu vil y grosero.

11

Wulfric sonrió, complacido. Lord Nigel había estado en lo cierto, después de todo. La chica iba a obedecerle, por la simple razón de que no le conocía y, por tanto, no sabía cuán tolerante podía ser. Tampoco sabía qué medios era capaz de utilizar para salirse con la suya, y no parecía ansiosa por enterarse.

Seguía sin estar satisfecho con ella, y dudaba que pudiera estarlo jamás. Ella nunca le dispensaría los cuidados cariñosos propios de una esposa. Vaya, si incluso había admitido que amaba a otro hombre. Tampoco sería nunca feliz en su matrimonio, y no parecía mujer que facilitara superar los rencores. Era una persona realmente corrosiva. Con ella tendría que hacerse a la idea de que iban a entablar una guerra de por vida. Pese a todo, estaba decidido a hacer de Milisant una mujer. No iba a permitir que ella le avergonzara.

Jhone pasó junto a él camino de las escaleras. Parecía preocupada; posiblemente había advertido el enfado de su hermana. Suspiró, lamentando que no le hubiera tocado en suerte la hermana menor, porque ella sí era encantadora y hubiera sido una esposa fantástica. Dulce, de maneras suaves y dispuesta a agradar; todo aquello de lo que carecía la hermana.

Nigel intentó reclamar su presencia en la mesa, pero Wulfric rehusó por el momento. No iba a abandonar su posición al pie de las escaleras, no fuera que la muchacha le rehuyera de nuevo y se saliera con la suya una vez más. Sin embargo, recordó que el día anterior había subido esas escaleras y había desaparecido de la torre. Le preguntó a uno de los sirvientes si había otra salida y decidió ir a montar guardia en las escaleras de la capilla.

Efectivamente, no tardó en escuchar los pasos ligeros de una mujer que bajaba por las escaleras. Tenía que reconocer que era astuta e ingeniosa. La verdad es que, la noche antes, se había ido a la cama divertido con la última observación que ella le hizo. ¡Que ojalá hubiera podido servirle estofada su propia lengua!

Pero se había equivocado porque no era ella la que bajaba la escalera, sino Jhone.

—Al parecer, me he cambiado de puesto demasiado tarde —le dijo cuando Jhone llegó al último peldaño—. Ella ya no está arriba, ¿verdad?

—¿Ella, quién?

—No tenéis por qué encubrirla, Jhone, fingiendo que sois algo burda. Así que piensa esconderse de mí un día más... Pues no pienso permitírselo.

—Te equivocas.

—¿Me equivoco? —frunció el entrecejo y le cedió el paso—. Pues tendréis que mostrarme el camino...

—Ya lo he hecho —replicó ella crípticamente y pasó junto a él camino de la sala.

La expresión de Wulfric se hizo aún más hosca. Las adivinanzas no le gustaban nada, y al parecer todo el mundo se empeñaba en planteárselas. Pensó si debía subir él mismo en busca de su prometida o si, dado que estaba seguro de que ella ya no estaba allí, era mejor que siguiera a su hermana y le preguntara qué había querido decir.

Con irritación, entró en la sala detrás de la dama y se encontró con que... había dos. Se paró en seco y miró pasmado a las dos mujeres sentadas a la mesa a ambos lados de su padre, las dos vestidas con trajes de terciopelo azul cielo con camisolas de un tono más oscuro, con griñones azules las dos, idénticas.

Tenía que ser la luz, claro, aunque el sol entraba por las ventanas y no proyectaba sombra alguna. Avanzó unos pasos, pero tampoco advirtió la diferencia. Tenían la misma figura, vestían igual, las dos eran increíblemente atractivas. Eran... idénticas. Con unos pasos más advirtió que una de las faldas tenía los hilos del bordado de oro, y la otra de plata, pero ésa era la única diferencia. Sus rostros eran iguales, idénticos.

¿Por qué no había reparado en ello antes? De pronto comprendió el motivo. Siempre que había mirado a Milisant Crispin sólo había visto sus ropas escandalosas. Había visto la silueta de sus piernas, definidas por sus estrechos calzones, y le había molestado que los demás hombres también pudieran verlas. Había mirado las manchas de suciedad en su piel y no había visto lo que había debajo de ellas. Y siempre se había sentido cegado por la ira, porque Milisant había resultado ser justo lo que él se temía.

Avanzó entonces hasta la elevada tarima sobre la que estaba dispuesta la mesa de los lores, con la incómoda sensación de que no sabía junto a cuál de las dos mujeres tenía que sentarse. Ninguna de las dos le miraba, lo que podría haberle dado alguna pista.

Wulfric no estaba acostumbrado a la incertidumbre, y no le gustaba nada. Tampoco le gustaba sentirse como un idiota, que era exactamente lo que sentía por no haberse enterado antes de que lord Nigel tenía dos hijas mellizas. Sin duda su padre debía habérselo mencionado alguna vez, pero o no había prestado atención o no le interesaba como para recordarlo. De cualquier modo, eso había sido un fallo suyo.

Tenía la mitad de posibilidades de escoger adecuadamente y no parecer un tonto, así que fue a sentarse junto a la melliza que estaba más cerca de las escaleras.

No obstante, ella se dio la vuelta para susurrarle:

—¿Estáis seguro de que queréis sentaros aquí?

Así pues, siguió hacia el asiento contiguo a la otra melliza. Sin embargo, ésta también se inclinó para decirle:

—Soy Jhone, lord Wulfric. ¿No queréis sentaros junto a vuestra prometida?

Enrojeció, y se ruborizó aún más cuando oyó la risita sofocada de la otra melliza. Lord Nigel incluso tosió, tal vez acostumbrado a las extravagancias de sus hijas. A Wulfric aquello no le hizo ninguna gracia, máxime teniendo en cuenta que ahora se veía obligado a dirigirse hasta el otro extremo de la mesa.

Sólo le consolaba la idea de que, al menos, no había agravado aún más su ridículo dándole las gracias a la primera melliza por su artera advertencia.

Se acercó de nuevo a ella y levantó unos centímetros el banco en que estaba sentada Milisant, para tener lugar donde sentarse. Oyó el gritito sofocado que profirió ella, vio cómo se agarraba a la mesa para sujetarse y finalmente se sintió mucho mejor cuando se sentó a su lado.

Ahora ella le miraba echando chispas, y eso le alivió su malhumor.

—La próxima vez que deseéis mover el mobiliario avisad antes —le dijo ella entre dientes.

Él enarcó una ceja y respondió:

—La próxima vez no os hagáis pasar por quien no sois.

—No me he hecho pasar por nadie —repuso ella—. Sólo os he hecho una pregunta lógica. Considerando las muchas muestras de desagrado de que me habéis hecho objeto desde vuestra llegada, he supuesto que quizá no quisierais compartir esta comida conmigo.

—Cuando una se viste como un villano, tiene que cuidar de no coger piojos. No es sorprendente que seáis objeto de muestras de desagrado.

—¿Creéis que basta con cambiarse de ropa para librarse de los piojos? —respondió ella.

Él soltó un risita.

—No, supongo que no. Supongo que no esperáis que lo haga yo.

—Nunca se sabe —respondió ella con una sonrisa tirante.

A lo que él no replicó porque una hilera de sirvientes procedentes de las cocinas empezaron a servir la comida y uno de ellos se inclinó entre Milisant y él para servirles la enorme rebanada de pan que iban a compartir a modo de tajadero. Luego se acercó otro a escanciar el vino, y luego otro...

Wulfric abandonó por el momento la idea de seguir con la conversación y se arrellanó en el asiento hasta que hubieron llenado su tajadero. En sus labios se dibujaba una leve sonrisa y le sorprendía sentirse así después del apuro que había pasado al acercarse a la mesa.

Quién hubiera pensado que Milisant Crispin acabaría pareciéndole divertida. Su actitud no lo era en absoluto, y sus costumbres tampoco. Sin embargo, lo que salía por su boca tenía efectos claramente antagónicos: o le divertía o le hacía montar en cólera.

Lo que no atinaba a comprender era por qué le divertía, cuando era evidente que ella no lo pretendía. No; estaba claro que ella pretendía sólo insultarle, era lo que perseguía la noche anterior y ahora mismo lo había intentado de nuevo.

Tal vez fuera precisamente eso. En materia de insultos, lo mejor que se podía decir de los de ella era que, en ocasiones, sólo eran baladíes. Aunque, teniendo en cuenta que jamás antes le había insultado mujer alguna, tal vez ése fuera el motivo. No era precisamente un talento que las mujeres aspiraran a perfeccionar, dado que un simple insulto podía provocar que se desenvainara una espada.

Las normas de la cortesía decretaban que fuera él quien le sirviera la comida a su dama, y que escogiera los mejores trozos de carne para ella. Una vez los sirvientes dejaron de pulular en torno a ellos, Wulfric no pudo resistir la tentación de decir:

—Dado que está visto que preferís los papeles masculinos, ¿os apetece hacerme los honores y servirme vos a mí?

Ella le dirigió una mirada de inocente curiosidad antes de responderle con tono neutro:

—No me había dado cuenta de lo valiente que sois, puesto que os mostráis confiado ante la posibilidad de que mi cuchillo esté junto a vuestro rostro. —Y ensartó un trozo de carne y lo miró detenidamente antes de acercarlo a la boca de él.

Wulfric asió su brazo con un gesto rápido, alejándolo de su cara, pero captó el desafío que brillaba en sus ojos verdes, y lo soltó. Por increíble que pareciera, Milisant había conseguido que se arriesgara a confiar en ella después de haberle insinuado que no debía hacerlo. Es más, estaba logrando que se arrepintiera de haberla provocado.

Sin embargo, le sostuvo la mirada al tiempo que le advertía:

—Tened presente que las acciones provocan reacciones y, si seguís jugando con esa daga, no os agradará conocer la mía.

—¿Jugando? —preguntó ella despectiva—. ¿Quién ha hablado aquí de juegos? Yo os he llamado confiado porque es probable que esta mano prefiera cortaros el pellejo a daros de comer, y he supuesto que erais lo bastante listo para saberlo, después de haberme obligado a ponerme estas condenadas ropas.

¿Condenadas ropas? ¿De modo que ésa era la causa de su cólera? Debería haber supuesto que ella no iba a rendirse grácilmente respecto a ese tema.

—¿Cómo podéis aborrecer esas ropas si estáis tan atractiva con ellas?

Al acabar de decirlo se dio cuenta de lo cierto que era; la verdad era que ahora sí se parecía a la que ayer tanto le había complacido, cuando creyó que Jhone era su prometida. Viéndolas así, las dos juntas, no se advertía ninguna diferencia. Milisant era igual de encantadora a la vista que su hermana. Sólo que cuando abría la boca para hablar... En eso sí había una diferencia bastante insalvable entre ambas.

—Es una cuestión de comodidad y de libertad de movimientos —le explicó—. ¿Por qué no intentáis poneros la cotardía y una camisola a ver si os sentís a gusto con toda esa tela colgando sobre vuestras piernas a cada paso?

—Exageráis. Los curas no se quejan de sus hábitos.

—Los curas no cazan para comer.

Él rió, concediéndole la razón con una inclinación de la cabeza. Ella le miró con curiosidad, como si la hubiera sorprendido. Eso inquietó a Wulfric y le hizo responder con lo obvio:

—Tampoco las mujeres necesitan cazar.

—Hay necesidades... y necesidades. Si tengo que explicaros cuál es la diferencia quizá no seáis capaz de entenderla.

—Si estáis intentando decirme que cazar es lo único que os hace feliz, estáis en lo cierto. No seré capaz de creerlo.

Ella reflexionó.

—La mayoría de los hombres se aferran a sus opiniones por más que les sirvan pruebas de lo contrario en bandeja de plata. Lo negro sigue siendo blanco y lo blanco negro si ellos así lo afirman; máxime cuando esta diferencia de opinión está relacionada con una mujer. ¿No estáis de acuerdo o es que vais a demostrar precisamente lo que acabo de decir?

Él ahogó una carcajada. De no ser porque ella le hablaba con suma seriedad, hubiera reído con ganas. ¿De verdad creía que los hombres se aferraban a sus opiniones a pesar de las pruebas de lo contrario, independientemente de quién ofreciera esas pruebas?

—Considero que exageráis. Me atrevo a señalaros que son muchas las cosas que pueden hacerle feliz a uno. Basar la felicidad en una sola cosa es... una tontería.

—Y si digo que no es una tontería, vos, naturalmente, estaréis en desacuerdo porque la única opinión correcta es la vuestra, ¿verdad?

—Diríase que estáis decidida a discrepar conmigo, diga yo lo que diga.

—No, diríase que vos estáis decidido a discrepar conmigo, diga yo lo que diga.

—No siempre. Estoy de acuerdo en que los curas tendrían dificultades para cazar con esas ropas.

—Sí —rezongó ella—. Durante cinco segundos habéis accedido, pero sólo para señalar que las mujeres no tendrían idénticas dificultades porque ellas no cazan.

—¿Por qué no admitís que ser el proveedor no es el papel de la mujer? —casi gruñó él.

—Porque tal vez no toda mujer tiene a alguien que provea por ella.

—Os equivocáis. Si no tiene a algún hombre de su familia, tendrá a los hombres de la familia de su marido. Y, si todos ellos le faltaran, tiene a su rey para que provea por ella.

Milisant puso los ojos en blanco.

—Estáis hablando de mujeres de propiedad que, para un hombre, no son más que instrumentos de regateo. ¿Qué pasa con las mujeres de los pueblos o de las ciudades que pierden a sus parientes? ¡Podrían aprender perfectamente a cazar su propia comida!

La ira había teñido de púrpura la tez de Wulfric.

—¿Vamos a enmendar los males del mundo desde aquí? No hubiera imaginado que un simple cumplido acerca de lo atractiva que me parecéis pudiera convertirse en una concienzuda discusión acerca de las injusticias de…

—¡Bah, vos no queréis discutir, sólo os interesa escuchar el eco de vuestras propias opiniones! —repuso ella—. Muy bien, pues ¿hablamos mejor de la moda, o del tiempo? ¿Os parecen lo bastante seguros esos temas? Sobre temas así podéis obtener mi acuerdo, pero no contéis con ello en los demás.

—¡Basta! —estalló él—. Tal vez nos pongamos de acuerdo en guardar un poco de silencio, mi apetito se está enfriando tanto como la comida.

—Ciertamente, Wulfric. Lejos de mí, una simple mujer, podríais comer sin que nadie os llevara la contraria —respondió ella con una sonrisa.

Se la veía tan complacida con su última réplica que él se preguntó si, después de todo, su intención habría sido, desde el principio, ponerle de mal humor. Si así era, había que reconocer que tenía habilidad para ello.

12

Nigel sugirió ir de caza para entretener a sus huéspedes durante la tarde. No obstante, no sería el tipo de cacerías de las que Milisant disfrutaba, pues últimamente su padre sólo cazaba con el halcón. Por lo tanto, el halcón hacía todo el trabajo, y se llevaba también todo el disfrute.

Jhone accedió a unirse a ellos. En esas ocasiones, utilizaba un barrilejo dulce y manso, una especie de halcón más pequeño que ni siquiera se clasificaba como halcón de caza, mucho más grandes y agresivos.

Milisant rehusó ir a la cacería. Por ese día ya había tenido tratos más que suficientes con su prometido. Además, no le había enseñado a cazar a su halcón, sino que lo tenía como mascota. Se llamaba *Rhiska* en memoria del que había matado Wulfric, y tal vez eso hiciera que mimara al segundo *Rhiska* más de la cuenta. Asimismo, dudaba que a su padre le encantara la idea de que ella llevara en cambio su arco y sus flechas. De modo que, sintiéndose incapaz de participar en esa cacería, desistió de acompañarlos.

Sin embargo, Wulfric tenía otra opinión al respecto y la detuvo cuando ella iba a salir del salón, después de la comida.

—Vais a venir con nosotros.

¡Dos órdenes el mismo día! ¿Acaso se proponía controlar todos sus movimientos? ¿O es que pensaba que ella era incapaz de tomar decisiones apropiadas por sí misma? Además, ella no le debía ninguna explicación.

—Preferiría no hacerlo —repuso ella, lo cual hubiera debido bastar.

Aunque con él no.

—Vuestro padre me ha informado que requerís un mes para acostumbraros a mí antes de la boda. Si es así, tendréis que hacer un esfuerzo para estar conmigo y cumplir con el acuerdo; de lo contrario, creeré que no precisáis ese tiempo y que podemos pasar directamente a la boda.

Ella quiso replicar que familiarizarse con él no era una tarea que requiriese todas las horas del día, pero hubiese sido demasiado peligroso. Lo que él le estaba diciendo, en realidad, es que sus alternativas eran estar en su compañía o casarse con él. En cuyo caso, naturalmente, ella optaba por la más leve de aquellas dos opciones despreciables.

Así que se dirigieron todos hacia el puente donde estaban preparando los caballos y los halcones. Milisant tuvo que ir por su propio caballo, porque ningún mozo del establo se atrevía a otra cosa que a ponerle la comida a *Stomper* desde una distancia prudencial. Hubiera cogido una montura más pequeña, pero *Stomper* necesitaba ejercicio.

Todos los habitantes de Dunburh sabían muy bien cómo Milisant había llegado a poseer ese caballo, un recuerdo bastante desagradable, al menos para ella. El animal, que había sido maltratado, pertenecía a un caballero que estuvo de visita y que utilizaba la fuerza bruta para controlarle, hasta que un día se le fue la mano.

Lo irónico fue que el caballo enloqueció e intentó matar al caballero en presencia de ella. El animal ya no le servía de nada al caballero. Así pues, ordenó que lo mataran. Ella intervino, afirmando que podría amansarlo. Naturalmente, el caballero se burló de ella y le dijo que si era capaz de amansarlo también merecía poseerlo.

Tal vez no hubiera debido hacerlo con tanta rapidez, pues el caballero se indignó al ver con qué facilidad amaestraba a su caballo. Por más que ella no veía con buenos ojos que un animal perteneciera a un bruto como ése, le ofreció devolvérselo para aplacar la ira de ese hombre, al que su padre deseaba contratar como caballero del castillo. Pero el orgullo del hombre le había impedido aceptar la devolución, y tampoco se había quedado en Dunburh, sino que marchó de inmediato.

Por supuesto, su padre se mostró muy severo con ella por haber provocado esa partida tan súbita. Posteriormente se disculpó cuando supo que ese mismo caballero se había colocado en otra parte y había traicionado a su nuevo señor, abriendo la torre a un ejército agresor.

Desde entonces, Milisant había equiparado la tendencia a la brutalidad con el engaño, y consideraba que todo el que hiciera gala de esas cualidades era indigno de confianza. En lo que a ella respectaba, su prometido caía dentro de esa categoría.

Como de costumbre, tardó un poco en ensillar a su caballo, otra de las cosas que tenía que hacer por sí sola, en lugar de encontrársela ya puesta. Luego tardó un poco en familiarizarle con sus faldas, ya que no estaba acostumbrado a que ella las llevara.

Sin embargo, llevaba los calzones y las botas debajo de esas vestimentas femeninas, y se sentó como siempre, a horcajadas, con el cotardía suelto sobre los flancos, lo bastante amplio para que cubriera sus piernas y Wulfric no tuviera motivos de queja.

Tuvo que auparse sobre los tarugos de montar

para subirse a su lomo, y hasta la salida del establo fue hablándole todo el rato con dulzura, para mantenerle tranquilo en el bullicioso ambiente del puente. Apenas había llegado a la salida cuando notó que tiraban de ella para descabalgarla y que alguien le gritaba.

—¿Es que no conocéis el sentido común, o es que habéis perdido el juicio?

Todo el movimiento fue muy rápido y los tobillos le quedaron enganchados en los estribos. El brazo le había quedado retorcido a la altura de la cintura, y le dolía tanto como si *Stomper* la hubiera arrastrado al galope. Tardó unos segundos en comprender siquiera qué había ocurrido: la habían «rescatado». Mentalmente, puso los ojos en blanco.

—En mi opinión, vuestro padre hubiera debido encerraros hace mucho tiempo por vuestro propio bien —escuchó en un tono teñido de furia—. En mi vida había visto cosa más estúpida. —Y entonces Wulfric llamó a uno de sus sirvientes—. Tú, lleva a ese animal de vuelta al establo.

Ella sabía, sin necesidad de mirar, que no iba a ser obedecido. A su vez, él no tardó en darse cuenta, después de haber llamado a otros sirvientes y recibido sólo gestos de impotencia con la cabeza baja.

Ella se sentó en el suelo y levantó la barbilla para no perderse su expresión de enfado.

—¿Cómo diablos os habéis hecho con un caballo de batalla? Por no preguntar cómo conseguís montarlo sin mataros.

Con toda la calma y la gracia de que pudo hacer acopio, ella contestó:

—¿Tal vez porque es mío?

Él gruñó, incrédulo. Y se dio la vuelta para intentar devolver él mismo al destrero al establo, pero descubrió que el caballo ya estaba detrás de él, junto a Milisant. Eso le sorprendió, pero no lo suficiente para que le detuviera. Se inclinó para coger las riendas.

Milisant sólo tuvo tiempo de gritar «¡No lo hagas!» antes de que *Stomper* intentara morderle la mano. Wulfric blasfemó y levantó un puño para golpear al animal. Entonces fue Milisant la que perdió los nervios, empujó a Wulfric hacia un lado y se interpuso entre ellos. La enorme cabeza de *Stomper* fue a posarse sobre el hombro de ella, y Milisant le amansó acariciándole el hocico. A su prometido se dirigió a voz en grito, sin importarle quién pudiera escucharla:

—¡Jamás volváis a golpear a una de mis mascotas! Cuando digo que algo es mío, es mío. Si hay alguien aquí que carezca de sentido común, ése sois vos. Si puedo montar a este animal, y es obvio que puedo, entonces también cabe suponer que está adiestrado para mí.

Dado que la prueba de su afirmación se hallaba ante los ojos de Wulfric, difícilmente podría dudar de ella en adelante. Aunque no parecía nada satisfecho. Se volvió hacia Nigel, que se había aproximado para ayudarla a montar de nuevo el animal.

—¿Por qué le permitís tener «mascotas» tan peligrosas? —le preguntó Wulfric.

Nigel los condujo hasta el exterior antes de responder:

—Porque no son peligrosos para ella. Ya os he advertido que tiene un don especial con los animales, con los grandes y los pequeños, con los salvajes y los domesticados. Ella puede adiestrarlos. De modo que permaneced tranquilo, Wulfric, este animal jamás le hará daño alguno. Sin embargo, en cuanto a vos, id con precaución extrema. Sus mascotas están adiestradas para ella, no necesariamente para los demás.

Milisant temblaba ligeramente a causa del enfado. Lo había vuelto a hacer, le había demostrado que no tenía ninguna consideración con los animales, que para él no valían nada si no servían a sus necesidades personales. ¿Qué problema había con matarlos o pegarlos? No eran más que animales. ¿Casarse ella con un hombre así? ¡Jamás!

13

No deberías haberle gritado ante sus hombres, Mili.

Milisant se dio la vuelta y vio que Jhone se había acercado a ella a lomos de su pequeño palafrén, aunque no se aproximó demasiado a *Stomper*, un caballo mucho más grande que el suyo. Se habían rezagado ambas de los demás, así que no tenía que preocuparles que las oyeran porque habían guardado las distancias.

—¿Crees que me preocupa que se sienta avergonzado? —le dijo a su hermana.

—Pues debería. Algunos hombres reaccionan muy mal ante ese tipo de cosas, incluso buscan la forma de vengarse. No sabes aún si ése es su caso.

Milisant frunció el entrecejo. Algunos caballeros de Wulfric habían estado presentes en el altercado del puente, incluido su hermano Raimund. Así que era probable que Wulfric se sintiese humillado, si es que el enfado le daba un respiro y podía notarlo.

—¿Se suponía que tenía que haberle dado las gracias por casi golpear a *Stomper*? —murmuró Milisant.

—No, claro que no. Sólo que te hubiera convenido asegurarte de que nadie oyera lo que le decías si tus palabras estaban lejos de ser un halago.

Milisant sonrió con resignación y replicó:

—¿Lejos de ser un halago, eh? Pues entonces tendré que hablarle siempre en susurros.

Jhone le devolvió la sonrisa.

—Te lo tomas a guasa, pero tenlo en cuenta y controla tu temperamento. A una mujer le resulta más fácil tragarse el orgullo que a un hombre.

—¿Ah, sí? Fíjate, yo hubiera supuesto lo contrario, ya que nuestra garganta es más pequeña.

—¡Vaya! Ya veo que hoy no quieres escuchar ningún consejo, ¿verdad? Yo sólo intentaba...

—Los consejos de hoy irán a parar a oídos sordos —la cortó Milisant—. Porque lo cierto es que me he agotado intentando no romper a llorar al ver lo horrible que puede llegar a ser ese hombre.

Jhone abrió unos ojos como platos.

—¿Tan desgraciada te sientes?

—En espacio de pocas horas me ha dicho que mis ropas no eran de su agrado y luego me ha amenazado con una boda inmediata si no me unía a su cacería. Lo que quiere es tenerme en un puño, que sólo sea capaz de moverme si él me lo ordena. ¿Se supone que tengo que ser feliz con él?

Su hermana advirtió sabiamente que en sus palabras había más ira que infelicidad.

—Estás acostumbrada a actuar según tu voluntad porque papá te lo ha permitido. Con un marido será distinto, con cualquier marido.

—Con Roland no.

—Los amigos no piensan en darles órdenes a sus amigos, pero en cuanto un amigo se convierte en marido... Mili, no te engañes pensando que Roland nunca intentará controlar tu manera de ser. Será más benévolo, de acuerdo, pero aun así habrá momentos en que crea necesario ordenarte algo, y esperará que le obedezcas. El matrimonio no nos hace iguales a ellos. Simplemente pasamos de una autoridad a otra.

—¿Y tú lo aceptas? —repuso Milisant con una punzante amargura.

—¿Cómo podría no hacerlo cuando es así como son las cosas, como siempre han sido y siempre serán?

Por eso Milisant despreciaba el cuerpo con que había nacido. No debería ser así. Era una mujer adulta, con capacidad de raciocinio y pensamiento propio. Algo tenía que poder decir ella acerca de las directrices de su propia vida, igual que hacían los hombres. Que ellos fueran más altos y fuertes no significaba que tuvieran más inteligencia y sentido común que ella. Eran ellos los que pensaban eso.

—¿Te trató William así durante el corto tiempo que duró vuestro matrimonio, ordenándote hacer esto y aquello sólo porque podía hacerlo? —preguntó Milisant.

Jhone sonrió.

—Will me amaba, y por eso hacía todo cuanto estaba en su mano para complacerme. Y ahí tienes la clave de la felicidad: conseguir que tu marido te ame.

—Como si a mí me importara su amor —bufó Milisant.

—Pues ése es el punto. Sí te importa su amor, porque si te ama deseará complacerte, y así disfrutarás de más libertad. ¿Acaso no ves lo fácil que sería? Además, yo no he dicho que debas corresponder a su amor, sólo que, si lo obtuvieras, te sería muy útil.

—Tal vez lo haga si me veo forzada a casarme con él, pero sigo pretendiendo detener todo esto. Papá me ha concedido un mes antes de la boda. Al parecer, considera que mi opinión sobre Wulfric cambiará durante ese tiempo, pero no va a ser así.

Jhone suspiró.

—No, no va a ser así, porque tú ni siquiera vas a intentarlo.

Milisant se puso en guardia.

—¿Tú quieres que me case con él?

—No; es sólo que, a diferencia de ti, no creo que haya nada que pueda evitarlo y, dado que va a ocurrir, me gustaría que fueras feliz en tu matrimonio. ¿De verdad dijo papá que anularía el contrato de matrimonio si Wulfric no te satisfacía pasado este mes?

—No exactamente, pero dijo que lo hablaríamos.

—Pues no me digas más, papá está seguro de que cambiarás de opinión y ése es el único motivo por el que te dijo eso. Métete esto en la cabeza durante este mes, Mili: te conviene poder ver a Wulfric bajo una luz más favorecedora.

—La luz del día más espléndido no sería lo bastante brillante para eso.

—Seguro que hay algo en él que puede llegar a gustarte. No me negarás que es muy atractivo, y muy guapo. Además, no tiene los dientes carcomidos ni aliento fétido. Es joven, su físico no se ha puesto obeso ni fláccido. La verdad es que no veo qué tiene de malo…

—Hasta que habla o levanta el puño —la cortó Milisant—. Entonces es tan abyecto como una rata de arroyo.

Jhone sacudió la cabeza y se rindió, aunque no sin hacer un último comentario.

—Consigues adiestrar a las bestias más salvajes

para que coman de tu mano. ¿Qué te hace pensar que no puedes hacer lo mismo con ese caballero?

Milisant pestañeó, eso no se le había ocurrido.

—Adiestrarle..., ¿a él?

—Sí, a tu gusto.

—Pero él... no es un animal.

Jhone levantó la vista hacia el cielo.

—Oyéndote hablar, nadie diría que no lo sea.

—No sabría ni por dónde empezar, en el caso de que me interesara, y no es así.

—A los animales les das lo que más necesitan, ¿verdad? —señaló Jhone—. Confianza, compasión, una mano amable para que no te teman...

—Ese hombre no necesita compasión, ni tampoco confiar en mí. ¿Qué daño podría yo hacerle, además? Y dudo que fuera capaz de notar una mano amable aunque le aporreara la cabeza.

Jhone rió.

—¿Consideras que eso sería una mano amable?

—No, pero tampoco la notaría. ¿Qué necesita, pues, que yo pueda utilizar para adiestrarle?

Jhone se encogió de hombros, aunque luego esbozó una sonrisa.

—A William le encantaba decir que todo cuanto un hombre necesita para ser feliz es retozar en la cama con una compañera lujuriosa.

—¡Jhone!

—Bueno, pues yo se lo oí decir.

—¿Y eso era todo lo que necesitaba para ser feliz? —preguntó Milisant incrédula.

—No, él era feliz estando conmigo, pero es que estaba muy enamorado. Si no deseas el amor de Wulfric, entonces abastecerle de lo que podría hacerle feliz bastará para convivir agradablemente con él.

Milisant sonrió.

—Valoro mucho lo que estás haciendo, Jhone, de verdad, y tus consejos pueden serme útiles si me veo obligada a vivir con él. Sin embargo, preferiría que eso no llegase a ocurrir. ¿Vivir con un hombre de quien no puedo asegurar que no me levantará la mano? Le han criado para que reaccione con violencia. Lo hacía cuando era un muchacho, y continúa haciéndolo ahora.

—Pero eso también puede corregirse, si le amansas con tu adiestramiento —indicó Jhone.

—Tal vez, aunque ése no es su único defecto. Su pretensión consiste en hacer exactamente lo que me sugieres que haga, adiestrarme, a mí, a su gusto. ¿Crees que podré soportar esas restricciones y no marchitarme al poco tiempo?

—Tiene que haber un término medio, Mili.

Milisant se enojó.

—Eso implicaría un sentido de la igualdad, y ¿acaso no acabas de señalar que no hay ningún matrimonio que se base en ello? Él no va a buscar ningún término medio. Él es el hombre, sus opiniones son las únicas que cuentan y su fuerza le permite satisfacer sus caprichos. Mientras que yo soy menos que nada, una mujer que debe concederlo todo. ¡Dios mío, qué odioso me resulta todo esto!

La expresión de Jhone se tornó sombría. No era la primera vez que oía a su hermana expresarse en términos tan despectivos acerca de su condición femenina. Y en las ocasiones anteriores, al igual que ahora, no se le había ocurrido nada que pudiera ayudarla a aceptarlo.

No había argumentos que oponer al hecho de que un hombre podía dirigir sus propios actos; al menos la mayoría sí podían. Sin embargo, una mujer no era dueña de los suyos. La mayoría de las mujeres no cuestionaban jamás la corrección de este estado de cosas: que la Iglesia, su rey, sus familias... y sus maridos las consideraran propiedades suyas. Las que lo cuestionaban, como Milisant, jamás serían felices.

14

Se detuvieron en un claro para soltar los halcones. En esa época del año no había muchas aves de caza, ni tampoco piezas de pequeño tamaño, aunque, las que hubiera, las avistarían los halcones desde las alturas y bajarían en picado por ellas.

Para un cazador, el vuelo de un halcón real en acción era una visión fascinante. Pese a que Milisant prefería cazar valiéndose de sus habilidades, en lugar de las de un pájaro, eso no le impedía apreciar la visión de un depredador bien adiestrado.

Los caballeros de Dunburh tenían sus propias aves, pero los caballeros visitantes no habían traído las suyas. Aunque eran muchos los que acostumbraban a viajar con sus halcones, Wulfric y sus caballeros no pensaban en cazar cuando emprendieron el viaje.

Con todo, la mayoría de los miembros de la nobleza, tanto hombres como mujeres, poseían dichas criaturas, y a algunas las apreciaban tanto que no las dejaban nunca en casa. En realidad, incluso las llevaban a la mesa, cualquier mesa, y les daban de comer los mejores trozos de carne con sus propias manos. Al halcón valioso se le podía encontrar en el puño de su propietario o en el respaldo de su asiento.

Pero, al igual que Milisant, Wulfric sólo había ido a mirar. Lo más irónico fue que, de pronto, ella se dio cuenta de que le estaba mirando a él en lugar del vuelo de los halcones.

Ojalá Jhone no hubiese mencionado lo apuesto que era, porque estaba descubriendo que su hermana llevaba razón en eso. Los rasgos de su cara, bien definidos, eran muy masculinos, aunque él seguía la vieja moda normanda de afeitarse la barba. El rey Juan llevaba barba y la mayoría de los caballeros seguían su ejemplo, pero no Wulfric. Su cabellera también era un poco más larga de lo habitual; en realidad, era igual de larga que la suya. Eso la hizo sentir un poco… extraña. Aunque no le envidiaba esa espesa mata de pelo lustroso, esas guedejas color ala de cuervo, sintió deseos de que su cabello fuera más largo, mucho más largo; aunque eso era un tanto absurdo.

Él tenía un porte regio, montado sobre su hermoso semental negro y su amplia capa gris cayendo sobre el lomo del animal. Incluso cuando estaba relajado, la postura de Wulfric era erguida, realzando así la anchura de sus hombros y la finura de su talle.

Jhone había dicho la verdad: no había carne sobrante en su cuerpo. Sin embargo, no había mencionado su musculatura. Y era poco menos que impresionante. Su torneado cuerpo se perfilaba debajo de su túnica negra. También en las largas piernas se adivinaban sus músculos. Incluso las botas de caña alta parecían estrechas para sus abultadas pantorrillas.

La verdad es que nada en él era desagradable a la vista. Lástima que fuera el típico caballero bruto y que ella aspirara a alguien mejor como esposo. Sabía que no era realista esperar de un hombre que sólo fuera violento en el campo de batalla, pero eso era lo que ella quería; y lo que podría tener si, en lugar de casarse con Wulfric de Thorpe, pudiera hacerlo con Roland.

Había estado mirando a Wulfric demasiado rato. Él debía de haberlo notado, porque sus ojos azul oscuro de pronto le sostuvieron la mirada, como si la estuviera evaluando, igual que acababa de hacer ella con él. Milisant se estremeció con sólo pensarlo, y se sintió aún más rara cuando él no se aproximó a ella sino que siguió contemplándola.

Ella intentó rehuir su mirada pero no pudo, pues era demasiado magnética. Ella no notaba su frialdad, más bien notaba algo cálido... Eso la hizo estremecer y se arrebujó en su capa, un gesto que hizo sonreír a Wulfric, como si supiera que era el responsable de su desazón.

Entonces cabalgó hasta donde ella estaba. A Milisant la sorprendió que hubiera tardado tanto en ir por ella, puesto que le había ordenado estar presente en la cacería pero en cuanto salieron del castillo se había dedicado a ignorarla.

Tardó un momento en llegar a su lado, porque ella había cuidado de mantener la mayor distancia posible. Se acercó a ella aunque tuvo la precaución de guardar las distancias con *Stomper*. Sin embargo, su semental tenía otras ideas y fue derecho hacia Milisant a que le hiciera una caricia en el morro, a pesar de los intentos de Wulfric por retenerle.

Le oyó blasfemar porque no podía controlar su montura.

—¿Qué demonios le habéis hecho a mi caballo?

—Nada malo, sólo hacerme su amiga —repuso ella, sonriéndole al semental mientras le rascaba el cuello.

Stomper apenas volvió la cabeza para cerciorarse de que nadie la estaba amenazando.

—Vuestro proceder con los animales parece cosa de brujería.

Milisant resopló despectiva y luego deseó no haberlo hecho. Tal vez la beneficiara que Wulfric creyera que era una bruja. Quizá dejara de ser tan severo con ella si creía que tenía dones sobrenaturales y podía utilizarlos contra él. La idea no le pareció nada mal.

—Sencillamente, los animales de los que me hago amiga saben que no voy a hacerles ningún daño. ¿Creéis que vuestro semental piensa lo mismo de vos?

—¿Por qué debería hacerle daño?

—Acabáis de hacerlo —le dijo con intención— al intentar alejarlo de mí.

Él enrojeció y luego frunció el entrecejo.

—Señora, estáis agotando mi paciencia.

Ella asintió y sonrió. La expresión de Wulfric se hizo más ceñuda y la suya más sonriente. Tal vez no fuera muy inteligente provocarle así, aunque fuera sutilmente, pero no podía resistirse a las oportunidades que él mismo le brindaba.

Intentó de nuevo que su semental reculara, con menos acritud pero igual de infructuoso. Finalmente le ordenó a ella:

—Soltadle.

—No le estoy sujetando —replicó ella con calma—. Quizá, si os disculpáis y le demostráis afecto, os obedezca.

Wulfric respondió gruñendo. Desmontó y apartó al caballo tirándole de las bridas. Milisant contuvo la risa al contemplar sus dificultades, pero no pudo evitar recordarle:

—No olvidéis la disculpa.

Él la ignoró, al menos no la miró ni le respondió. Sin embargo, le musitó algo al caballo que ella no pudo escuchar. Lo más probable es que fueran amenazas y advertencias horripilantes para que no volviera a ponerle en ridículo.

Al cabo de un momento, montó e intentó aproximarse a ella de nuevo. Esta vez se aseguró de guardar las distancias y mantuvo al animal parcialmente sesgado, de modo que no pudiera verla.

Funcionó, y el caballero pudo relajarse un poco. Milisant lo observó. Debido al tamaño de *Stomper*, Wulfric no le llegaba a la altura de los ojos a pesar de su talla. Estaba cerca, pero no lo bastante. Y era evidente que no le gustaba tener que alzar la vista para mirarla, ni siquiera unos centímetros.

Milisant se irguió maliciosamente en su silla, añadiendo unos centímetros más. Al verlo, Wulfric lanzó una exclamación de disgusto y tomó las riendas de su semental para alejarse de ella.

Entonces ella profirió un grito de dolor involuntario, ya que ella jamás le hubiera retenido a su lado deliberadamente. Fue sencillamente su sorpresa al notar el roce de la flecha y la punzada en el brazo. Apenas le hizo un rasguño y fue a clavarse en un tronco cercano. Sin embargo, Milisant se contempló atónita la sangre que empezaba a manchar su capa mientras Wulfric corría en su ayuda.

La reacción de él fue más rápida que la suya: la desmontó de *Stomper* y la protegió con su pecho, sus brazos, envolviéndola con su capa.

—¡A las armas! —gritó y, veloces como el rayo, sus caballeros se reunieron junto a él.

Ella quería encontrar la abertura de la enorme

capa que la envolvía para asomar la cabeza, pero no hubo manera. Luego notó que el semental se alejaba al galope, y dejó de intentarlo.

Se sentía un poco mareada y sus esfuerzos la habían debilitado aún más. Además, sentía que la rozadura de la flecha le dolía cada vez más con los bamboleos de aquella carrera de vuelta al castillo.

Para cuando se abrió el puente levadizo, Milisant había perdido el conocimiento. Por primera vez en su vida, se había desmayado, pero no había sido de dolor, ya que podía soportarlo mejor que muchos, sino por la pérdida de sangre. Envuelta en la capa de Wulfric, nadie advirtió la cantidad de sangre que estaba perdiendo.

15

Por qué tarda tanto el sanador del castillo? —preguntó Wulfric.

—Tal vez porque no le he mandado llamar —respondió plácidamente Jhone.

—Debería haber sido lo primero que hicierais al llegar. Id por él ahora mismo.

Milisant intentaba abrir los ojos para verles, pero no conseguía reunir fuerzas para ello. La cabeza aún le daba vueltas y estaba aturdida. Un zumbido en sus oídos le impedía oír bien. Sabía que tenía que dormir para recuperarse pero la ardiente herida de su brazo le impedía conciliar el sueño.

—Id vos por él, yo atrancaré la puerta —le dijo Jhone al caballero—, él no podrá hacer nada por ella que no pueda hacer yo. ¡Pero..., miradla, ha perdido demasiada sangre!

—Tonterías.

—Pensad lo que queráis, pero mi hermana y yo sabemos que las sangrías curan determinadas dolencias e infecciones porque extraen el veneno, sí, pero en cuanto a los golpes y las heridas abiertas no los mejoran. Es más, los empeoran. Además, mi hermana odia las sanguijuelas y no os agradecerá que permitáis que se las apliquen cuando ella no tiene fuerzas ni para arrancárselas, creedme.

—No pretendo que me dé las gracias sino que se recupere —repuso Wulfric arrogante.

—Entonces dejadme que la atienda yo. Si queréis sernos de ayuda, id y decidle a mi padre que no es más que una simple herida y que Mili se recuperará con unos días de reposo.

Hubo un silencio indeciso y luego Wulfric dijo:

—Me informaréis de cualquier cambio que haya en su estado.

—Por supuesto.

—Me gustaría verla cuando despierte.

—En cuanto ella acceda a veros.

—No he pedido su permiso —replicó él con dureza—. Llamadme.

La puerta se cerró tras él con cierto estrépito, prueba de lo mucho que le había molestado la actitud de Jhone. Milisant todavía no podía abrir los ojos para asegurarse de que se había marchado, pero sí pudo articular:

—No... le llames —susurró.

La dulce mano de Jhone se posó en su frente y su voz le musitó al oído:

—Shhhh, vas a ver cómo pasarás una semana durmiendo. No será tan grosero como para venir a perturbar tu sueño.

—¿De verdad que... no?

—Yo me encargaré de eso —la tranquilizó Jhone—. Ahora tendrás que aguantar un poco. Afortunadamente no te has despertado antes de que te diera los puntos, pero ahora tendré que vendarte.

—¿Cuántos puntos?

—Seis. Me he esmerado en no dejar ningún fruncido.

Milisant hubiera sonreído de haber podido. Jhone iba a estar junto a su lecho hasta que se recuperara, de eso no había duda.

Ya estaba casi dormida cuando se le ocurrió preguntar:

—¿Le han encontrado?

—No, aún no. Papá estaba dirigiendo la batida cuando yo me marché. Está furioso, Mili, y no le falta razón. Es inconcebible que uno de nuestros cazadores pueda ser tan descuidado.

—No fue un cazador... ni un accidente —repuso Milisant con sus últimas fuerzas.

El resto, que alguien quería verla muerta, se lo guardó para sí.

—Wulfric ha apostado sus guardias en la puerta. No, no te alarmes. No es por mantenerte dentro sino para mantener a todos fuera. —Jhone le hablaba con susurros, como si los guardias pudieran oírla e informar de cada una de sus palabras—. Se ha tomado muy a pecho lo que dijiste.

Milisant estaba sentada en la cama, donde llevaba tres días reponiéndose. Habían sido realmente reparadores. Aparte del dolor en el brazo, se sentía casi completamente restablecida.

—¿Lo que dije? ¿Qué dije?

—Lo que me contaste el día que pasó todo —le explicó Jhone—. Que lo de la flecha no fue un accidente. Se lo dije a papá, y Wulfric estaba presente. Ambos estuvieron de acuerdo contigo. Había pasado muy poco tiempo desde el primer ataque como para no sospechar que el segundo guardara relación.

—Conozco muy bien a nuestros cazadores, y a los de los alrededores. No son descuidados. Y ninguno de ellos se atrevería a cazar cerca de donde estuviera papá. Además, ese día era imposible no oír o no ver la partida de papá.

Jhone se retorció las manos antes de exclamar:

—¡Odio todo esto! De verdad, nunca he aborrecido tanto a nadie como a ese que te ha atacado. ¿Por qué querría alguien hacerte daño, Mili? Tú no tienes enemigos.

—No, pero él sí. ¿Qué mejor manera de causarle perjuicio que impedirle recoger la fortuna que le llega de mi mano con el matrimonio?

—No puedo creerlo, es demasiado retorcido —dijo Jhone sacudiendo la cabeza—. Es más fácil matar directamente al enemigo, y nadie ha atentado contra Wulfric, bueno, al menos que sepamos.

—Todos estos ataques coinciden con su llegada, Jhone. Si no creo que sean cosa de un enemigo suyo, sólo me queda una cosa que creer: que Wulfric los ha organizado por su cuenta.

—¡No puedes pensar eso! —exclamó Jhone horrorizada.

—¿Que no puedo? —repuso Milisant levantando una ceja—. ¿Después de haber reconocido ante mí que ama a otra? ¿Después de haber admitido que habló con su padre para que le exonerara de este matrimonio pero que no tuvo más fortuna que yo? Eliminarme sería una forma de obtener lo que quiere, ¿no te parece?

—Lord Guy es un hombre de honor. Tengo que creer que su hijo ha sido educado para ser tan honorable como él. Es absurdo considerarle capaz de recurrir al asesinato.

—Cosas más extrañas se han hecho por amor —comentó Milisant encogiendo los hombros—. Aunque me inclino a darte la razón, por eso pienso que es cosa de un enemigo suyo. Sólo nos queda averiguar cuál.

Jhone asintió y le dirigió una mirada pensativa.

—Hay más.

—¿Más?

—Wulfric está convencido de que aquí no puede

protegerte. Dice que Dunburh es muy grande y hay demasiados mercenarios. Los soldados de alquiler no tienen precisamente fama de ser los más leales sino de aceptar siempre la oferta más sustanciosa.

—¿Hablas de traición?

—Yo no, él. Sólo estoy repitiendo lo que le dijo a papá. En cambio Shefford está protegido por caballeros que, por alianza, se deben a su conde. Ahí no hay mercenarios, y los caballeros de la guardia que viven ahí llevan años demostrando su lealtad a Shefford.

—En otras palabras, que confía en los hombres de su castillo, pero no en los nuestros. Lo que significa que nuestros hombres son susceptibles de aceptar un soborno o algún pago a cambio de cometer un asesinato. —Milisant chasqueó la lengua—. ¿Papá se ha creído ese razonamiento?

—No lo descartó por completo. Concedió, eso sí, que aquí tenemos a muchos extraños, dado que es de sobra conocido que Dunburh es un buen lugar para encontrar trabajo. El hecho es que mañana nos marchamos hacia Shefford.

—¿Cómo? ¡Se me había concedido un plazo! Papá no puede cambiar de opinión sólo porque…

—El plazo lo sigues teniendo, sólo que será allá en lugar de aquí.

Milisant frunció el entrecejo, la perspectiva no la tranquilizaba en absoluto, y lo que menos le gustaba es que hubiera sido idea de Wulfric.

—¿Has dicho *nos* marchamos?

Jhone sonrió.

—Le he dicho a papá que todavía no estabas suficientemente restablecida para partir de viaje sin mí. Así que ha concedido que fueras acompañada por mí.

Milisant le tomó la mano.

—Gracias. —Y añadió con un susurro conspirador—: Finge estar enferma tú también. Así podremos quedarnos las dos en casa.

Jhone rechazó su sugerencia.

—¿Qué diferencia hay entre aquí o allá? Sigues contando con el tiempo que te han concedido.

—Shefford son sus dominios. No estaré cómoda en sus dominios.

—En mi opinión, no estarás cómoda si él se encuentra en el mismo lugar que tú. Así pues, ¿cuál es la diferencia?

—Eso es verdad —concedió Milisant y luego añadió con un suspiro—: Mañana… ¿no deberías estar preparando el equipaje?

16

Quién demonios son ésos?

Milisant siguió la mirada que Wulfric dirigía a los sirvientes que se acercaban con cuatro jaulas de diferentes tamaños. Estaban reunidos en el puente, donde se habían dispuesto dos carros especiales para acomodar el equipaje que las mellizas consideraban necesario para el viaje. Las mascotas de Milisant fue lo último que cargaron.

Estaba muy orgullosa de las jaulas de madera que había construido ella misma cuando era niña. Las había hecho cuando tuvo que marcharse al castillo de Fulbray y se negó a dejar a sus mascotas. Tampoco ahora iba a marcharse sin ellas.

Cuando él se lo preguntó, Milisant se limitó a responder:

—Mis mascotas viajan más cómodas en sus jaulas, al menos algunas de ellas.

Los ojos azules de Wulfric la miraron, sentada en el pescante del carruaje del equipaje.

—¿Tenéis cuatro mascotas?

—Bueno, en realidad tengo más, pero sólo cuatro en jaula.

Él volvió a mirar las jaulas, que ya estaban bastante cerca como para ver su interior.

—¿Un mochuelo? ¿Por qué tenéis a un mochuelo como mascota?

—No le escogí yo. Fue más bien *Ululato* el que me escogió como propietaria. Me siguió hasta el castillo y estuvo haciendo estragos en el puente hasta que accedí a quedarme con él.

—Hasta que accedisteis... —repitió él, comprendiendo que no tenía sentido seguir con aquella conversación—. ¿Acaso creéis que no voy a daros de comer y os lleváis la cena de casa?

Ella siguió de nuevo la dirección de su mirada y dijo, indignada:

—Ni se os ocurra. *Aggie* está conmigo desde que era un polluelo. *Aggie* no se come.

—¡Los pollos no son mascotas! —exclamó él, exasperado.

—¡Éste sí! —replicó tajante Milisant.

—¿Y qué es esa bola de pelo, si es que puedo preguntarlo?

Ella rió por lo bajo, la sorpresa o, mejor dicho, la irritación de Wulfric empezaba a resultarle divertida.

—En realidad no son pelos, sino púas. Es mi erizo. Le llamo *Dormilón* porque se pasa la mayor parte del año durmiendo.

Él puso los ojos en blanco y luego frunció el entrecejo cuando vio que *Stomper* estaba atado al otro lado del carruaje. Aunque eso no fue nada comparado con la cara que puso cuando finalmente reparó en *Gruñidos*, que acababa de asomar su hocico entre el brazo y el costado de Milisant para ver con quién estaba hablando.

—¿Un lobo? ¿Tenéis un lobo salvaje?

—*Gruñidos* está amaestrado. Y es muy amistoso con la gente.

—¿Entonces por qué lo llamáis *Gruñidos*?

La mascota escogió justo ese momento para gruñirle a Wulfric por su tono. Milisant sonrió antes de responder:

—No siempre ha sido tan manso, y sigue sin gustarle que la gente me grite.

—¡No os estaba gritando! ¡Maldita sea, me sobran motivos, pero no estaba gritando!

—Ya veo que... no estáis gritando —replicó ella dulcemente.

—Estas mascotas se quedan aquí —le dijo él malhumorado.

—Pues entonces yo también.

—Eso no es materia de discusión.

—Estoy de acuerdo, no lo es.

Jhone se acercó a ellos chasqueando la lengua.

—Las mascotas de mi hermana no supondrán ningún problema para el viaje, Wulfric. De verdad, en cuanto las hayamos instalado ni siquiera notaréis que las llevamos. Pero no le pidáis que las deje, porque les tiene mucho apego. Son como sus niños, los protege y los cuida como si lo fueran.

Él iba a seguir con la acalorada discusión, pero cambió de opinión y le brindó una sonrisa a Jhone. No era la primera vez que Milisant le veía sonreírle a su hermana. Sólo que antes no lo había percibido con tanta nitidez.

Estaba claro, para cualquier observador medianamente inteligente, que Wulfric hubiera preferido con mucho que su prometida fuera Jhone. Se preguntó si a Jhone le hubiera importado cambiarse por ella. No tenían que decírselo a nadie. Se habían cambiado tantas veces de papeles, sin que nadie se enterara... Sería muy fácil.

Cuando su idea fue tomando forma y empezó a resultarle emocionante, la imagen de Jhone y Wulfric besándose la sacudió como un latigazo. Pestañeó varias veces para desterrar esa imagen, y luego enterró la idea de cambiarse de papeles en lo más recóndito de su mente. No le parecía lo más brillante que se le había ocurrido últimamente, porque no le deseaba a nadie un bruto como Wulfric, que además también estaba resultando ser un tirano, y menos a su hermana. Al menos eso se dijo para tranquilizarse.

Wulfric dejó de prestarles atención para responder a las preguntas de uno de sus hombres. Cuando volvió a mirarlas, estaban instalando las jaulas en el carruaje, junto a Milisant. Él les dirigió una mirada disgustada pero, en silencio, cedió.

Sin embargo, se separó de ellas con una pregunta que, viniendo de él, sorprendió a Milisant, máxime teniendo en cuenta que había sido él quien insistió en que partieran esa misma mañana.

—¿Estáis segura de que os encontráis lo bastante restablecida como para viajar?

Milisant le aseguró que sí y él se despidió rápidamente de ellas. Por un momento, a ella se le ocurrió que lo había preguntado por genuino interés, y eso la desconcertó. Luego se impuso el sentido común: lo que le preocupaba era que el malestar de Milisant no entorpeciera la marcha de la comitiva.

No la entorpeció Milisant pero sí los dos carruajes cargados de equipaje. La jornada y media de viaje se iba a convertir en dos días enteros. Al menos, eso pensaron cuando, la tarde de ese mismo día, se puso a nevar. No fue una nevada muy copiosa, sólo lo suficiente para que bajara la temperatura y viajar se convirtiera en algo bastante desagradable.

Aun envueltas en sus capas y cubiertas con dos mantas, las hermanas no conseguían aislarse del frío.

Además, su montura avanzaba bastante mal, por lo que Wulfric decidió poner fin a la jornada de viaje en cuanto llegaron a la abadía de Norewich. Naturalmente, los monjes no pudieron darles alojamiento a todos, pero sus establos eran cálidos y había suficientes habitaciones para las mujeres y los caballeros.

Jhone y Milisant tomaron la cena en la habitación que se les había asignado, conscientes de que los amables monjes preferían no tener trato con mujeres. Se acostaron después de comer, ya que Wulfric les había advertido que quería emprender el camino a primera hora de la mañana.

De todas formas, Milisant se hubiera retirado temprano. Estaba más agotada de lo que quería admitir, pues aún notaba las secuelas del accidente. Lo cierto es que, si por ella hubiera sido, habría retrasado unos días el viaje, como mínimo hasta que el brazo hubiera dejado de dolerle. Después de haber estado todo el día viajando por caminos accidentados, notaba un intenso dolor aunque, por fortuna, estaba tan cansada que eso no le impidió conciliar el sueño.

17

Milisant no sabía qué la había despertado en plena noche. Sin embargo, lo que fuera le había provocado una extraña desazón, como si hubiera ocurrido algo inquietante. Por ello, aunque no hubiera sucedido nada que justificara su alarma, no pudo volver a dormirse.

Necesitaba cerciorarse por sí misma de que en aquella habitación silenciosa y sin ventanas estaba todo en su sitio, y de que su hermana y ella no hubieran recibido ninguna visita inesperada. Estaba tan oscuro que no se atisbaban ni las sombras de los objetos. El fuego había quedado reducido a algunos rescoldos que desprendían una luz exigua, y la vela que había en la mesilla junto a la estrecha cama se había consumido antes de que ellas se durmieran.

No obstante, Milisant sabía que, en el estado de alerta en que se hallaba, no conseguiría dormir de nuevo a menos que comprobara todos los rincones de la habitación. Así que cogió la vela, se deslizó cuidadosamente junto a su hermana, le susurró un siseo por si acaso la había despertado y se aproximó al fuego para encender la vela con las ascuas.

En realidad no esperaba encontrar nada. Sólo deseaba burlarse de sí misma por su absurda desazón y volver a la cama. Por eso se sobresaltó al distinguir a un hombre corpulento erguido a los pies de la cama y empuñando una daga.

No le había visto antes, de eso estaba segura porque no era un hombre fácil de olvidar. Una gran cicatriz en la cara trazaba un surco por debajo de su escuálida barba. Era evidente que había venido de fuera. Todavía había nieve fundiéndose en su gorra de lana y en sus fornidos hombros.

Jhone se había despertado cuando Milisant saltó

por encima de ella y aguardaba en silencio, todavía medio dormida, para saber a qué se refería ese «sssshhhh». Soltó un grito ahogado y se incorporó en la cama en cuanto la vela reveló la presencia del intruso.

La mirada del hombre pasó de una a la otra y viceversa. Sus ojos no eran la expresión misma de la inteligencia, pero aún estaba por verse si eso sería bueno o malo para ellas. En ese instante parecía asustado.

—¿Cuál de las dos es la mayor? —preguntó.

Considerando que el desconocido empuñaba una daga, Milisant se apresuró a proteger a su hermana con la verdad y afirmó:

—Soy yo.

Sólo que Jhone también se había hecho por sí misma una composición de lugar acerca de lo que hacía ese hombre ahí y dijo exactamente lo mismo, casi al unísono, lo que provocó que él soltara un gruñido.

—¡Decidme la verdad o vais a morir las dos! Siempre será mejor que muera una que las dos, ¿no?

Mejor ninguna, aunque no tenía sentido señalárselo. Además, Milisant aún no sabía muy bien cómo tratarle. Lo increíble es que tuviera que tratarle. Al parecer, el método que Wulfric había escogido para protegerla dejaba mucho que desear, y ella misma se encargaría de decírselo. Al menos, en casa hubiera estado segura en su propia habitación, donde *Gruñidos* y *Rhiska* serían capaces de destrozar a cualquiera que quisiera hacerle daño. Pero ahora los animales se habían quedado en el establo, donde no le eran de ninguna utilidad.

Era evidente que no podían enfrentarse físicamente a aquel hombre, que parecía muy fuerte. Además, tenía un puñal. Milisant había dejado su arco y sus flechas en el carro del equipaje porque no supuso que fuera a necesitarlo en la abadía.

La única alternativa era hacerle entrar en razón. Así que, con la voz más imperativa que supo componer, se dirigió al intruso:

—Quiero contratarte, te pagaré mucho, más de lo que hayas imaginado poder ganar jamás.

—¿Contratarme? —repitió él con desconfianza.

—Sí, para protegernos a mi hermana y a mí. Pareces un tipo capaz, y lo bastante listo para saber de dónde puedes sacar mejor tajada. ¿O es que no eres más que un humilde siervo atado a algún señor de por vida?

El tono despectivo con que lo preguntó hizo que él se ruborizara y respondiera con un gruñido:

—Soy un hombre libre.

—Entonces buscas proteger tus propios intereses, ¿verdad? —E insistió con mayor énfasis—: Procurarte el mayor beneficio.

La avidez de su expresión delataba que Milisant había suscitado su interés. Le había tentado. Sin embargo, también debía de haberle pasado por la cabeza lo que podía ocurrirle si cedía a la tentación, porque de pronto pareció muy asustado. También esa emoción desapareció rápidamente de su rostro y volvió a mostrarse amenazador y resuelto a hacer lo que había ido a hacer.

—El honor y la lealtad cuentan más que las monedas para mí, señora —le dijo para disimular el miedo que lo embargaba.

—Eso no te dará de comer ni te hará más rico —replicó Milisant.

—¿Y qué importa la riqueza si uno no va a vivir para disfrutarla? —repuso él.

—¡Ah, lo imaginaba! Tienes miedo de quien te ha contratado, ¿verdad? —comentó ella con desprecio.

El intruso volvió a enrojecer, pero esta vez de enfado.

—Pues me parece que va a ser un placer terminar lo que he venido a hacer —dijo mirando fijamente a Milisant.

Hizo ademán de aproximarse a ella, pero recordó que eran dos, e idénticas. Miró de nuevo a Jhone y se halló ante el mismo dilema que antes. Y Milisant imaginaba lo que estaba pensando: una de las dos podía escapar mientras él intentaba matar a la otra. Y la que escapara podía ser precisamente la que tenía que eliminar.

Milisant se aprovechó de sus titubeos y le dijo:

—¿Quién te manda? ¡Dinos su nombre!

—¿Os creéis que soy tonto? —bufó—. No tenéis por qué saberlo.

—Podías haber dicho simplemente que no lo sabías —dijo Milisant.

Eso le encolerizó aún más y Milisant vio que iba por mal camino.

En cuanto él dio un paso al frente, ella le arrojó la vela encendida. La llama se extinguió en el aire pero él se movió con torpeza y no pudo esquivar la vela. Su grito les dijo que debía de haberle caído cera caliente en la cara. Aprovechando su momentánea distracción, Milisant recogió el cobertor de la cama y se lo tiró. La amortiguada maldición del hombre le demostró que tampoco en esta ocasión había fallado.

Le gritó a Jhone que saliera en busca de auxilio, y ésta reaccionó con presteza, abriendo la puerta y saliendo al pasillo.

Con el tenue resplandor procedente del exterior, Milisant atisbó el perfil de la cama y quiso escurrirse debajo para salir de la habitación antes de que el hombre se recuperase. No obstante, él también debió de agacharse, porque aún no se había arrastrado hasta la puerta abierta cuando notó que una manaza tiraba de su pantorrilla. Milisant cayó justo en el umbral de la puerta y dio con todo su peso sobre su herida.

Lágrimas de dolor cegaron sus ojos por un instante. Oyó a su hermana pidiendo auxilio y puertas que se abrían. Pero todavía no era capaz de ver si la ayuda se aproximaba. Y el hombre aún tenía el puñal. Fue esa evidencia la que la inundó de un miedo desesperado e hizo que le pateara la mano con el otro pie; el esfuerzo la hizo boquear con tanta fuerza que casi no oyó sus gritos de dolor. No obstante, sí notó que la mano la soltaba. No se preguntó qué parte de él había conseguido golpear. Antes bien, se apresuró a ponerse en pie para escapar pero se dio de bruces contra Wulfric.

Él la cogió por la cintura y la apartó con un tirón brusco. «Tranquila», fue la única palabra por la que se enteró que era él y no otro asaltante.

Las habitaciones de los invitados de esa parte de la abadía daban a un patio exterior, yermo en esa época del año, y, en las noches sin luna como ésa, no mucho más iluminado que aquella habitación. Sin embargo, él la llevó hasta la estancia contigua donde su hermano había encendido una vela.

Jhone estaba allí, envuelta en una manta e intentando no mirar al caballero medio desnudo que sólo llevaba calzones. Corrió hacia Milisant para rescatarla del abrazo de Wulfric y cubrirla con su manta. En aquella habitación tampoco habían encendido el hogar, y ninguno de ellos iba abrigado para el frío que se colaba por la puerta.

—¿Estás herida?

—Se me deben de haber abierto los puntos, pero por lo demás estoy bien —tranquilizó Milisant a su hermana.

Se volvió y vio que Wulfric seguía ahí, en lugar de haber vuelto por el asaltante. Por un momento, la visión de su piel desnuda la distrajo. Él tampoco llevaba puesto más que los calzones y ella tenía demasiada piel masculina, su piel masculina, delante de sus ojos como para soportarlo.

Tuvo que hacer un verdadero esfuerzo para apartar los ojos de aquel amplio pecho y preguntar por qué estaba aún allí. Además, la idea de señalarle cuál era su deber la hizo dudar; recordaba su reacción la última vez que le dijo que saliera en persecución de alguien, el día del asalto en el camino.

Sólo se atrevió a mencionar:

—Va a escaparse.

—No llegará a ninguna parte —replicó Wulfric.

Sólo entonces advirtió las manchas de sangre que había en su espada.

—¡Oh! ¿Le habéis matado? ¿No creéis que hubiera sido preferible interrogarle?

—Tal vez, aunque no disponía de mucho tiempo para reflexionar porque el arma que tenía en su mano se estaba abatiendo sobre vos.

Saber de la proximidad de la muerte la recorrió como un escalofrío. Ya se había dado cuenta y había sentido un miedo fulminante, pero oír que otro ratificaba sus temores...

Asintió con la cabeza, aunque no pensaba darle las gracias por haberle salvado la vida. El responsable de protegerla era él. Se la había llevado de su casa para protegerla y lo estaba haciendo francamente mal. De eso sí podía quejarse, y lo hizo.

—Me habéis alejado de la seguridad de mi hogar...

—Vuestro hogar no era seguro.

—Esta abadía tampoco. Al menos hubiera podido haber guardia a mi puerta.

—La había. —Ella parpadeó pero él no se dio cuenta, pues se había vuelto hacia su hermano para decirle—: Ve a ver qué ha ocurrido con él.

Raimund asintió y salió rápidamente de la habitación. Luego, Jhone acercó a Milisant a la vela y, bajo la cobertura de la manta, le bajó la manga de la túnica para examinarle la herida.

—Sólo ha salido un poco de sangre —susurró Jhone, temblando aún por todo lo que acababa de pasar—. La herida sólo se ha abierto un poquito, los puntos todavía la sujetan.

Milisant sonrió, agotada y agradecida. Pasar por la experiencia de que tuvieran que coserla de nuevo esa noche era más de lo que podría soportar.

Raimund no tardó en volver y confirmar lo que se temían.

—Está muerto, Wulf. Tenía una daga clavada en el corazón; al parecer se la han arrojado. Luego le han arrastrado y escondido detrás de un árbol del patio.

Wulfric frunció el entrecejo, pensativo, y volvió a mirar a Milisant.

—¿Quién puede querer veros muerta?

—Una pregunta que deberíais haberos hecho mucho antes, ¿no os parece?

Él ignoró su comentario.

—¿Quién?

—Obviamente, alguien que pretende impedir nuestra unión —respondió encogiéndose de hombros.

—No veo por qué os parece obvio. Si es eso, lo

mejor será que nos casemos inmediatamente. Y si no es eso, también deberíamos hacerlo, para que no deba preocuparme por la competencia de quien monte guardia a vuestra puerta, dado que voy a estar de guardia yo mismo.

—No hay por qué ponerse tan drásticos —quiso tranquilizarle rápidamente Milisant—. Bastará con que mis mascotas estén conmigo. Ellos pueden protegerme perfectamente bien.

—Y morir con la misma facilidad que vos —respondió con un bufido de incredulidad.

—Pueden matar con la misma facilidad que vos —replicó con la barbilla levantada, desafiante.

Por un momento él puso una expresión sombría pero finalmente asintió.

—Muy bien, voy a quedarme velando yo mismo en vuestra puerta durante el resto de la noche. Mañana no nos detendremos, por malo que sea el tiempo o por tarde que sea, hasta llegar a Shefford.

Ella se mostró rápidamente dispuesta a esa solución. Era evidente que a él le agradaba tanto la idea de una boda apresurada como a ella. Gracias a Dios.

18

Las dos últimas horas habían viajado en la oscuridad. Wulfric había cumplido su palabra: no se habían detenido ni una sola vez, ni para comer, sólo habían picoteado el pan crujiente con queso que les habían comprado a los monjes. Ya no nevaba, y la poca nieve que quedaba en el camino se había fundido a media mañana. De modo que, al menos, el trayecto había sido menos accidentado que el del día anterior.

Pese a todo, y dado la hora temprana en que habían emprendido la marcha al alba, cuando esa misma noche cruzaron el puente levadizo del castillo de Shefford, la mayoría de los integrantes de la comitiva estaban completamente extenuados. Milisant era una de ellos, la noche anterior no había conseguido volver a conciliar el sueño. La culpa la tenía Wulfric. Saber que él estaba de guardia en la puerta de su habitación la había puesto nerviosa y no pudo relajarse. Lo que hubiera debido hacerle sentir protegida en realidad la había angustiado.

No sabía muy bien por qué se sentía así. Ciertamente, no pensaba que él pudiera entrar en su habitación y hacerle daño. Incluso en el caso de que él estuviera detrás de esos atentados contra su vida, no se arriesgaría a ejecutar él mismo la hazaña.

Además, si quería verla muerta, lo que más le convenía era casarse primero con ella, recoger su dote y hacer que la eliminaran después. Seguramente era una tontería sospechar de él ahora, uno de sus hombres había resultado muerto, y él mismo había dado muerte al intruso.

Aunque tanto ella como Wulfric se habían evitado durante los muchos años que duró su noviazgo, sus padres se habían visitado a menudo, ya fuera en

Dunburh o en Shefford, con estancias que algunas veces duraban semanas. Por eso ella conocía muy bien Shefford y sabía que allá iba a sentirse como en casa, de no ser por ese matrimonio tan poco deseado. También conocía bien a los padres de Wulfric, y por tanto no la sorprendió que, cuando despertó, Anne de Thorpe estuviera en su habitación.

Tanto Anne como Guy estuvieron encantados de recibirlos a su llegada la noche anterior, pero Milisant estaba tan agotada que apenas recordaba nada que no fuera sus ansias de meterse en la cama. Incluso le hubiera gustado dormir más, pero la madre de Wulfric no era de la misma opinión.

Anne le habló de los preparativos de la boda, de los invitados que iban a estar presentes, incluido el rey. Se la veía muy entusiasmada, y parecía realmente complacida disponiendo todos los detalles de esa unión. Jhone, que ya se había levantado y vestido —aunque seguía en la cámara que las hermanas iban a compartir—, estaba prestando una educada atención a las explicaciones de la dama. Milisant pensó en ocultar la cabeza debajo de la almohada.

No quería oír hablar de esos grandes preparativos que la unirían a Wulfric de Thorpe. Sin embargo, tampoco deseaba agraviar a su madre diciéndole que abominaba de su precioso hijo único. Ésa podría ser una forma segura de conseguir que se anulara el contrato matrimonial, pero no podía hacerle eso a su padre. Necesitaba alguna otra razón que no afectara a los padres de él y que no avergonzara a su padre.

Roland seguía pareciéndole la opción más plausible, la simple mención de su amor por él. Le podía resultar de gran ayuda, de verdad que sí, si fuera cierto. Pero ya se ocuparía de ese detalle más adelante. Todavía no había llegado el momento de sacar a Roland a colación. Primero tendría que soportar el mes que su padre le había dado para que Wulfric pudiera demostrar su valía. No veía otra forma de conseguir el apoyo de Nigel. ¡Qué largo se le iba a hacer ese mes!

Cuando Anne se marchó de la habitación no pudo volver a dormirse. Jhone comentó que había sido el aullido de *Gruñidos* lo que la había despertado, y Milisant recordó que todavía no había visitado a sus mascotas desde que llegaron. Cuando le preguntó a un mozo de cuadra quién había conseguido meter al caballo en el establo, no la sorprendió saber que había sido el mismo Wulfric. Sin embargo, la información hizo que examinara detenidamente a *Stomper* en busca de marcas o heridas. No hallarlas fue lo que en realidad la sorprendió.

No obstante, no se dio por satisfecha sabiendo que sus mascotas habían recibido un trato adecuado, sino que hizo algo que nunca hubiera pensado que iba a hacer: fue en busca de Wulfric.

Estuvo preguntando a los sirvientes del castillo y finalmente le halló en su habitación. No se le ocurrió pensar que aún no era apropiado que acudiese a sus aposentos. Tenía cosas que preguntarle y, fiel a su franqueza, abordar la cuestión se le antojó más importante que el hecho de que pudiera parecer indecoroso.

Él sólo pareció momentáneamente sorprendido. Estaba apurándose el vello de la barba y la afilada hoja que utilizaba se quedó un instante en el aire.

Milisant se sintió confundida. No esperaba encontrarle medio desnudo. La verdad es que la segunda vez que le vio así fue tan desconcertante como lo había sido la primera. Le era imposible concentrarse ante su pecho desnudo y sus brazos expuestos a su mirada.

Finalmente, fue su voz la que le recordó el motivo de su visita.

—No sé si preguntaros el motivo de vuestra visita o si os habéis extraviado.

Ella ignoró el tono seco de sus palabras y respondió seriamente.

—¿Extraviarme yo en Shefford con las veces que he estado aquí? —Pero no pudo resistirse a la tentación de añadir—: Aunque, claro, vos no podéis saberlo porque nunca estabais aquí cuando yo venía.

Él sonrió.

—Insinuáis que ha sido deliberado. Permitidme que os asegure que tal vez fue deliberado. Quizás algún día me preguntéis por qué y podamos hablarlo sin rencor. Sinceramente, dudo que ese momento sea el presente.

Ella estuvo a punto de replicar con alguna observación áspera. Por su parte, dudaba que ese momento llegara alguna vez, pero se contuvo. De pronto, las preguntas que había ido a hacerle le parecieron menos importantes que un reproche súbito. Pese a tratarse de una estancia amplia, la intimidad en que se hallaban los dos le resultó embarazosa a Milisant. ¿Cómo era posible que la pusiera tan nerviosa cuando la ira no le servía de escudo para protegerse de él?

Se propuso preguntarle lo que más intrigada la tenía y marcharse luego a toda prisa.

—Me han dicho que habéis metido a mi caballo en el establo. ¿Por qué lo habéis hecho?

—Me incomodaba verlo solo en el puente y vuestros sirvientes estaban cuidando del resto de vuestras mascotas —respondió él con un ademán de indiferencia.

Lo suponía, sus motivos no mostraban el mínimo de decencia; era de esperar, teniendo en cuenta las conclusiones que ella había sacado del modo en que él trataba a los animales. Claro, le incomodaba. Si no hubiera habido otros animales a la vista, ni siquiera hubiera reparado en *Stomper*. Antes de atribuirle cualidades y consideraciones de las que él carecía, debería haberlo pensado dos veces.

Con todo, había atendido a su caballo sin obligación de hacerlo, y la espontánea gratitud que sentía por ello la hizo ruborizar. La palabra con que debía corresponderle casi la atragantó:

—Gracias.

—Ha sido difícil, ¿verdad? —respondió él con una sonrisa, notando sus dificultades.

—Sí, casi tanto como debe de haber sido para vos manejar a *Stomper*.

—En realidad, el caballo se ha mostrado muy manso en cuanto olió el azúcar que le di.

Por eso no había visto marcas del látigo. Así que era lo bastante listo como para tentar, en lugar de coaccionar. No es que ella fuera muy crédula, pero cualquier cosa que trascendiera el «hazlo o aténte a las consecuencias» al que él la tenía acostumbrada podía considerarse un progreso. Aunque, claro, ése era su punto de vista. Para Wulfric, el «hazlo o aténte a las consecuencias» funcionaba de maravilla.

Lo que volvió a colocar la ofensa en primer lugar y la llevó a decir súbita y cortésmente:

—No os molesto más, lord Wulfric.

Se dirigía ya hacia la puerta cuando la voz de él la detuvo.

—¿No creéis que ha llegado ya el momento de que me llaméis Wulfric? Incluso Wulf estaría bien.

Ella no estaba en absoluto de acuerdo. Llamarle por su nombre de pila implicaba una amistad o, al menos, una sólida familiaridad, que no existía entre ellos. Sin embargo, en lugar de contraatacar a una hora tan temprana de la mañana haciéndoselo notar, se volvió hacia él con otra pregunta.

—Vuestro nombre es un antiguo nombre inglés, extraño en un normando. ¿Cómo es eso?

—Según cuenta mi padre, la noche en que nací llegó una manada de lobos a los bosques que rodean Shefford y estuvieron aullando durante horas; hasta que yo nací y aullé aún más que ellos. A mi padre le pareció profético que la manada se callara al oírme, y por eso me puso Wulfric, a pesar de que mi madre hubiera preferido que me llamara como mi abuelo.

En realidad, mi padre transigió. De ser por él, me habría llamado Wolf[1] a secas.

Gustándole como le gustaban los animales, a Milisant la historia le pareció divertida. El tono gruñón que había empleado indicaba que a él no. Así que se limitó a comentar:

—Una historia insólita para un nombre insólito.

Y se dio la vuelta para marcharse, pero él la detuvo de nuevo, en esta ocasión de un modo aún más directo:

—¿A qué viene tanta prisa, Milisant? Siempre parecéis apresurada. Me pregunto si alguna vez os tomáis el tiempo que requiere ver cómo florece una flor.

Era una pregunta muy extraña viniendo de él, pero sin embargo ella respondió con sinceridad.

—Cuando están en la época del año en que despiden su fragancia sí, me detengo a olerlas. En realidad, me siento más a gusto entre la exuberancia de la primavera que dentro de un frío edificio de piedra.

Se sintió inmediatamente molesta por haberle contado algo tan personal a él. Wulfric no tenía por qué saber ese tipo de cosas.

—No me sorprende —repuso él con dulzura a la vez que daba un paso hacia ella.

Milisant se puso en guardia. No podía imaginar qué motivos podía tener él para acercársele tanto, más que el intimidarla con su elevada estatura. Y eso

1. Lobo. *(N. de la T.)*

le salía muy bien, estuviera en la otra punta de la habitación o a su lado. Con todo, seguía aproximándose...

Ella debería haber huido. Lo comprendió luego. Él la habría llamado cobarde pero a ella no le hubiera importado, si eso le hubiera evitado saber cómo eran sus besos. Pero no huyó. Se quedó ahí de pie, paralizada por la súbita expresión sensual de él y que tanto lo cambiaba. Normalmente era apuesto, pero su atractivo había aumentado tanto que ella se sentía incómoda y la hacía sentirse atrapada, como si hubiera mordido un anzuelo y la estuvieran arrastrando hacia un destino desconocido.

El roce de sus labios en los de ella rompió el hechizo en que él la había envuelto. Retrocedió instintivamente. Las manos de Wulfric, posadas en sus hombros, la atrajeron de nuevo hacia él, que ahora estaba mucho más cerca, y terminó con su protesta cuando su boca la besó con avidez.

Pensó en algo devorador. Pensó en un animal atrapado. Pensó en el halcón abalanzándose sobre su presa. Ninguna de esas imágenes le ofrecía escapatoria pero la retuvo el miedo... o tal vez otra cosa. Lo que deseaba olvidar era esa otra cosa, aunque dudaba que pudiera: un ansia leve de reposar sobre su pecho y abandonarse a él.

El sabor de su boca era agradable. El calor de sus labios era agradable. La sensación de su cuerpo apretándose contra el suyo era... más que agradable. Sin embargo, y teniendo en cuenta lo que pensaba de él, nada de aquello era concebible y se sentía muy confusa. Pero en todo eso pensó luego. Durante el beso no pensó en nada, y eso era lo que más la aterrorizó, que hubiera algo que la atontara de esa manera.

Se preguntó qué habría ocurrido si el beso hubiera continuado, pues un criado dio un golpe seco en la puerta de la habitación y él la soltó y volvió a su posición anterior. A ella le pareció que él se mostraba un poco turbado.

Aún perpleja, Milisant le espetó:

—¿Por qué habéis hecho esto?

—Porque puedo.

¿De verdad había esperado una respuesta romántica de él? Doblemente tonta entonces. La respuesta que recibió hizo que la indignación la quemara como una llamarada. ¡Qué típico de los hombres! Puedo, así que voy a hacerlo. ¡Ay, si alguna vez pudiera una mujer decir lo mismo sin que alguien le replicara!

Ella replicó a su modo, con todo el desprecio que pudo reunir, y le dejó en compañía del criado que entró cuando ella salía.

—No me sorprende.

19

Porque puedo?»

Algunas veces, Wulfric se sorprendía a sí mismo, y ciertamente acababa de hacerlo. No podía imaginar una respuesta más estúpida y tan alejada de la verdad. Sin embargo, la verdad lo había cogido por sorpresa. Que pudiera desearla tan de pronto, cuando lo cierto era que le gustaban muy pocas cosas de ella. Aunque no, eso no era del todo cierto.

Cuando no llevaba esas ropas tan sucias era una muchacha excepcionalmente bonita. Además, era lista e ingeniosa, y eso cada vez le divertía más. Naturalmente, lo utilizaba para insultarle a la menor oportunidad, pero también la osadía con que lo hacía le parecía divertida.

Era una mujer insólita. Era orgullosa, terca y porfiada. Sus pasatiempos eran impropios de una dama. Ahora no le cabía duda de que no tendría dificultades para acostarse con ella; no, estaba convencido de que sería un placer. Y, aunque no le entusiasmaba la perspectiva de su inminente boda, también debía reconocer que ya no le parecía tan horrenda.

Probablemente por ello se abstuvo de mencionarle sus reservas cuando se encontraron ante el gran hogar antes de la comida del mediodía. Antes había pensado en recabar la ayuda de su madre.

Además, seguro que ella habría advertido el sombrío humor con el que partió, la semana pasada, en busca de Milisant. Aunque, como era propio de ella, lo habría ignorado. Hasta que se enfrentaba sin remisión a una situación horrible, negaba con mucha facilidad cualquier signo que presagiara el desastre por aplastante que fuera.

De modo que si él se hubiera esforzado en explicarle sus muchos motivos —y seguían habiendo muchos—, se hubiera contentado con repetirle por qué pensaba que Milisant sería una buena esposa. Sin embargo, él prefirió esperar a un momento más propicio y guardar silencio al respecto, consciente de que el sabor de Milisant, que seguía fresco en su boca, era lo único que le decidía.

Cínicamente, pensó en cuántas decisiones de gran importancia se basaban en las necesidades sexuales de los hombres, casi sin que se dieran cuenta. Demasiadas, de eso no cabía duda. Ni los reyes eran inmunes al egoísmo en la arena sexual. El rey Juan era un buen ejemplo de ello.

Desgraciadamente, debía haberse imaginado que su madre no querría hablar de nada más que de la boda y de la novia. Cuando se acercó a saludarla a su banco favorito, ella prorrumpió a hablarle largo y tendido acerca de esos temas.

—¡Ah, qué contenta estoy de que hayas llegado antes de que empiece a llenarse la sala para la cena! Así puedo decirte lo orgullosa que estoy de que finalmente hayas ido a buscar a tu prometida. Eres muy afortunado, Wulf. Es maravillosa. Habiéndote prometido a ella cuando nació, no podíamos estar seguros de cómo iba a salir, ¿verdad que no? Sin embargo, te habrá resultado de lo más beneficioso.

Él sofocó una carcajada. ¿No se había dado cuenta de lo insólita que era Milisant? Pensó que igual su madre no lo sabía. Después de todo, la chica era capaz de comportarse adecuadamente cuando quería, y tal vez lo hubiera querido cuando estuvo en presencia de su madre a lo largo de esos años.

Además, ¿acaso él mismo no se había llamado a engaño pensando cosas tan agradables de Milisant cuando creyó que era Jhone? ¿Cuántas veces les pasaría lo mismo a los demás?

Lo mejor sería dejarlo pasar sin comentario. Sin embargo, le picaba la curiosidad de saber cuán ilusa podía ser su madre —lo era muy a menudo— o de si realmente conocía a la misma Milisant que él.

De manera que, con cierta descortesía, repuso:

—¿Qué os parece su manera de vestir?

Anne frunció el entrecejo, como si no comprendiera por qué se lo preguntaba, aunque luego sonrió.

—¿Te refieres a su afición, cuando niña, a vestirse como sus compañeros de juegos? Por supuesto, ya se le ha pasado la edad…

—En realidad, madre…

Ella le cortó en seco:

—Y le gusta cazar. Lo que debe complacerte, con lo mucho que te gusta a ti también.

—No caza con halcones.

—¿Ah, no? Pero si recuerdo que su padre mencionó en más de una ocasión…

—¿Que es muy hábil con el arco?

Ella soltó una risita.

—¡Qué tontería, Wulf! ¡Claro que no caza con halcón! Además, he visto su halcón. Un ave espléndida. *Rhiska*, creo que se llama, por un halcón que tenía en la infancia y que un bruto mató por despecho. Seguro que te contará la historia, si no te la ha contado ya. Fue una experiencia muy desagradable para ella, contártela la acercará un poco más a ti.

Él quedó consternado. Si, como sospechaba, él era el chico del que hablaba su madre, el que había matado a la primera *Rhiska* de Milisant, no era de extrañar que no le soportara. «Bruto» debía de ser la palabra que utilizara la chica, no su madre. Anne no recurría jamás a nombrar ni a emitir juicios de carácter como ése. Obviamente, Milisant le había contado la historia a Anne, callándose quién había sido el bruto, porque Anne jamás le hubiera dado crédito si ella hubiera intentado convencerla de que el desalmado era su hijo.

¡Vaya por Dios! Le hubiera gustado enterarse antes de cuál había sido el resultado del gesto con el que se quitó el animal de encima. No había sido ésa su intención, si es que estaban hablando del mismo animal. Pero ¿de qué otra manera podría desprenderse de un halcón que casi le estaba arrancando los dedos?

No obstante, si hubiera sabido que no había sobrevivido al golpe que se dio con la pared cuando él lo arrojó lejos de sí, se hubiera quedado a consolar a la encolerizada niña. Ambos hubieran terminado el día con recuerdos menos horribles.

—Hablando de animales —dijo él—, ¿habéis visto todas sus mascotas?

—¿Todas?

De nuevo esa expresión de extrañeza, seguida rápidamente de una sonrisa cuando comprendió a qué se refería su hijo. Como siempre, se equivocó en su suposición.

—¿El lobo? Extraña mascota, sí, pero encantador. Créeme, sería capaz de confiarle la compañía de uno de los perros de tu padre. ¿Sabías que una vez durmió a mis pies? Ni sabía que estaba ahí, pero le di una patadita sin querer y ni siquiera gruñó. ¡Oh, sí! —añadió con una risilla sofocada—. ¿No es así como le llama, *Gruñidos*? Aunque no le sienta nada bien, es dócil como un gatito.

Tuvo la sensación de que su madre pensaba que él estaba preocupado por el lobo. Podría haberle precisado que se refería al gran número de mascotas de Milisant, no a una en particular. Lo que más le preocupaba era que pudiera convertir su estancia marital en un establo, pero decidió que no tenía sentido seguir con el tema. Su madre convertiría cualquier inquietud suya en una consecuencia nimia del matrimonio. La quería mucho, de verdad que la quería, pero había veces en que su actitud le frustraba profundamente.

Así pues, no se quejó de su futura esposa, al menos por el momento. Todavía tenía el beso fresco en la mente y sus pensamientos estaban centrados en cuándo podría probarlos de nuevo, sólo para cerciorarse de que no había soñado lo buena que había sido la primera vez.

Sin embargo, tenía que advertir a su madre de los ataques de los que estaba siendo objeto Milisant. Dado que parecía que iba a compartir mucho tiempo con ella, no podía seguir manteniéndola en la ignorancia para evitarle la angustia.

La abordó sin más preámbulos.

—No quisiera alarmaros, madre, pero debéis saber que alguien está intentando matar a Milisant.

Ella soltó un grito horrorizado. Como era de esperar, no le creyó.

—Wulf, eso no tiene ninguna gracia.

—Estaría encantado de que fuera una broma. Pero ha habido dos, probablemente tres atentados en cuestión de días. Os lo digo porque vais a pasar muchas horas con ella, y deberéis fijaros en cualquier desconocido que pretenda aproximarse a ella.

Su súbita palidez le dijo que ahora sí le había tomado en serio.

—¿Quién? ¡Por Dios santo! ¿Por qué?

Él se encogió de hombros.

—No puedo imaginar quién pero, en cuanto al porqué... A menos que ella tenga algún enemigo que no confiesa, supongo que alguien intenta perjudicarme haciéndole daño a ella o tal vez impidiendo la boda.

—Entonces debéis casaros inmediatamente.

Él rió, incrédulo.

—Parece que no está dispuesta. Ya se lo he sugerido.

—Hablaré con ella.

—Eso no cambiará las cosas, madre.

—Claro que sí —dijo ella con determinación—. Es una chica razonable. Si eso va a acabar con los ataques, tiene que acceder.

¿Razonable? Entonces sí temió que su madre la hubiera confundido con su hermana Jhone. Pese a todo, no tenía ningún scntido revelarle la verdad, que Milisant no quería casarse. Ya lo comprobaría ella misma cuando intentara apresurar la boda.

Así que se limitó a decir:

—Haced lo que deseéis.

Conociendo a su madre, lo haría de todos modos. Y, dado que ya la había advertido de la necesidad de estar alerta con cualquier sospechoso, se dio por satisfecho.

20

Idiotas, sois todos una panda de idiotas! ¡Os mando hacer un simple encargo, y lo estropeáis no una sino tres veces! Decidme, ¿para qué os pago? ¿Para que me contéis lo incompetentes que sois?

El primer pensamiento de Ellery fue que tenía que dejar de dormir en hospederías si no quería que Walter de Roghton le encontrara con tanta facilidad. El segundo fue que le complacería más liquidar a Walter que a la chica que éste le había contratado para matar. Claro que no beneficiaría su reputación, pero sólo era una idea, aunque muy atractiva.

Tampoco bajó la cabeza en signo de humillación y vergüenza, aunque sabía que era la reacción que el lord pretendía de él. Sus dos cómplices, Alger y Cuthred, le inspiraban confianza a Walter, pero Ellery le miraba con ojeriza.

—Han sido las circunstancias, milord —fue todo lo que le dijo como excusa—. La próxima vez nos saldrá mejor.

—¿La próxima vez? —Los nervios de Walter parecieron hacerse añicos y articuló, fuera de sí—: ¿Qué próxima vez? Tuvisteis acceso a Dunburh, no podréis entrar en Shefford, que mantienen como una ciudadela asediada. No consigue entrar nadie que no tenga asuntos legítimos que resolver ahí. Hasta los comerciantes tienen que resultarles familiares a los guardas, de lo contrario les hacen irse por donde han venido.

—Tendrán que contratar…

—¿Me has oído? Shefford es un condado. Un conde no necesita contratar a nadie, le basta con sus vasallos y con los servicios que los pueblos le deben.

—Siempre hay una manera, milord, de obtener lo que uno necesita, si no es comprando o sobornando, es con el fraude o con el robo. Seguro que hay villanos que entran y salen. Siempre los hay. Habrá carros que entren, y putas. Conozco a una fulana a la que podríamos utilizar, si fuera necesario. Ha trabajado conmigo antes y sabe alguna cosa que otra acerca de venenos. No gastéis vuestro tiempo enseñándome a hacer mi trabajo.

A Ellery no le importaba en absoluto que le estuviera faltando el respeto a un lord, él no lo era y tampoco le importaba. Era un hombre libre y, por su parte, eso le otorgaba todos los derechos para hablarles en el mismo tono a nobles y siervos. Su madre era una puta londinense, no tenía ni idea de quién era su padre, apenas le habían destetado y ya se vio en la calle, componiéndoselas solo para sobrevivir. Había sobrevivido a la desnutrición, a las palizas, a dormir en las alcantarillas en invierno. Un lord fanfarrón no le impresionaba en absoluto.

Que pareciera que a Walter le fuera a salir la cólera en forma de espuma por la boca demostraba que no estaba acostumbrado a tratar más que con gente a la que consideraba muy inferior a él. Eso no era bueno. Si Ellery había aprendido alguna cosa a lo largo de su vida, era que tenía que llevarse su parte de todo, por las armas si era preciso. ¿Qué sentido tenía la vida, después de todo, si había que arrastrarse y morder el polvo ante los nobles de alcurnia sólo porque ellos lo dijeran?

A Ellery no le importaba hacer ese trabajo. No sería la primera vez que mataba a sueldo. Pero no le gustaba que le dijeran cómo tenía que hacer su trabajo. Tampoco le gustaba que le gritaran. Era un hombre grande, más grande que la mayoría. Y si su tamaño no bastaba para que los demás se lo pensaran antes de levantarle la mano, lo remataba con su porte. Le habían dicho muchas veces que, aunque en el fondo era un bruto apuesto, parecía más malo que un pecado. Estaba acostumbrado a que le trataran con recelo.

En cuanto al encargo en cuestión, el hecho de que la persona que tenía que matar fuera una mujer, sólo suponía una salvedad. La había visto en toda su belleza, o mejor dicho a su hermana, de la que decían que era idéntica a ella, y le volvían loco las mujeres guapas. La mataría igual, pero antes quería poseerla. Aunque eso era algo que Walter no tenía por qué saber, parecía de los que insistirían en que sólo podía tocarla con la espada.

Cuthred y John no eran de la misma opinión e intentaron matarla tal como quería Walter. Pero Cuthred tenía mala puntería con el arco y la flecha, y John, bueno, no había vuelto a salir del monasterio.

Por supuesto que la chica ya estaría muerta si él no deseara probarla antes, porque el día que se la encontró en el camino de Dunburh hubiera sido más fácil matarla que capturarla como intentó. Sin embargo, empezaba a preguntarse —y no porque Walter estuviera reprendiéndole, sino por la muerte de John— si tomarla merecería el riesgo que estaba corriendo él y sus amigos.

Quizá debería contratar a la puta con la que había hablado para ir al castillo de Shefford y envenenar a la muchacha. Además, aún no había intentado colarse en Shefford por sus propios medios. Habría que ver si era tan difícil como afirmaba Walter.

No obstante, quería expresarle una queja. No le importaba por qué tenía que hacer un trabajo determinado. Eso a él no le incumbía. Pero sí le importaba que no le contaran las particularidades de un trabajo que fueran pertinentes para su éxito o su fracaso.

—Debíais de habernos advertido, señor, de que la dama está prometida con el hijo de un conde —le dijo con cierto reproche en la voz.

—Eso no hubiera supuesto la menor diferencia si hubierais hecho el trabajo cuando debíais, antes de que De Thorpe fuera a recogerla. Era pan comido, se comportaba como los campesinos e incluso salía sola a los bosques de Dunburh. Antes de que llegara De Thorpe hubiera sido facilísimo apresarla. Pero ahora que habéis estropeado el golpe tres veces seguidas, deben de tenerla más protegida que a la reina, en especial ahora que está cómodamente resguardada en Shefford.

Ellery se preguntó por qué, si era tan fácil de pillar, no lo había hecho el mismo noble. Puede que porque era igual de competente con una espada que con la tontería que acababa de salir de su boca.

Por supuesto, tenía que dar con un lord que era todo bravatas que intentaban encubrir la cobardía que se ocultaba tras ellas. Sabía que había excepciones, verdaderos caballeros que estaban bien formados y eran competentes en la guerra y matando. Sólo que Ellery jamás se había encontrado con ninguno, aunque tampoco le hubiera gustado, porque este tipo de hombres no necesitarían los servicios que ofrecía Ellery. Eran perfectamente capaces de cuidar ellos mismos de sus asuntos, si se daba el caso.

Pero eso no se lo dijo a Walter; en cambio, le preguntó:

—Si antes se comportaba como un campesino, ¿qué os hace pensar que no seguirá siendo así? Considero que ella es su peor enemigo. No tenemos ni que ir por ella, vendrá a nosotros.

—Ya me gustaría que pudieras depender de eso, pero no puedes —dijo Walter, aunque parecía bastante apaciguado—. No olvides que hay un límite temporal. Es necesario que ella muera antes de que las dos familias se unan en matrimonio, no después. ¿Lo entiendes?

—Sí, pero también nos prepararemos para aprovecharnos de las tonterías que pueda cometer por sí sola.

—De acuerdo, pero no me falles esta vez si no quieres conocer la ira de un rey, y la mía propia.

Ellery rió a carcajadas y Walter enrojeció levemente. ¿Por qué cualquier lord del tres al cuarto creía que invocar al rey era como amenazar a alguien con la cólera de Dios? Tal vez tratándose del último rey, de quien se decía que tenía el corazón de un león, y así le llamaban, pero ¿con ese enclenque hermano suyo?

Walter montó en cólera y cuando finalmente recuperó el aliento gritó con voz aguda:

—¿Cómo te atreves?

Ellery hizo un gesto con la mano, impertérrito ante la furia del lord.

—Amenazadme con De Thorpe y puede que me

inquiete. Incluso he oído por ahí que es un caballero valiente. Pero vuestro reyezuelo sólo se ocupa de intrigas y mentiras. No es una amenaza más que para los nobles que le son leales. Ahora marchaos, milord, y dejadme planificar este asesinato en paz. Terminaré el trabajo que he empezado porque así lo he decidido, no porque me preocupe vuestro descontento.

Sus palabras indignaron de nuevo a Walter, que se marchó erguido, con toda la grandeza de su rango social. A Ellery le traía al fresco haber insultado gravemente al hombre que le había contratado. Le había pagado la mitad de lo acordado y con el tiempo iban a pagarle el resto, aunque fuera a escondidas del lord.

Fuera de la habitación, Walter estaba pensando exactamente lo mismo. En ocasiones anteriores ya había mandado matar a sus mercenarios cuando terminaban la tarea encomendada. Era la mejor forma de asegurarse su silencio. Esta vez iba a ejecutarlo él mismo, y sería todo un placer.

21

Hoy pareces desanimada, me preocupas —dijo Jhone.

Milisant se había detenido en la escalera de caracol que conducía al gran salón. Se detuvo para mirar por una tronera el campo que se extendía fuera de las murallas de Shefford y Jhone prefirió ignorar el gesto y pensar que había algo que preocupaba a su hermana, más allá del casi confinamiento en el castillo.

Intentó sonsacarla.

—¿Todavía estás cansada del viaje?

—No.

La lacónica respuesta aún inquietó más a Jhone.

—Muy bien, qué gusano te corroe.

Ella se volvió para mirarla con una sonrisa triste.

—Si me gustaran los gusanos...

—Ya lo sé —la cortó Jhone, impaciente—. Igual que tú sabes que a mí no puedes ocultarme tus enfados, por más que lo intentes.

Milisant suspiró y dijo simplemente, casi en un susurro.

—Me ha besado.

Jhone puso ojos como platos.

—¿Cuándo?

—Esta mañana.

—Pero eso es bueno.

—Y caerse por un barranco también —refunfuñó Milisant.

—No, de verdad —insistió Jhone—. ¿Te acuerdas de la conversación que mantuvimos acerca de las ventajas que podías obtener si te deseaba? Sinceramente, que te besara porque le apetecía es...

—¡Oh, tenía otra razón muy buena para hacerlo! —replicó Milisant airada—: Porque podía.

Jhone se quedó un momento callada, luego respondió con una risita.

—¡Qué tontería! Eso no es una razón.

—Es la razón que él me ha dado.

—Puede, pero sigue sin ser la razón.

—Y supongo que tú sabes la razón —preguntó Milisant exasperada.

—Si lo piensas, está clarísimo —expuso Jhone—. ¿Te besaría un hombre si no le apeteciera?

—Se me ocurren otras razones además del puro querer —se burló Milisant—. Hay besos que sellan la paz, sellos que establecen la dominación, besos que castigan, besos que asustan, besos que...

—Ya está bien —la atajó Jhone, poniendo los ojos en blanco—. ¿Por qué te esfuerzas tanto en negar que pueda desearte? Decidimos que eso iba a ser una ventaja para ti.

—No; lo decidiste tú —le recordó Milisant—. Yo decidí que no quiero tener nada que ver con sus deseos.

Jhone frunció el entrecejo.

—¿No te gustó el beso? —El rubor que tiñó el rostro de Milisant fue de lo más explícito y Jhone sonrió, aliviada—. Bueno, podemos estar contentas de que, al menos, no lo encontraras completamente horrible.

—Tampoco le hago ascos a *Gruñidos* cuando me lame la mejilla. ¿Significa eso que me guste que me lama?

—No se puede comparar —dijo su hermana con una risita picarona— a un lobo con... esto... con Wulf.

Milisant masculló su desacuerdo.

—Habla por ti. Para mí es muy fácil comparar a Wulf con un lobo, no con mi lobo, sino con los lobos en general.

Jhone suspiró.

—Te lo he dicho antes, no creo que seas capaz de llevar tu tozudez hasta sus últimas consecuencias. Estás dispuesta a demostrarme que me equivoco, ¿verdad?

—¿Tozuda con qué? —preguntó Milisant, a la defensiva—. ¿Con que no me gusta él? ¿Con que no quiero que me bese? Jhone, tú no tuviste que pasar por el dolor que me causó cuando me rompió el pie, el pavor y el miedo a quedarme coja. Es un milagro que ahora mismo no esté lisiada.

—Sí experimenté tu pavor y tu miedo a quedarte coja, no el dolor claro. Pero, Mili, de eso hace mucho tiempo. Se ha convertido en un hombre desde entonces. ¿Crees honestamente que él te haría daño ahora? Es el hijo de lord Guy. Sabes lo amable que es lord Guy. ¿Cómo puede ser tan distinto su hijo?

—Pues muy fácil. Soy el perfecto ejemplo de cómo una hija puede no parecerse a ninguno de sus genitores.

—¡Eso no es verdad! Papá ha dicho muchas veces lo mucho que le recuerdas a mamá.

Ahora fue Milisant la que hizo un mohín de exasperación.

—Porque tenía un poco de temperamento. ¿Crees que en lo demás se comportaba como yo?

—Bueno, supongo que no eres el mejor ejemplo

—concedió Jhone chasqueando la lengua—. Hablé con Wulfric cuando él creía que yo era tú, y es de todo punto galante, cortés, caballeroso...

—Y yo he hablado con él cuando creía que era un muchacho, y es de todo punto bruto, arrogante y hosco.

Jhone abrió los brazos, abatida.

—De acuerdo, me rindo.

—Muy bien. —Milisant apenas hizo el gesto de avanzar antes de que Jhone prosiguiera.

—Le das un nuevo sentido a la palabra tozudez. No va a tratar a su esposa como a un sirviente irrespetuoso, que es lo que creyó que eras el día que llegaron.

—No; la va a tratar peor —repuso Milisant—. Porque puede.

—Pues sí que te ha ofendido esa observación, ahora me doy cuenta.

Milisant respondió con desprecio.

—Para lo que me importa...

—Mili, no intentes engañarme porque sabes bien que no puedes. ¿Hubieras preferido que te dijera que está deseoso de casarse contigo? ¿Que le tientas hasta el punto de que no puede esperar a que estéis realmente unidos? ¿Y por qué iba a decirte eso? Si me dices que le preguntaste tú misma por qué te había besado, seré yo la que te va a pegar dos cachetes.

—Por supuesto que se lo pregunté —murmuró Milisant—. Su beso me dejó atontada. Le pregunté lo primero que me pasó por la cabeza.

—¿Atontada? —preguntó Jhone, súbitamente interesada.

—Ya me entiendes.

—En realidad, no lo sé muy bien —replicó Jhone pensativa—. ¿Quieres decir trastornada? ¿O quieres decir que sentías tantas cosas que eras incapaz de comprenderlas y pensar con los cinco sentidos? No, no importa, cualquiera de esas tonterías es buena, me lo vas a decir a mí.

Milisant gruñó.

—Me disgusta ser incapaz de pensar correctamente, y eso es lo que provocó en mí el beso.

—¿Te he contado ya esa vez que el escudero de papá me besó?

Milisant puso una expresión de sorpresa.

—¿Sir Richard? ¿Y papá no mandó que le desollaran vivo?

Jhone rió como una niña traviesa.

—Naturalmente, no se lo dije a papá. Después de todo, no me hizo ningún daño, y el muchacho se deshizo en disculpas. A decir verdad, me halagó. Pero yo ya estaba enamorada de William.

Milisant se apoyó contra la pared.

—Supongo que pretendes decirme alguna cosa.

—Claro —sonrió Jhone—. ¿Cuándo no? El beso de Richard fue tan fugaz que no lo encontré tan distinto a los de papá. Como la picadura de un mosquito, al día siguiente lo había olvidado. No me hizo sentir nada especial. Sin embargo, la primera vez que William me besó, me emocioné tanto que casi me desmayo. Fue tan excitante, Mili. ¡No hay comparación con lo que el deseo puede hacerte sentir!

Milisant se ruborizó antes incluso de que Jhone hubiera terminado de hablar, pero su última observación le hizo protestar airadamente:

—¡Yo no le deseo! ¿Cómo es posible que le desee si le odio?

—Pues porque quizá no sea cierto que le odies. Quieres odiarle, de eso no hay duda. Estás haciendo un esfuerzo ímprobo por conseguirlo. Pero te está costando mucho.

—Eso suena bien, Jhone, razonable incluso —dijo Milisant con sarcasmo—. Pero tú no tienes en cuenta lo nerviosa que me pone. Me pone tan furiosa que podría escupirle. ¿Significa eso que le deseo?

Jhone le dirigió una mirada dolida.

—Intento ayudarte a que las cosas te sean más fáciles, pero tú prefieres revolcarte en tus penas.

—No; preferiría encontrar la manera de evitar todo esto, que es lo que no paro de decir, pero tú no me escuchas. Ayúdame a salir de este atolladero, Jhone, no a meterme en él.

Jhone puso una mano conmiserativa en el brazo de su hermana.

—Lo que me temo es que no hay escapatoria. Por eso intento que estés preparada y que lo aceptes en lugar de que seas tan infeliz.

Milisant la abrazó.

—No quería transmitirte mi angustia.

—Bien, pues, por hoy no hablaré más —dijo entonces Jhone—. Mejor que bajemos antes de que manden a alguien por nosotras. Por cierto, el color rosa te sienta muy bien.

Milisant contempló el cotardía rosa que Jhone le había prestado y dijo:

—Justo lo que necesitaba oír para que se me quitara el apetito.

Jhone sonrió y tiró de su hermana escaleras abajo bromeando.

—Estoy empezando a creer que tu problema es que tienes demasiada energía y como no realizas actividad suficiente para quemarla eso te pone de mal humor.

—No estoy de mal humor —refunfuñó Milisant.

—Sí lo estás. Pero dama Elga me confesó en una ocasión el mejor método para quemar energía y no sentirse abatida.

—¿Debo suponer que vas a comunicarme ese gran secreto?

—No, pero es una solución muy sencilla. —Se apresuró a avanzar por las escaleras antes de terminar—: ¡Que tengáis muchos niños! —Y bajó de un salto los peldaños que le quedaban antes de que su hermana alcanzara a darle un coscorrón.

22

Las vio entrar en el salón. Ese día no iban vestidas iguales, pero se las veía idénticas. Una se reía y la otra se burlaba de ella. Por una vez, era fácil decir quién era quién.

Wulfric maldijo una vez más, en silencio, al hado que le había destinado a la más rara de las hermanas, en lugar de la normal. Lo más curioso era que viendo a Jhone, tan bella y radiante con su diversión, no se sintió en absoluto atraído por ella, no como cuando pensó que sería suya. Sin embargo, cuando miraba a su hermana, notaba que la sangre le hervía. Sólo que no alcanzaba a comprender por qué. Nunca le habían gustado las mujeres inclinadas a expresarse con berrinches y expresiones cáusticas y desagradables. Cuando un hombre necesita divertirse en la cama, le contraría sobremanera tener que pensar en el temperamento de la mujer con quien se acuesta. ¿Y cuándo su prometida no se había mostrado temperamental? Incluso ahora, con lo evidente que era que estaba enfadada, a juzgar por su expresión, ¿cómo era posible que se sintiera atraído por ella?

—¿Tienes que poner ceño siempre que la miras? —le preguntó Guy con voz cansina.

Wulfric miró a su padre. No lo había visto acercarse. Tampoco habían vuelto a hablar de Milisant desde su regreso, sólo habían comentado lo de sus agresiones. Le había contado lo ocurrido la noche de la abadía antes de irse a la cama, después de su llegada, y con pormenores que no le había contado a su madre.

Wulfric relajó su expresión y replicó simplemente:

—No sabía que estaba frunciendo el entrecejo.

—Tus sentimientos hacia ella no tienen por qué ser públicos —le dijo con cierto reproche—. Tampoco te beneficia en nada que ella sepa lo poco que te complace.

Wulfric tuvo que hacer un esfuerzo por no reír abiertamente. Sonrió con amargura antes de admitir:

—Ya lo sabe. Además, ella siente lo mismo por mí. Ama a otro, padre. Lo ha admitido ante mí.

Lord Guy compuso una fugaz expresión sombría pero luego se rió.

—¡Bah! Eso es una reacción defensiva, sin duda porque tu desagrado no le ha pasado inadvertido.

Wulfric no pudo descartar esa posibilidad, máxime cuando él había hecho precisamente eso, mentirle diciéndole que amaba a otra cuando ella le dijo que estaba enamorada de otro. Sin embargo, eso no explicaba la verdadera animosidad que le profesaba. ¿Porque había matado a su halcón? Le costaba creer que pudiese guardar rencor durante tanto tiempo por un animal. ¿Porque no había salido en persecución de los canallas que la habían atacado aquel día en el camino? Eso parecía más probable. Por más que no era suficiente para que ella deseara anular el contrato, y eso era lo que ella quería.

No obstante, no pensaba hablarle de todo eso a su padre, al que sólo le comentó despreocupadamente:

—No importa. Ella y yo estamos... habituándonos. Su padre le ha concedido unas semanas para que se acostumbre a mí.

—¿De modo que ya no te crea tanta aversión la perspectiva de casarte con ella? —preguntó Guy levantando una ceja.

Wulfric puso cara de resignación.

—Digamos que ya no tanta. Sigo pensando que no va a crearme más que problemas, aunque tal vez esos problemas resulten... interesantes, o al menos no tan desagradables como yo pensaba. Su padre cree que, una vez casada, cambiará. ¿Sabías que le hubiera gustado nacer chico? ¿Y que prefiere las diversiones masculinas a las de su propio sexo?

—Me consta que en ocasiones carece de la gracia propia de las mujeres —dijo Guy ruborizándose.

—¿En ocasiones? —replicó Wulfric con un bufido—. Podríais haberme advertido que le encanta vestirse de hombre. Casi la azoto pensando que era un sirviente con la lengua demasiado larga.

—¡Oh! ¿Cómo pudiste no fijarte en la tersura de su piel?

—Tal vez porque también se la cubre de suciedad.

Guy compuso una mueca de pesar.

—Ya sabía que le gustaba vestirse de chico. A Nigel se le aflojaba la lengua cuando tomaba un par de copas y alguna vez se le había escapado su frustración respecto al tema. Sin embargo, yo creía que, al hacerse mayor, le pasaría. Basta con mirarla. Nadie diría que no sabe comportarse de forma adecuada.

—Sólo cuando le place.

Guy carraspeó antes de proseguir.

—En fin, yo... soy de la misma opinión que mi amigo. Boda, cama, muchos hijos y ten por seguro que la encontrarás más agradable y, ciertamente, más femenina.

Wulfric se preguntó una vez más si sus padres conocían a la verdadera Milisant o si creían que era su hermana. Con todo, se limitó a comentar:

—Él cree que la solución pasa por el amor.

—El amor puede cambiar a la gente —repuso Guy—. Lo he visto más de una vez. Pero también he visto cómo un caballero brutal trata a su hijo con un cuidado extremo y cómo la mujer más fiera se convierte en una santa cuando ha tenido un bebé, así que no infravalores las maravillas que es capaz de obrar la descendencia cuando se trata de cambiar a una muchacha.

Wulfric rió por lo bajo.

—Me pregunto por qué mencionáis lo de la descendencia. ¿Acaso por los placeres que eso implica?

—Sobre esos placeres podríamos hablar largo y tendido. Hasta la más aborrecible de las medicinas se nos hace agradable al paladar si le añadimos un poco de miel y... —Guy se detuvo al ver que su hijo ponía los ojos en blanco—. Estás decidido a mostrarte en desacuerdo conmigo, como siempre —terminó con un murmullo.

—No es eso —protestó Wulfric con una sonrisa conciliadora—. Sólo que no compararía a una mujer con una medicina asquerosa, porque ésta se toma de un sorbo y se olvida, mientras que la otra puede durar el resto de tus días.

—No importan las comparaciones si entiendes lo que quiero decir. Lo entiendes, ¿verdad?

—Sin duda; os sigo siempre en vuestros razonamientos, padre. No os inquietéis por la chica.

Guy le miró largamente y al final concedió:

—Muy bien, estaré tranquilo al respecto. Sin embargo, en cuanto a lo otro.... ¿has pensado en lo que te dije? Tenemos que saber quién está detrás de esos ataques.

Cuando, la noche anterior, Wulfric le había hablado de ellos a su padre, Guy le había pedido que le diera algunos nombres. Y él se había apresurado a pensar en algunos.

—No he tenido ningún enfrentamiento grave con nadie, que yo recuerde —dijo Wulfric—. Sólo con unos capitanes mercenarios de Juan.

—¿Del rey Juan?

—Sí.

Guy frunció el entrecejo.

—¿Qué clase de enfrentamiento?

—Nada que debiera inquietarme. Una flecha galesa acababa de matar a uno de mis hombres y no estaba de humor para escuchar cómo minimizaban nuestros esfuerzos. Pegué a un tipo. Cuando se recuperó, al cabo de unas horas, le oyeron decir que no pararía hasta ver cómo me ensartaría con su lanza.

—Deberías haberle mandado directamente a la otra vida.

Wulfric se encogió de hombros.

—Al rey no le gusta perder a sus capitanes en riñas sin importancia. Además, yo no me tomé la amenaza en serio. Era un idiota y no le consideré capaz de tramar ninguna venganza. Hubiera venido directo por mí, no habría intentado hacerme daño a través de terceras personas.

—¿Quién puede ser, entonces?

Wulfric intentó quitarle gravedad a la situación riéndose.

—¿Es que creéis que tengo enemigos por legiones? Sinceramente, no se me ocurre nadie más. ¿Y vos? A vos también os perjudicaría que no se celebrara esta boda.

Guy pareció desconcertado.

—Ni siquiera lo había considerado, pero tienes razón. Debemos pensar también en ello. A diferencia de ti, con el paso de los años me he labrado numerosos enemigos.

Wulfric le miró, suspicaz.

—¿Numerosos? ¿Vos? Siendo vuestro honor tan probado habría que ser muy estúpido para cuestionarlo.

Guy sonrió.

—No he dicho que tuviera enemigos honorables, ni mucho menos. Sólo los que carecen de escrúpulos tienen motivos para temer e injuriar a un hombre honrado, y desean venganza cuando se les desenmascara, si es que consiguen escapar de la horca. No obstante, en lo que a Milisant se refiere, no me basta con que se tomen precauciones. ¿A quién has asignado para su vigilancia?

—¿Además de madre?

—¿Bromeas? Por más que tu madre es diligente en sus deberes, y considere la protección de la chica como uno de ellos...

—Todos los accesos al castillo están vigilados, padre. Milisant no puede poner un pie fuera de la torre sin que yo me entere.

Guy asintió.

—También hay que restringir el acceso a Shefford. Sin embargo, cuando empiecen a llegar los invitados de la boda con su servicio, puede que necesitemos confinarla en las dependencias de las mujeres.

—Se resistirá como un gato panza arriba —predijo Wulfric.

—Puede, pero será necesario.

—Entonces os pediré que, llegado el momento, se lo digáis vos mismo —dijo Wulfric con una sonrisa.

23

Los habitantes del castillo empezaron a ocupar sus puestos en las mesas de caballetes dispuestas para la comida. La larga mesa colocada sobre la tarima donde iban a comer el lord y sus acólitos seguía vacía. Era tradición que los invitados a comer esperaran hasta que el lord ocupara su lugar en el centro. Sin embargo, Guy seguía enfrascado en la conversación con su hijo.

Milisant advirtió que lady Anne se acercaba a ella aunque, por tercera vez, la detenían los sirvientes que necesitaban de su atención. Esperaba que la dama no quisiera hablar de nuevo de la boda. Se quedaría sin saberlo, de todos modos, porque lady Anne cambió de dirección y se encaminó hacia su marido. Eso dejó a Wulfric momentáneamente solo y éste centró su atención en ella.

Milisant cogió la mano de su hermana y la atrajo hacia la mesa, que para entonces se iba llenando rápidamente de comensales, para que se sentaran juntas y no hubiera sitio para él. No le importaba que Wulfric pudiera pensar que le estaba evitando. Eso era precisamente lo que hacía. Se sentaron en un banco estrecho donde no cabía nadie más.

—¿Qué estás haciendo? —le susurró Jhone a Milisant mientras ésta tiraba de ella para que se sentara.

Milisant le contestó con otro susurro:

—Asegurándome de que no pueda hablar conmigo en privado.

Jhone suspiró.

—Eso es un esfuerzo inútil, Mili. Si quiere hablar contigo, lo hará. Quieras o no. Y tienes que sentarte con él.

—¿Para qué? ¿Para que me quite el apetito? —dijo levantando el mentón, testaruda.

—Me concedes demasiada importancia, muchacha —terció Wulfric sentándose junto a ella.

Milisant se envaró y vio que un anciano caballero se hacía a un lado para hacerle un lugar a su prometido. Wulfric tenía una expresión hosca.

—¡Qué bien que os hayáis reunido conmigo, milord! —ironizó Milisant.

—El sarcasmo no os sienta bien —replicó él con tono inexpresivo.

—Me gustaría que os fuerais. ¿Suena mejor así?

—Mucho mejor. Siempre es preferible la verdad, incluso cuando no te revela nada nuevo.

Ella bufó de desagrado y se volvió hacia su hermana para entablar una conversación tan mundana que, aunque la oyera él, no tendría gran cosa que comentar. Funcionó. Él no se inmiscuyó en su charla.

Ojalá ese silencio fuera cuanto necesitaba para ignorarle. Pero no, aunque se arrimó a Jhone para evitar rozar el muslo, la espalda, o lo que fuera, de Wulfric, no pudo olvidar ni por un instante que estaba ahí, junto a ella, a apenas unos centímetros.

Eso la puso en tal estado de tensión que, efectivamente, le afectó el apetito. Comió, pero sin darse cuenta de lo que comía. Bebió, pero el vino podría haber sido vinagre y ella no se habría enterado. Fue casi un alivio oír de nuevo su voz.

—Prestadme un poco de atención, muchacha. Se supone que, como mínimo, tenemos que parecer una pareja de prometidos.

El tono de Wulfric era áspero. Milisant tomó conciencia de que, cuando estaba enfadado con ella, la llamaba «muchacha».

Se dio la vuelta y le miró levantando una ceja, intrigada.

—¿Y cómo se supone que tiene que mostrarse una pareja?

—¿Feliz?

Ella sonrió con amargura.

—¿Cuando la mayoría de los matrimonios, como el nuestro, han sido dispuestos de antemano? ¿Qué es lo que, ruego me lo digáis, puede motivar la felicidad en esos casos?

Él pareció reflexionar.

—Bueno, pues está el hecho de que ninguno de los dos está lisiado, es contrahecho o bizco. Eso es motivo de alegría, ¿no?

La imagen de él bizqueando casi le hizo soltar una carcajada, lo que hubiera sido el colmo de los males. Apretó los dientes y puso cara seria. De haberse reído, se habría sentido como una tonta.

Contraatacó bizqueando ella, y percibió cómo él contenía la risa. En realidad, la diversión la relajó, lo que era de todo punto preferible a la tensión anterior.

—Tendré que desdecirme. Sois un sueño, chica, incluso bizca.

Milisant se ruborizó. Los piropos que le dirigía él le resultaban difíciles de afrontar, y ni siquiera sabía por qué. Si se los hubiera dicho cualquier otra persona, ni se habría dado cuenta. Sin embargo, las palabras de Wulfric le iban directas a las entrañas y removían cosas en su fuero interno.

Quiso coger su copa de vino y casi lo derramó. ¡Caramba!, ¿también le temblaban las manos? Beber el sorbo del vino que le quedaba en el cáliz la ayudó un poco. Al menos fue capaz de mirarle de nuevo sin enrojecer hasta las pestañas.

Pese a todo, mirarle seguía siendo un error. El buen humor que reflejaba su cara chispeaba en sus ojos azules y suavizaba las rígidas comisuras de su boca. También le hacía parecer distinto, alguien que ni en sueños podía ser un bruto. También la dejaba sin aliento la evidencia renovada de lo guapo que era.

Quizá fuera la sorpresa interrogante que leyó en la expresión de Milisant lo que le alteró pero, de pronto, se le puso la misma cara que esa mañana, justo antes de besarla. Ella contuvo la respiración. Notó cosquilleos en el estómago y el pulso parecía retumbarle en los oídos.

Afortunadamente, él fue el primero en desviar la mirada. Ella hubiera sido incapaz. Y él parecía un poco desconcertado, como avergonzado. Se mesó el pelo, justo antes de que ella dirigiera la vista hacia otro lado.

Milisant pensó en marcharse de la sala. Era lo que le pedía el instinto, y sería lo más sabio. Alejarse de Wulfric hasta que sus sentidos volvieran a la realidad. Podía darle cualquier excusa, o ninguna; no creía que intentara detenerla después de lo que acababa de suceder, fuera lo que fuese. Pero cuando oyó: «Me gustaría hablar con vos, después de la comida», cambió de opinión, y temió que pudiera seguirla.

—Hablad ahora, si tenéis algo que decirme —repuso Milisant sin mirarle, con un hilillo de voz en la que apenas reconoció la suya.

—En privado —insistió él.

—No…

—Mili…

Asustada, porque ya no le cabía duda acerca de lo que él quería hacer en privado, le cortó:

—No, no habrá más besos.

—¿Por qué no?

La pregunta la sorprendió tanto que se volvió y le miró fijamente. Él parecía sinceramente perplejo, aunque no más que ella, que no se esperaba tener que aducir una razón. No se le ocurrió ninguna que no les hiciera sentir incómodos a ambos. Por eso evitó responder y formuló otra pregunta.

—¿Creéis que una mujer necesita de una razón para decir que no?

—Cuando se lo dice a su prometido sí, necesita una razón.

—Todavía no estamos casados.

—No os estoy proponiendo irnos a la cama, aún no, pero ¿qué podéis objetar a un simple beso?

¡Por Dios! Sabía que el tema le iba a encender las mejillas de nuevo. ¿Qué podía responderle, que su beso la había turbado tanto que no había podido tomárselo a la ligera? ¿Un simple beso? No había nada simple en los besos que él le daba, ni en cómo la hacían sentir.

Milisant optó por ponerse a la defensiva.

—Amáis a otra. ¿Por qué entonces queréis besarme a mí?

Wulfric hizo una mueca. Era evidente que el recuerdo de que Milisant no era su elección como pareja en la misma medida que él no era la de ella, le desagradaba.

—¿Por eso queréis rechazarme? —le espetó—. ¿Porque amáis a otro? Le vas a olvidar, muchacha. El único que va a besarte a partir de ahora seré yo, así que mejor que te vayas resignando, porque eso nos hace sufrir a ambos.

Y con estas palabras, se levantó de la mesa y se marchó. ¿No le había gustado su ingenio? No, gustar era un término tibio. ¡Le había puesto furioso!

24

A cuántos hombres vas a hacer papilla hoy antes de que te des cuenta de la causa de tu malestar?

Wulfric miró a su hermano, que se había acercado a él, y luego a la hilera de caballeros y escuderos a los que se refería Raimund, que estaban sentados por los alrededores, curándose las heridas leves y contusiones tras el enérgico entrenamiento al que los había sometido Wulfric.

—No estoy molesto por nada en especial —negó Wulfric, aunque acababa de desenvainar la espada y le hizo un gesto con la cabeza al escudero que tenía más cerca para probar sus habilidades con él.

Además, aprovechó para amonestar a su hermano.

—Ocúpate mejor de tus asuntos.

Raimund soltó una carcajada.

—Gracias por el consejo. Y tú apenas has sudado. ¿O son esos cristales de hielo que se ven sobre tus cejas?

—Me parece que necesitas un poco de entrenamiento —le amenazó Wulfric acercándose a él.

Su hermano sonrió.

—Y quizá tú necesites un pichel de aguamiel y un hombro que... morder.

—Tendrías que presentarte a la corte de Juan para el puesto de bufón, hermano. Seguro que te contratarían de inmediato. ¿Qué es lo que te tiene de un humor tan chispeante?

—Pasé una noche magnífica junto a mi esposa, ¿qué hay mejor que eso para levantar los ánimos? Tú, en cambio, es obvio que estás de peor humor que cuando emprendiste el camino para ir en busca de tu prometida. ¿Qué ha ocurrido desde que nos separamos ayer por la noche?

—Mejor pregunta qué *no* ha ocurrido —musitó Wulfric mientras se apartaba de su hermano.

Sin embargo, éste le seguía tan de cerca que le oyó y replicó con una sonrisa:

—Muy bien, pues ¿qué *no* ha ocurrido?

Wulfric se volvió para dirigirle una mirada feroz. Su única respuesta fue un bufido. Siguió su camino y entró en un establo, donde se detuvo junto a los dos compartimientos. En uno de ellos estaba su semental y en el otro el caballo de Milisant. Curiosamente, Wulfric se acercó a ofrecerle unos terrones de azúcar a este último, no a su propio caballo.

—Yo temería por mi mano —le advirtió Raimund seriamente.

—No; tiene dientes compasivos. No hay sombra de malicia en él cuando de azúcar se trata.

—Pues hace falta tener valor para comprobarlo. —Raimund rió y, aguijoneado por la curiosidad, le preguntó—: ¿Se lo ofreces al caballo de ella y al tuyo no?

—El mío ya está lo bastante consentido —dijo encogiéndose de hombros.

—¿Y tú crees que ella no malcría al suyo?

Otro gesto de indiferencia.

—Pues, si lo hace, no va a ser por mucho tiempo. En cuanto empiecen a llegar los invitados tendrá que quedarse confinada en la torre.

—Una precaución muy juiciosa —concedió Raimund—. No obstante, ¿en qué consiste el problema inmediato que ha hecho que apalizaras a nuestros hombres?

Wulfric suspiró y se mesó el pelo, tan absorto que ni se dio cuenta de que tenía la mano llena de azúcar.

—Pues que siento ganas de matar a un hombre al que ni siquiera conozco.

—Es comprensible. Yo estaría enfermo de rabia si alguien intentara hacerle daño a mi...

—No, no me refiero al que quiere hacerle daño a Milisant —explicó Wulfric—. Ése va a desear mil veces la muerte antes de que acabe con él cuando le eche el guante. Me refiero al que le ha robado el corazón. Al principio no pensé en él, pero ahora no consigo quitármelo de la cabeza.

Raimund se mostró atónito.

—¿Qué te ha hecho pasar de odiarla a que te guste?

—¿Quién ha dicho que me guste? Es mi prometida, Raimund. Considero intolerable que deba competir con alguien a quien no he visto jamás.

—¿Te ha dicho ya quién es, para que sepas que no le has visto nunca?

—No, eso es lo que yo querría —dijo Wulfric con expresión huraña.

—Y ¿qué te impide preguntárselo directamente?

—¿Y que crea que quiero hacerle algún daño a él?

Raimund sonrió.

—Eso dijiste hace un momento. Que le matarías, ¿no?

Wulfric agitó una mano con gesto despectivo.

—Estaba exagerando, y hazme el favor de no mirarme con ese aire tan suspicaz, hermano. No podré entender qué la une a ese otro hasta que sepa por qué se siente atraída por él, y eso sólo lo sabré cuando sepa quién es. —Y, meditabundo, añadió—: Aunque creo que en eso tú puedes ayudarme.

Raimund enarcó una ceja, perplejo.

—¿Quieres que *yo* se lo pregunte a lady Milisant?

—No, a ella no. No te diría más de lo que me diría a mí. Pero Jhone, su hermana, es una chica muy distinta, dulce y sumisa, y no parece desconfiada. Seguro que sabe quién es ese hombre, y es más probable que te lo cuente a ti que a mí.

—Y si no me lo dice, supongo que siempre se lo puedo sacar a golpes —repuso Raimund, irónico.

—¿Bromeas con un tema tan serio para mí?

—¡Caramba!, espero que la homilía del cura en el entierro de tu sentido del humor fuera elocuente, hermano. No, lo que pienso es que le estás dando demasiada importancia a eso. Aunque tu dama esté loca por otro, se va a casar contigo, y te será fiel a ti.

¿O es que tienes motivos para pensar lo contrario? ¿Acaso piensas que te va a traicionar?

—No; creo que respetará la promesa que haga. Eso no me preocupa. Pero deja que te pregunte una cosa. ¿Cómo te sentirías si, mientras estás haciéndole el amor a tu mujer, supieras sin duda alguna que está pensando en otro hombre?

A Raimund le salieron los colores.

—Hoy mismo hablaré con su hermana.

25

A Milisant la sorprendieron los temas de los que chismorreaban las mujeres. Hacía años que no se sentía obligada a sentarse y escuchar esas charlas tan insustanciales. Tampoco lo hubiera hecho hoy, de no ser porque después del almuerzo lady Anne las había cogido al vuelo, a Jhone y a ella, y las había puesto a trabajar en el enorme tapiz que quería ver terminado antes de la boda.

Estaba dispuesto junto al gran hogar en un gran telar. Tan grande era que había espacio suficiente para que trabajaran en él más de doce tejedoras. Milisant se quedó, pero sólo porque Anne quería supervisar el trabajo, y ella no quería discutir con la dama en cuestión.

Sin embargo, ella pretendía abstraerse utilizando la aguja que le habían dado, porque era realmente un tapiz maravilloso, o lo sería una vez terminado. En él se veía a un majestuoso caballero y su comitiva a lomos de sus caballos en una hermosa colina en flor, vigilando un ejército que se aproximaba. Y el caballero estaba tan poco asustado por el inminente ataque que tenía un halcón posado en su muñeca, y casi se estaba riendo. ¿Quién se suponía que era, lord Nigel? ¿O Wulfric? En cualquier caso, sería una mezquindad que sus torpes puntadas arruinaran el tapiz.

En cuanto al comadreo, los temas iban desde los espeluznantes detalles de los partos hasta el exagerado tamaño de las espadas de algunos caballeros. Jhone fue la encargada de murmurarle a su hermana a qué se referían cuando hablaban de espadas, lo que provocó en Milisant el rubor que las damas esperaban.

Se rindieron pronto, sin embargo, en cuanto vieron que no era una futura novia a la que fuera fácil tomarle el pelo, que era su inocente pretensión. Ésa era una prueba por la que tenían que pasar todas las novias, aunque Milisant no era una novia al uso, ya que sus reacciones no eran las corrientes: sólo se había ruborizado una vez y apenas les había dirigido algunas miradas fulminantes.

Fue entonces, rodeada de tantas mujeres, cuando Milisant notó que la vigilaban. Apenas era una incómoda sensación, ya que las damas estaban organizando mucho bullicio con sus risas, y llamaban mucho la atención. No podía asegurarlo. Estaba rodeada de otras mujeres, al menos intentaba convencerse de ello, en lugar de creer que era custodiada tan celosamente que incluso habían apostado algunos hombres para vigilarla, que era algo que se le hacía intolerable. En cualquier caso, se apresuró a marcharse en cuanto lady Anne salió de la sala.

El hecho de que Jhone no estuviera ahí también se lo puso más fácil. Había subido a la habitación que compartían a buscar un hilo de un azul clarísimo que ella conservaba de los tesoros que su padre había traído de Tierra Santa y que quería utilizar para bordar los ojos del caballero del tapiz. Era un gesto generoso por su parte, ya que el tapiz no iba a embellecer el castillo de Dunburh. Al menos, no estaba allí en ese momento para evitar que Milisant se escabullera.

Sin embargo, su escapada no fue tan rápida como a ella le habría gustado. Estaba a mitad de las escaleras que conducían al puente cuando le salió al paso el hermanastro de Wulfric, que subía en ese momento. Dado que esa misma mañana, cuando fue a comprobar cómo estaba *Stomper*, le habían advertido que en lo sucesivo debía abstenerse de salir de la torre sin escolta, había decidido que la próxima vez que quisiera salir se haría pasar por Jhone.

Así que, aunque a título personal no hubiera obsequiado a Raimund más que con una inexpresiva inclinación de la cabeza, le dispensó una sonrisa coqueta. Después de todo, tenía mucha práctica en remedar las maneras elegantes y femeninas de su hermana.

Esperaba que, suponiendo que era Jhone, él no intentara detenerla. No podía imaginar que sería justo lo contrario.

—¿Puedo hablar un momento con vos, lady Jhone? Sois lady Jhone, ¿verdad?

A Milisant le sobrevino la ocurrencia de contarle la verdad, con la esperanza de que así la dejaría en paz. Sin embargo, la expresión del caballero despertó su curiosidad. En lugar de mentir se limitó a preguntarle:

—¿En qué puedo ayudaros?

Así evitaba responder a su pregunta y le permitía sacar sus propias conclusiones. Era una manera de acallar su conciencia culpable; que él, como parecía lo más probable, se llamara a engaño, no habría sido cosa suya. Y así fue.

Raimund asintió.

—Sí, señora, espero que podáis ayudarme. Me han llegado rumores de que lady Milisant está interesada en un hombre que no es su prometido. Y mi hermano no es hombre a quien le guste compartir sus posesiones, por más que ese interés sea totalmente casto.

Milisant recordó lo furioso que se había puesto Wulfric durante la comida, y el motivo que lo había causado. Ésa había sido su impresión aunque, después de que él la instara a «olvidarle», se le había ocurrido si no habría algo de celos en su enfado. No obstante, lo que no entendía era el porqué, cuando los sentimientos que él mostraba, aparte de su afán por besarla, demostraban con bastante claridad que ella no le gustaba.

Pese a todo, Jhone no sabía nada de eso y, en aras de seguir con el equívoco, tuvo que preguntar:

—¿A qué os referís?

—Pues que le molestaría que otro hombre estuviera prendado de su mujer.

¿O que su mujer estuviera prendada de otro hombre? ¿Y qué pensaban los hombres que sentía una mujer que sabía que su marido preferiría casarse con otra? Ella no estaba enamorada de Roland. Podría estarlo, con el paso del tiempo, pero de momento sólo era un amigo entrañable. Sin embargo, Wulfric no podía decir lo mismo, había admitido sin sombra de duda que amaba a otra.

Suspiró para sus adentros, frustrada porque no podía comentarlo con Raimund. En el mejor de los casos, no conduciría más que a una discusión en la que él defendería a su hermano.

Y Jhone nunca discutía.

—Pues yo diría que un hombre debería refocilarse jactancioso por ser el poseedor de dicha mujer —se limitó a responder.

Él sonrió.

—Algunos sí —admitió.

Ella le miró, suspicaz.

—¿Pero no vuestro hermano? ¿Estáis diciendo que es de natural celoso?

—No, yo sólo he dicho que le molestaría.

A Milisant le hubiera gustado decir «¿Y qué?», pero Jhone nunca daría una respuesta tan poco gentil.

—Los sentimientos son una extraña enfermedad sobre la que uno no ejerce demasiado control —dijo con una ligera sonrisa—. Difícilmente puede culparse a un hombre de haberse enamorado de una mujer a la que no tiene esperanza de ganarse por méritos propios. Esas cosas suceden. Tampoco puede culparse a una mujer por los sentimientos de otro, en tanto que ella no ha solicitado ser objeto de dichos sentimientos.

La sonrisa se le ensanchó. ¡Vaya! Era casi exactamente lo que hubiera dicho Jhone. Llevaba tiempo sin hacerse pasar por su hermana, pero no había perdido la maña.

—Wulfric no culpa a nadie, milady —le aseguró Raimund—. Hubiera sido mejor que no supiera de la existencia de ese hombre, pero vuestra hermana consideró pertinente mencionárselo, así como sus sentimientos hacia él.

—¿Y eso también le molesta?

—No; dudo que eso le moleste mucho. Supongo que confía que, con el tiempo, el afecto de su esposa sea suyo y sólo suyo.

Milisant tuvo que sofocar una exclamación. Pues sí que estaba seguro de sí mismo aquel patán engreído. Además, se le estaba agotando la paciencia para seguir alentando la confusión que ella misma había creado. Su curiosidad había sido satisfecha, salvo en un detalle.

—¿Hay algún motivo especial para que mantengamos esta conversación, sir Raimund? —le preguntó directamente.

Comprendió su error cuando vio que él se ruborizaba. La pregunta era demasiado directa para provenir de Jhone. Jhone se esforzaba por no crearle ninguna incomodidad a nadie, incluida la turbación; mientras que Milisant era famosa por su brusquedad que, a menudo, desquiciaba a la gente.

—Esperaba poderle asegurar a mi hermano que sus preocupaciones no tenían fundamento. En realidad, esperaba que me dierais el nombre de ese otro caballero, para que pudiera hablar con él y saber si estaba dispuesto a renunciar a su afecto por lady Milisant. Hubiera sido un buen regalo de bodas para mi hermano, poder asegurarle que no tenía que inquietarse más al respecto.

—Sí, lo hubiera sido —replicó Milisant tirante—, aunque lamento no poder ayudaros. Tendréis que hablar con mi hermana, sir Raimund. El nombre que buscáis no me ha sido comentado jamás.

No estaba nada mal como estrategia para evitar la mentira. Con todo, no iba a permitir que acosaran a Roland con ese asunto cuando ella ni siquiera le había hecho saber que quería casarse con él.

Como era de esperar, Raimund pareció dudar de sus palabras.

—¿Jamás? Vuestra hermana y vos sois gemelas y dicen que eso fomenta una cercanía mayor que la simple fraternidad. No imaginaba que pudierais tener secretos la una para la otra.

Milisant soltó una risita, no pudo evitarlo.

—Y no los tenemos. Aunque existen algunos detalles que mi hermana considera excesivamente personales para comentárselos a nadie, ni siquiera a mí.

Sé de su… interés por ese hombre, pero jamás ha mencionado su nombre, mejor dicho, su verdadero nombre. Le llama el gigante gentil.

—Entonces tendré que hablar con vuestra hermana —suspiró Raimund.

Milisant sonrió.

—Buena suerte, señor. Si no me lo ha mencionado a mí, parece poco probable que lo haga ante vos. Aunque, de cualquier modo, intentadlo.

26

Finalmente, Milisant no salió de la torre. Como era gemela, y eso dificultaba a la mayoría el poder distinguirla de su hermana a simple vista, los guardas apostados en la puerta habían recibido órdenes de no permitir que ninguna de las dos saliera.

Malditas precauciones. Para frustración de Milisant, Wulfric había pensado en todo. Además, ¿qué estaba haciendo en el castillo de Shefford si seguía estando en peligro? Si tenía que ir a todas partes acompañada de una escolta armada, podía haberse quedado en Dunburh. El motivo que había aducido para llevarla allí era que podía confiar en su gente, que no había mercenarios entre ellos.

Estaba tan fastidiada que casi fue en su busca. La retuvo el recuerdo de cómo se habían separado esa mañana, y de lo furioso que estaba él. Ya habría tiempo para observaciones mordaces cuando le viera en la cena. Así que pasó el resto de la tarde distrayéndose con el tapiz, bordando de verdad en esta ocasión.

Por suerte para el tapiz, su hermana trabajaba junto a ella, y deshacía pacientemente las horrorosas puntadas que ella daba. Milisant apenas reparaba en ella, absorta en sus pensamientos.

Ella también quería saber quién estaba intentando hacerle daño. Pero no lo conseguiría si seguían dispensándole esa protección tan férrea; nadie podía ser tan estúpido como para intentar atacarla de nuevo habiendo tan pocas posibilidades de éxito. Sería mejor permitirle que siguiera con sus costumbres habituales, que intentaran atacarla de nuevo y que ella misma lo impidiera.

No es que ella se creyera invulnerable o capaz de enfrentarse a todas las situaciones; sólo a la mayoría. Pero sus mascotas la protegerían, y resultarían menos amedrentadoras que aquellos cuatro corpulentos guardas.

Así que tomó la decisión de no separarse ni un instante de sus mascotas, al menos de *Gruñidos* y *Rhiska*. Concretamente *Gruñidos* era capaz de responder a una simple mirada, a pesar de ser un lobo, y destrozar a tres hombres en cosa de minutos, mientras que *Rhiska* podía aterrorizar a muchos más. Ellos podían protegerla perfectamente dentro de la torre, e incluso en el interior de las murallas de Shefford.

No obstante, si salía al campo tendría que acceder a que la acompañara una escolta armada, puesto que esos parajes no le eran familiares. No era tan estúpida. Además, dentro de los muros de Shefford nadie intentaría dispararle una flecha, porque no podría huir. Tampoco podrían sacarla de Shefford, porque todas sus puertas estaban celosamente custodiadas.

Estaba dispuesta a plantearle esos argumentos a Wulfric cuando le viera en la cena. Había ido a recoger sus mascotas, *Gruñidos* estaba a sus pies, bajo la mesa, y *Rhiska* se había posado tranquilamente sobre su hombro. Se había provisto de un armamento infalible: la lógica. Pero Wulfric no apareció.

Empezó la cena, y él no apareció. Cenaron, estaban terminando, y él seguía sin aparecer. Ahora ya no sólo estaba aburrida, sino furiosa. Era él quien había insistido en que tenían que pasar más tiempo juntos, pero ella apenas le veía durante el día.

Ya se había bajado del estrado para marcharse cuando le vio entrar en la sala. Se detuvo en el quicio de la puerta para pasar revista a los presentes. Sus ojos azules la miraron de pasada, y luego volvieron sobre ella. Su expresión, o más bien dicho su ausencia de expresión, no cambió ni se alteró, más que para levantar el trozo de carne que tenía en la mano y llevárselo a la boca donde, de un solo mordisco, arrancó un buen pedazo. Habían servido capón de cena, además del pescado y el venado de costumbre.

¿Así que había ido a abastecerse a las cocinas en lugar de sentarse junto a ella para disfrutar de la cena? A diferencia de Dunburh, donde hacía años que las cocinas se habían trasladado a los aposentos más bajos de la torre, las de Shefford estaban fuera, en el puente. Eso evitaba que la sala se llenara de humos, aunque la comida no estaba lo bastante caliente cuando llegaba a la mesa, especialmente en invierno.

Además, como las cocinas estaban fuera, a cualquiera le resultaba fácil meterse en ellas sin pasar por el salón. Al menos Wulfric no tenía ningún problema para husmear en las cocinas, porque no estaba confinado en la torre. Así que no se exponía a morirse de hambre con tal de evitarla.

Ojalá ella pudiera hacer lo mismo, disfrutar de la opción de evitarle. ¿Pero acaso él no le había demostrado en la comida anterior que esa alternativa no estaba a su alcance? Más leña aún para el fuego de su ira.

No esperó a que él se acercara a ella. En realidad, él parecía no tener intención de hablar con ella, porque llevaban un rato mirándose y él no se había movido de la puerta, impertérrito. No es que le importara de qué humor estaba él, el suyo era francamente sombrío.

—Quisiera hablar contigo un momento, en privado —le dijo cuando llegó junto a él.

Una negra ceja de Wulfric se levantó de inmediato. Paradójicamente, ella había olvidado que él le había pedido lo mismo esa mañana, y ella se lo había negado.

Ella imaginó lo que estaba pensando y añadió:

—No, no es para lo de los besuqueos.

—Pues entonces es mejor que me digas lo que quieres aquí mismo. Si vuelvo a estar a solas contigo, muchacha, lo más probable es que haya besuqueos.

¿Por qué esas palabras provocaron el arrebol de sus mejillas y que se le encogiera el estómago? Él no las había pronunciado con ninguna entonación sensual, ni mucho menos. El tono había sido de lo más hosco; y su expresión había sido abiertamente ceñuda.

Curiosamente, no fue el hecho de que él la pusiera a prueba lo que la provocó, sino esa extraña agitación que él le hacía sentir. El tono en que le respondió ella no era tan cortante como hubiera querido.

—Me gustaría hablar de mi encarcelamiento aquí.

—Tú no estás encarcelada —le respondió él con gesto indiferente.

—Pues lo parece si no puedo ni ir a atender a mi caballo sin que haya cuatro osos pisándome los talones.

—¿Osos?

—Esos guardias a los que han ordenado seguirme.

Por un momento pareció perplejo y luego le sonrió.

—No he sido yo. Yo he tomado mis propias precauciones pero, por lo que respecta a los guardias, tienes que darle las gracias a mi padre. ¿O es que no te habías dado cuenta de que ahora estás bajo su protección, además de la mía?

Milisant se mordió la lengua para no replicar algo mordaz.

—Esto es intolerable —fue cuanto dijo.

—Pues se va a poner peor antes de que acabe.

—Pues a mí no se me ocurre cómo puede ser peor, ni va a ser necesario. Míralos.

Señaló a *Gruñidos*, que la había seguido y se había sentado junto a Wulfric, al que contemplaba con curiosidad. Luego se llevó la mano enguantada al hombro y, sujetando al halcón por las garras, trazó un gesto amplio con la mano en el aire. El ave no intentó emprender el vuelo, pero extendió las alas de un modo espectacular. Ella tuvo que echar la cabeza a un lado para que no le rozaran la cara.

—Con ellos dos me basta para protegerme dentro de Shefford. Habla con tu padre y díselo.

Tal vez no hubiera debido formularlo como una orden. Wulfric enarcó de nuevo la ceja, aunque con menos énfasis. Sin embargo, se le endureció el rictus de los labios, señal inequívoca de que no le había gustado su tono.

Señaló con la cabeza hacia el gran hogar.

—Ahí está, sentado. Te basta con tu lengua que, por lo demás, es de lo más elocuente.

Él empezó a alejarse pero ella le retuvo por el brazo.

—Te escuchará más a ti.

—Y yo te escucharé más a ti, muchacha, cuando aprendas a pedir las cosas de una manera más... femenina.

—¿Pretendes que me dirija a ti rogándote? —respondió, pasmada.

—No estaría nada mal, pero...

—Antes me cortaría la lengua.

—... no es preciso —concluyó él, y añadió con una sonrisa—: Sólo te estaba sugiriendo un tono algo más cordial. Lo irónico es que, como te resulta tan ajeno, ni siquiera has entendido qué quería decir.

A Milisant se le cerró la boca de golpe, le miró airada por el insulto que acababa de dirigirle con ese circunloquio, y se alejó de él. ¿Dirigirse a él con más cordialidad? ¿Cuando ni siquiera habían conseguido mantener una conversación sin que se le agriara el carácter? No dejaba pasar la menor ocasión para provocarla, y empezaba a sospechar que lo hacía deliberadamente. ¿Y qué podía concluirse de todo ello respecto de la armonía de su matrimonio? Pues que no sería posible jamás.

27

Transcurrió una semana sin que hubiera incidentes, aparte del hecho de que la boda se aproximaba con más celeridad de la que convenía a la serenidad de espíritu de Milisant. Consiguió que la semana se cumpliera sin que ambos discutieran de nuevo, pero sólo porque apenas se dirigieron la palabra. Habían llegado a un punto en que él incluso había renunciado a pedirle que fingiera disfrutar de su compañía como deferencia hacia el resto de comensales.

La mayoría de las veces, el silencio de Wulfric le

parecía enervante a Milisant, porque percibía en él una tensión que no comprendía. No expresaba enfado, no era eso lo que ella detectaba. Sin embargo, la obligaba a estar constantemente en guardia, como si estuviera a la espera de una amenaza indeterminada.

Lady Anne organizó muchas diversiones para las damas durante la semana, incluida una pequeña reunión en el patio en la que se sirvieron vino y dulces para celebrar que habían terminado el tapiz. Habían colgado el tapiz encima del gran hogar. Milisant agradecía internamente el hilo azul claro aportado por su hermana porque conseguía que el caballero del tapiz se pareciera más a lord Nigel que a su hijo. Sin embargo, seguía conservando un parecido con él, y descubrió que le miraba más a menudo de lo que hubiera deseado.

En un par de ocasiones, incluso habían permitido la presencia de juglares durante las veladas. Una noche hubo baile, una diversión de la que Milisant disfrutó enormemente y que le hizo olvidar que le gustaría estar en cualquier parte menos en el castillo de Shefford.

La madre de Wulfric había decidido que Milisant pasara la mayor parte del día junto a ella, para que se iniciara en los quehaceres diarios en un castillo tan grande como aquél. Milisant no se atrevió a decirle que todas esas tareas le eran completamente desconocidas. Se las compuso como pudo para dar las respuestas adecuadas para que la dama permaneciera en su bienaventurada ignorancia.

Se maravilló de la incansable energía que derrochaba aquella mujer. Lady Anne no se daba un momento de descanso, con todo el servicio del castillo y las doncellas acosándola con preguntas acerca de mil cuestiones, recibiendo órdenes o consultándole problemas de todo tipo. No obstante, nunca parecía cansada. No, era como si le encantara que la reclamaran constantemente.

El único inconveniente de estar la mayor parte de la jornada en compañía de lady Anne era que la dama raramente salía de la torre. Sólo se reunía una vez al día con sus cocineros, que solían ir a la sala a discutir con ella los menús diarios. Cualquier otra tarea que requiriera salir de la torre, se la encargaba a otra persona.

Lady Anne admitió que no le gustaba el frío del invierno, y evitaba el aire libre tanto como podía. Para Milisant era justo lo contrario, adoraba estar en plena naturaleza.

En realidad, echaba de menos la luz del sol, incluso su débil resplandor invernal; así que se rindió y aceptó salir con escolta aunque fuera una sola vez al día. La tormenta caída a finales de la semana puso fin a esas agradables excursiones. El frío no le importaba pero la nieve la deprimía porque le impedía salir al campo y contemplarlo en su intacta belleza. En el puente la nieve adquiría aquel color y aquella horrible consistencia de aguanieve sucia.

Pero a Milisant en realidad le gustaba la compañía de lady Anne y no le importaba seguirla durante todo el día. Pese a todo, había habido un momento de tensión cuando Anne sugirió que habría que adelantar la fecha de la boda.

Milisant se había apresurado a buscar una razón para negarse, y tuvo tiempo para meditarla, porque Anne se había distraído en la cocina y no volvió a sacar el tema hasta que regresaron a la cámara del lord. El mes que su padre le había concedido para «conocer» a Wulfric no le bastaba como excusa frente a los ataques de que estaba siendo objeto. Anne había insistido antes en el tema, y reincidió cuando se lo comentó de nuevo.

—Una semana más o menos no cambia tanto las cosas. Tienes que dar tu consentimiento —dijo Anne—. Cuando se haya celebrado la unión ya no estarás en peligro.

—Eso es lo que suponemos —se apresuró a señalar Milisant—. Los ataques pueden tener un motivo que no guarde ninguna relación con la boda.

—No es muy probable...

—Pero sí posible. Puede tratarse de algún loco que imagine que yo le he agraviado por algún motivo que no tenga nada que ver con los enemigos de Shefford.

Anne frunció el entrecejo y consideró esa posibilidad.

—¿Pero no fue un grupo de hombres el que te atacó? Eso prueba que no es obra de un loco aislado que te tiene inquina por vete a saber qué.

—Está muy bien que señaléis eso, lady Anne.

Pero, en mi opinión, el primer ataque fue cosa de otros hombres.

—¿Qué te hace pensar eso?

—Porque parecía que su intención era raptarme, tal vez para pedir un rescate. Las otras dos agresiones fueron claramente un intento de matarme. Además, hay que tener en cuenta que el hombre que lo intentó por segunda vez está muerto. Por lo tanto, no hay peligro, excepto el que pueda constituir el otro grupo que intentó aprovecharse de la consideración que me tiene mi padre. Y puede que ellos también hayan desistido, porque su intento fracasó.

A Milisant le hubiera gustado poder creer sus propias palabras; sin embargo, sabía que el hombre que había muerto trabajaba para otra persona. Con todo, Anne no tenía por qué saberlo, y pareció cambiar de opinión al respecto. Además, la observación de Milisant fue definitiva para convencerla:

—Si es cierto que celebrar la boda una semana antes no cambia tanto las cosas, tampoco las cambiará celebrarla una semana después. ¿Y si las invitaciones aún no han llegado a sus destinatarios? ¿Y si el rey ha decidido asistir a la ceremonia? ¿No va a enfadarse si, cuando llega, descubre que la boda ya ha tenido lugar?

Aquellas reflexiones dejaron pensativa a la dama. Después de todo, nadie quería disgustar al rey; no a un rey tan temperamental como el actual. Y, pese a que en realidad nadie esperaba que Juan asistiese a la boda porque estaba planificando otra campaña en ultramar, su presencia intempestiva tampoco podía descartarse. Le habían invitado porque no hacerlo hubiera constituido un insulto. Sin embargo, iban a llegar otros invitados para los que sí sería una inconveniencia cambiar la fecha de la boda.

Probablemente ése fue el motivo por el cual Anne accedió.

—Muy bien, pues entonces habrá que asegurarse de que estés siempre a buen recaudo. Supongo que no será difícil si no te dejamos sola ni un momento.

Milisant estuvo por decir que esa solución ya la habían puesto en práctica, porque la dama intentaba mantenerla a su lado a todas horas.

Le sorprendió darse cuenta de que le gustaba la compañía de Anne. Cuando se lo mencionó a su hermana, Jhone le ofreció una explicación muy simple.

—Después de todo, es una madre que ha criado a varias hijas. Tanto tú como yo carecemos de una influencia maternal, y puede que la hayamos echado de menos sin darnos cuenta. Por eso no te molesta que te trate como a una hija. A mí me encanta que me mire con ternura cuando cree que yo soy tú. Y sin duda a ti debe de ocurrirte lo mismo.

Milisant no se lo discutió. No le costaba admitir que le gustaría tener a Anne por suegra, si no fuera porque en el lote entraba el bruto de su hijo.

28

La tormenta invernal que arreciaba en el exterior trajo consigo un frío glacial al interior de la torre. Las corrientes de aire helado recorrían el salón y las escaleras y entraban cada vez que se abría la puerta y a través de las troneras, cuyas aberturas eran difíciles de cubrir. Para salir al exterior había que envolverse en ropas de abrigo. Se bebía más aguamiel de lo acostumbrado para combatir el frío. Y la multitud que se agolpaba frente al gran hogar triplicaba a la habitual.

Esa noche lady Anne mandó a Milisant a su habitación a buscarle otro mantón, pues era demasiado temprano para retirarse y no quería pasar frío. Además, los que estaban presentes en el gran salón se estaban divirtiendo con la actuación de un viejo danés que contaba historias de su tierra, y Anne no se lo quería perder, a pesar del frío.

Milisant estuvo en un tris de sugerirle a lady Anne que se pusiera medias debajo de las faldas, como ella, pero decidió que ese comentario seguramente la sorprendería. Pese a que siempre iba más abrigada que la mayoría, Milisant subió corriendo las gélidas escaleras.

Había dejado a *Rhiska* con Jhone junto al hogar, porque esa tarde el ave temblaba. Pero *Gruñidos* subía las escaleras tras ella; el frío no le afectaba porque su pelaje gris se espesaba en los meses de invierno.

Supuso que podía culpar a la iluminación, o a la penumbra —la antorcha de lo alto de las escaleras circulares se había apagado, probablemente a causa de las corrientes de aire— o a su propia prisa de la fuerte colisión con un hombre que bajaba por la escalera de caracol.

Le oyó maldecir cuando chocaron. También oyó gruñir a *Gruñidos*. Se volvió para tranquilizar al lobo antes de disculparse, pero se lo pensó mejor, al menos hasta que supiera con quién había tropezado.

Sin embargo, el lobo se tranquilizó, sin duda porque había olido al hombre y sabía que no era peligroso. Ojalá también lo hubiera notado Milisant.

No fue así, y no la tranquilizó notar aquellas poderosas manos en sus hombros, reteniéndola, y la voz de Wulfric que le decía:

—¿Puedo atreverme a esperar que me has seguido aquí arriba por alguna razón que me complazca?

Había una luz que iluminaba el pasillo detrás de él, y ella reconoció su silueta. No obstante, se preguntó cómo podía él estar seguro de que era ella y no Jhone, para que se atreviera a hacer un comentario como ése, máxime cuando ella y su hermana llevaban cotardías a juego.

Respondió, pero no a su pregunta, sino con otra pregunta:

—He subido a hacer un recado para tu madre. Aunque ten por seguro que si te hubiera visto subir...

—Si dices que hubieras ido en sentido opuesto soy capaz de azotarte —exclamó él.

Milisant se tensó ligeramente. Estuvo a punto de contestarle algún improperio, pero se limitó a replicar, irónica:

—No me sorprende.

Wulfric suspiró antes de responder:

—Sólo era una broma, muchacha.

Ella contuvo su desdén y se limitó a preguntar:

—¿De verdad lo era?

Pero no esperaba una respuesta. Sólo intentaba seguir su camino. Pero aquellas manos seguían aferradas a sus hombros, aunque le permitió subir un par de peldaños para que no se sintiera tan… enana en su presencia.

—Tu tono deja entrever que dudas de mí. ¿Cuándo te he dado yo motivos para pensar que podía pegarte? Y no me saques a relucir la vez en que te confundí con un sirviente insolente. Incluso entonces me guardé mucho de ponerte la mano encima, porque pensé que debías de estar loco para comportarte de esa manera.

No necesitaba mencionarle esa ocasión. Tenía peores recuerdos de pánico relacionados con él.

Sólo respondió:

—Si eres capaz de pegar a un animal, Wulfric, eres capaz de pegar a una mujer. —Y rápidamente le recordó—: Yo misma vi cómo levantabas el puño para pegar a *Stomper*, y lo hubieras hecho de no haber intervenido yo.

Él sonrió.

—¿Te comparas a un animal?

Ella no apreció su sentido del humor.

—No, pero comparo tus impulsos con los de ellos.

Eso sí le puso de mal humor. Sus manos la apretaron con más fuerza. No le había gustado nada su respuesta. Y ella empezó a desear no haber respondido de esa forma, haber podido contenerse un poco. Pero no, le había dado otra excusa para seguir discutiendo con ella, cuando lo que quería era marcharse.

Con ánimo de corregir su metedura de pata, intentó distraerle con una pregunta simple que él pudiera responder sin dilación. Ojalá con eso se terminara la conversación.

—¿Cómo has sabido que no era mi hermana? Podría haber mandado a *Gruñidos* a acompañarla. En realidad, *Rhiska* se ha quedado con ella. ¿Cómo has podido estar seguro estando mis mascotas divididas entre las dos?

—Además de tu olor, que es único, está tu costumbre de mantener los labios fuertemente apretados, como si siempre estuvieras enojada. Lo que, a tenor de mi experiencia, parece ser el caso.

—Y dada mi experiencia contigo, ¿sabes por qué? —le espetó ella.

—¿Crees que disfruto peleándome contigo, muchacha? Te aseguro que yo no, ¿acaso tú sí?

Pues no parecía ser un tema menor, casual, que pudiera permitirle seguir su camino. Aunque su última observación le dio una excusa para ponerle punto final.

Le dedicó una sonrisa tirante y añadió:

—Pues hay una manera muy fácil de evitar las peleas, y yo voy a ponerla en práctica ahora mismo y desearte que pases buenas noches.

Hizo ademán de seguir, pero él no la soltó.

—No tengas tanta prisa. Me has acusado de tener los impulsos de un animal. Bien, para complacerte te demostraré algunos de ellos.

De pronto ella reparó en que estaban completamente solos en lo alto de la escalera. El corazón le dio un vuelco y él la atrajo hacia sí bruscamente para besarla.

Fue un beso cargado de pasión, frustración y... ternura; una combinación que no asustaba tanto como intrigaba. Lo que más la asustaba era que él estaba amoldando su cuerpo al suyo de tal modo que sus sentidos se estaban alborotando sin remisión. La estrechaba con unas caricias y un roce tan constante que casi parecía querer fundirse con ella.

Por Dios, lo que él le hacía sentir era imposible de contener, y aún más imposible de resistir. La sensación era maravillosa, la notaba en las entrañas, ascendiendo como una espiral, revolviéndose, clamando por colmarse. Sin darse cuenta de lo que hacía, pasó sus brazos alrededor del cuello de Wulfric.

Él sí lo advirtió, y debió de interpretarlo como una rendición incondicional, porque la levantó del suelo y avanzó con ella en brazos. Eso la hizo reaccionar, sobrepasada por la realidad y por el pánico que se había apoderado de ella.

—¿Por qué me llevas en brazos? —boqueó excitada.

—Es más rápido.

—¿Más rápido para qué?

—Para llegar a donde vamos.

—¿Y adónde vamos? No, no me importa. Sólo bájame.

—Sí, eso pretendo.

Y lo hizo, pero no la dejó en el suelo. El lecho sobre el que la posó era blando y se hundió aún más cuando él se tumbó sobre ella.

El miedo se encumbró en ella cuando se dio cuenta de que no podía zafarse del enorme peso que la mantenía fija en la cama. Sin embargo, en pocos minutos el pánico desapareció, debido a la combinación de los sensuales besos de Wulfric y el reparto estratégico de su peso.

En realidad, fue su peso lo que le hizo vencedor de la escaramuza. Y no porque la retuviera debajo de él, que le hubiera resultado fácil de todos modos, sino por lo que le hacía sentir. Era esa nueva y excitante sensación experimentada cuando él la apretó contra su pecho, sólo que triplicada. Sentía ganas de abrazarle y estrecharle aún más contra ella, ganas de devolverle los besos, ganas de...

Igual que la anterior ocasión en que le había besado, sus pensamientos la abandonaron por completo y quedó a merced de sus sensaciones, todas nuevas. ¡Y era nada menos que él quien provocaba tantas cosas en ella! En primer lugar con su cuerpo, que movía sutilmente sobre ella hasta que la hizo suspirar y gemir, luego con sus manos cuando empezó a acariciarla...

No notó el aire frío cuando él le levantó la falda a causa de las medias. Por eso no se dio cuenta de lo que había hecho Wulfric hasta que notó el calor de su mano sobre su vientre desnudo. Él sólo se detuvo un instante ahí, e inició rápidamente un movimiento descendente hacia...

Cuando los dedos de él se deslizaron entre sus piernas Milisant sintió algo increíble. Tenía la vaga noción de que él no debería estar haciendo eso pero, igual que el resto de sus pensamientos, esa noción no permaneció mucho rato. La mano de Wulfric sí. Era tan intensamente placentero el modo en que sus dedos la acariciaban con suavidad allí, tan relajante; no, tan relajante no, tan agradable. De pronto notó que se tensaba y algo se apoderó inesperadamente de ella, una espiral, una fiebre y, al final, una explosión exquisita...

Hubo una tos. Como nadie respondió a ella, hubo un carraspeo, luego otra tos, mucho más fuerte.

Wulfric blasfemó airado y se apartó de Milisant. Ella aún tardó unos segundos en darse cuenta de que había alguien en la habitación. Cuando abrió los ojos, vio a Guy de Thorpe en el umbral de su propia habitación —que era adonde la había llevado Wulfric— y que se contemplaba las uñas distraídamente.

Se hubiese podido cocinar en la cara de Milisant, tan ruborizada estaba. Jamás se había sentido tan humillada. Era incapaz de soportar esa vergüenza durante un minuto más, así que se incorporó de la cama de un salto y salió corriendo por la puerta, sin decirle ni una palabra ni dirigirle otra mirada al padre de Wulfric.

Tener que volver al salón y decirle a lady Anne que su hijo la había distraído del recado tampoco contribuyó a que se le pasara el sofocón. Cuanto más pensaba en lo que acababa de hacer y en lo que pensaría lord Guy de ella, más avergonzada se sentía. Además, no se le ocurría ninguna excusa para justificar su conducta. No había protestado demasiado por lo que Wulfric le había estado haciendo. Más bien todo lo contrario. Y al final, había correspondido a sus besos y se había rendido; y todo lo que él le hizo le pareció maravilloso.

29

Vuestro sentido de la oportunidad, padre, deja mucho que desear —refunfuñó Wulfric en cuanto dejó de oírse la carrera de Milisant escaleras abajo.

—A mí se me antoja que felizmente he sido de lo más oportuno, considerando que falta una semana para que la Iglesia bendiga los coqueteos a los que estabais entregados.

Wulfric bufó.

—No os molestéis en darme lecciones que vos mismo no atenderíais.

Guy sonrió.

—Lecciones no. Nada de lecciones, aunque puedes considerarte afortunado de que sea yo el que ha abierto la puerta, y no tu madre; porque te aseguro que, de ser así, ninguno de los dos hubiera olvidado este incidente. Pero ¿en qué demonios estabas pensando, para acostarte con la chica aquí?

A Wulfric se le subieron los colores. No había reparado siquiera en ello, era la habitación que le quedaba más a mano. No obstante, lo desconcertante era que no se había dado cuenta. ¿Cuándo antes había obrado de un modo tan impulsivo? Nunca, que él recordara.

Ella le sacaba de sí, ya fuera movido por la pasión o por la ira. Ella le abstraía del lugar, del tiempo y de las consecuencias. ¿Qué tenía ella que le hacía perder el juicio y el sentido común? Aunque hubiera podido contestar a esa pregunta, eso no cambiaría el hecho de que se comportaba de un modo bastante errático cuando estaba cerca de ella. Tampoco cambiaría el hecho de que le bastaba con verla, aunque fuera en una sala llena de gente, para desearla. Y eso era lo que peor sobrellevaba.

¿Una semana hasta la boda? En ese momento se le antojaba una eternidad.

Se dirigió a su padre, que estaba de pie ante él.

—Ha sido un acto irreflexivo. Os estaba buscando y ella había subido a hacerle un recado a madre. No nos hemos encontrado intencionadamente.

Su padre asintió, comprensivo. Después de todo,

¿qué hombre no se había dejado llevar alguna vez por la pasión y más siendo inesperada, no el fruto de una seducción buscada? Lord Guy decidió echar tierra sobre el asunto.

—¿Me buscabas por alguna cosa importante?

—No, en realidad no —replicó Wulfric encogiéndose indolentemente de hombros para ocultar lo preocupado que estaba—. Mera curiosidad.

Guy levantó una ceja cuando él no siguió explicándose.

—¿Y bien?

—¿A quién conoces que pueda ser descrito como «un gigante gentil»?

Tras un momento de reflexión, Guy replicó:

—Al rey Ricardo le consideraban un gigante, y con razón, con sus casi dos metros de altura, pero ¿gentil?

Soltó una risita burlona.

Wulfric sacudió la cabeza.

—No, no es Ricardo, ni nadie que haya muerto.

—¡Ah!, bueno, pues a mi vasallo Ranulf Fitz Hugh también se le puede llamar gigante, en realidad muchos lo hacen. La verdad es que, aparte de Ricardo, jamás he conocido a nadie tan alto como Ranulf. Pero ¿gentil? Ranulf se ganaba la vida con la espada antes de que se convirtiera en un vasallo por su boda con Reina de Clydon. ¿Y a qué hombre de guerra se le podría llamar «gentil»?

—Supongo que lo de la gentileza es cuestión de opiniones. Pero no, Fitz Hugh es demasiado viejo.

Guy protestó, y se dio por aludido con la referencia a la edad de Ranulf.

—Pero si está hecho un...

Wulfric le tranquilizó agitando una mano.

—No, no quería decir viejo de anciano sino demasiado viejo para ser quien estoy buscando. ¿No se os ocurre alguien que tenga más o menos mi edad?

Guy frunció el entrecejo antes de preguntarle:

—¿Para qué necesitas tú un gigante?

Wulfric replicó con evasivas.

—No necesito a ningún gigante, pero he oído que hablaban de uno y me preguntaba quién podía ser.

—¿Y por qué no se lo preguntas a quien lo mencionó? —le aconsejó Guy.

Una sugerencia excelente, aunque ésa sería la última persona a la que recurriría para saberlo, y por ello murmuró:

—Si tuviera esa posibilidad, ya la habría aprovechado. ¡Bah, no importa! Ya os he dicho que era mera curiosidad. Además, tal como habéis señalado, es una descripción contradictoria, gentil y gigante son una extraña combinación.

Guy soltó una risita.

—Pues ahora me ha entrado la curiosidad a mí también. Si descubres quién es ese gigante gentil, me gustaría saberlo.

Más tarde, después de haber comprobado si conseguía romper el hielo del estanque en el que solía bañarse en los bosques del oeste —y lo rompió—, Wulfric regresó tranquilamente hacia el castillo. Nada como una buena zambullida en agua helada para despejar los pensamientos… y las pasiones.

La tormenta aún no había remitido, pero el viento había amainado y sólo había dejado un delgado manto de nieve que apenas era un pequeño estorbo. La alfombra blanca que cubría el suelo reflejaba la poca luz que había a lo largo del trayecto a pesar de que no había luna. Además, el resplandor de las antorchas, allá a lo lejos, era un faro fácil de seguir. Recorrió distraído el camino, con la mente aún ocupada por el disgusto que le causaba pensar en Milisant Crispin y su «gigante gentil».

Cuando Raimund le contó la conversación que había mantenido con la hermana de Milisant, a Wulfric no le cupo duda de que Jhone había mentido cuando afirmó no conocer el nombre de aquel a quien su hermana le había entregado su corazón y de que era obvio que las mellizas querían proteger a ese hombre. La única conclusión que Wulfric sacaba de todo ello es que aún era más urgente que supiera de quién se trataba. Si no existiera la posibilidad de que se cruzara con él, ellas no ocultarían tan celosamente su identidad. De modo que tal vez cualquier día tuviera tratos con él sin saber quién era, y eso le resultaba completamente intolerable.

El resplandor de las antorchas se convirtió en el de una hoguera. Ya casi había llegado al campamento. Había tres hombres acurrucados junto al fuego, buscando el calor de las llamas. No dudó en aproximarse a ellos, convencido de que, por mucho que hubiera andado, no se habría salido de las tierras de Shefford.

—¿Por qué habéis acampado aquí estando tan cerca de un castillo donde podéis buscar hospitalidad para pasar la noche? —les preguntó cuando se acercó a ellos a lomos de su semental.

Los tres se levantaron de un salto, sorprendidos. Se habían quedado quietos, esperando que hablara él primero, mirándole con cautela, listos para empuñar sus espadas. No era de extrañar. Después de todo, no le conocían, y más de una emboscada se había preparado mandando primero a un hombre solo para que distrajera a los incautos.

Uno de los tres hombres se apresuró a responderle:

—No somos cazadores furtivos, milord.

Tenían aspecto de mercenarios, y por ello Wulfric añadió:

—Tranquilos, hombres. No pensaba eso. Los cazadores furtivos regresan a casa en cuanto se pone el sol.

—Estamos de paso por estas tierras —explicó otro—. Hemos dejado el camino para pasar la noche como precaución contra los salteadores de caminos.

Wulfric asintió. Era una costumbre muy extendida. Siendo extranjeros no tenían por qué saber que a los salteadores les daba miedo operar en tierras de Shefford. Naturalmente, podían haber enemigos del rey Juan que quisieran causar perjuicios a Shefford por la única razón de que seguía leal al rey. Aunque su padre no le había mencionado nada al respecto.

Así que les tomó la palabra.

—Si estáis buscando trabajo, siento deciros que Shefford no tiene nada que ofreceros aunque imagino que, en una noche como ésta, es preferible tumbarse junto a un hogar y bajo un techo. ¿Me equivoco?

Los estaba poniendo a prueba. El hecho de que no respondieran de inmediato le despertó la sospecha de que esos hombres no eran lo que parecían. Se puso en guardia; tendría que estudiarlos más de cerca.

Los dos que habían hablado parecían de orígenes campesinos, pero el tercero era un bruto fuerte y apuesto en cuya mirada había un viso de inteligencia. Había también cierto aire de suficiencia, de que estaba convencido de que podría con Wulfric, llegado el caso. Normalmente, cuando un hombre expresaba esa confianza en sí mismo, o era un estúpido o era tan hábil en el combate que tenía razón. Wulfric se preguntó si tendría ocasión de comprobar qué opción era la acertada.

Pudiera ser, pero al parecer no sería esa noche, ya que el hombre se esforzó en suavizar la tensión que había provocado su silencio diciendo:

—Aceptaríamos encantados un fuego y un techo. Hemos oído que Shefford está cerrado a los viajeros, por eso ni siquiera intentamos pedir hospitalidad. ¿Estáis seguro de que van a hacer una excepción a causa del mal tiempo? Si cuando lleguemos a las puertas del castillo nos van a echar con cajas destempladas ya estamos bien aquí.

—Yo os aseguro que podréis entrar.

—¿Y quién sois vos para asegurarlo?

—Wulfric de Thorpe.

—¡Ah, el hijo del conde! —dijo el hombre con una sonrisa—. Es un placer, milord. Vuestra reputación os precede.

—¿De verdad? —preguntó Wulfric con un deje de escepticismo—. Si vais a venir, apresuraos. He estado fuera lo suficiente para notar el frío, y seguro que vosotros también.

Cruzaron el campo a toda prisa y volvieron a Shefford. Sin embargo Wulfric, en lugar de limitarse a decirle al guardia que les procurara un sitio donde descansar y les ayudara a partir a la mañana siguiente, le dijo que los vigilara discretamente. Tenía el presentimiento de que más le valía asegurarse de que, en efecto, a la mañana siguiente abandonaban las tierras de Shefford.

Sin embargo, deseó que sus sospechas carecieran de fundamento. No obstante, resultaron fundadas cuando el hombre al que mandó seguirlos al día siguiente no regresó y, tras una búsqueda intensiva, le encontraron degollado y medio enterrado en los bosques vecinos. Nadie volvió a ver a los tres hombres, aunque dieron su descripción a las patrullas y les ordenaron prenderles.

Wulfric incluso añadió una recompensa a su captura, pues le mortificaba no haber resuelto la cuestión él mismo. Con todo, si el jefe del grupo era tan listo como le había parecido, Wulfric dudaba que los encontraran. Desgraciadamente, también dudaba que se hubiera marchado de la zona.

30

Los huéspedes empezaron a llegar. Nadie esperaba que el rey Juan asistiera, por eso fue una sorpresa cuando su numerosa comitiva fue avistada acercándose a Shefford cinco días antes de la boda.

Tener al rey de Inglaterra como huésped podía considerarse un honor o un desastre. Si sólo permanecía un día o dos, era un honor. Si se quedaba más, casi siempre aparejaba un desastre, porque acababa con casi todas las provisiones y el castillo se enfrentaba a dificultades para alimentar a su propia gente hasta la siguiente cosecha.

Que Juan se quedara cinco días en Shefford, tal vez más, debido a su temprana llegada, podía suponer una auténtica ruina en una heredad como Shefford; máxime si el conde no lo había previsto y no había hecho acopio de víveres de los que echar mano. Habían llegado provisiones en barco desde lugares tan lejanos como Londres, y sus muchos vasallos también habían contribuido con sus reservas.

Los cazadores y halconeros del castillo habían estado muy ocupados las semanas anteriores, y las despensas de la cocina estaban llenas de carnes ahumadas y salazones. Habría comida más que suficiente. El único problema es que habría que servir carne en abundancia para impresionar a alguien de la alcurnia de Juan.

Con tal fin, lady Anne tendría que recurrir a sus preciosas reservas de especies más de lo que había planeado, aunque eso no le disgustaba. Su marido quizá lamentaría la visita del rey, pero ella estaba encantada porque, con el rey, viajaban las damas de más categoría del reino, incluida la reina, y habría cotilleos y diversión.

A Milisant tal vez le hubiera encantado conocer al rey, si no fuera porque la inminencia de la boda la tenía sumida en el pánico. Y el hecho de que su padre no hubiera llegado aún, y ni siquiera hubiera mandado aviso de cuándo pensaba hacerlo, no hacía más que aumentar su nerviosismo.

Temía que no tuviera intención de asistir a la boda. Le había dado un mes de plazo, aunque a regañadientes, confiando en que bastaría para que ella cambiara de opinión respecto a Wulfric. Sin embargo, si no asistía, su razonamiento sería que ella ya estaba allá y el novio también, los padres del novio no verían razón alguna para que no se celebrara la boda. Al fin y al cabo era lo que todo el mundo deseaba, bueno, todo el mundo excepto ella... y él.

La verdad es que ya no estaba muy segura de qué quería el novio. No sabía qué pensar después de que esa noche casi le hiciera el amor en la habitación de sus padres. Eso hubiera terminado con toda esperanza de evitar su unión. Ella lo sabía. Él también debía de tenerlo presente. Además, antes también se había comportado como si estuviera completamente resignado a tomarla por esposa.

Puede que aún deseara que las cosas fueran de otro modo, pero era obvio que había renunciado a esperar que algo pudiera cambiarlas. Él podía permitirse la rendición. Al fin y al cabo, el matrimonio no impedía que el esposo buscara el amor, o la felicidad, en otras partes. Sin embargo, la esposa no podía hacer lo mismo si no quería arriesgarse a que la mataran en un ataque de celos o que la emparedaran en una torre por el resto de sus días, y no estaba claro qué era preferible.

La esposa no tenía elección. El esposo tenía tantas como él se procurara. Una razón más que ratificaba a Milisant en su desprecio del cuerpo de mujer que le había tocado en suerte.

La llegada de Juan despertó de nuevo esas reflexiones en ella. Peor aún, cuando la comitiva de Juan cruzó el rastrillo, ese mismo día, Jhone señaló que la presencia del rey casi hacía obligatoria la boda. ¿No había ido para asistir a una boda? No celebrarla a esas alturas... ¿Cómo explicárselo sin que una de las dos familias quedara en el ridículo más espantoso ante el país entero?

¿Sería Milisant capaz de hacerle esto a su padre, o a lady Anne, a quien le había cogido tanto cariño? ¿Había otra alternativa? Aceptar al bruto aquel. Aceptar que, en lo sucesivo, toda su distracción consistiría en convivir con un marido que hallaba placer en contradecirla. No, no podía. Tenía que existir una forma de escapar a los grilletes que la estaban esperando.

Esa misma noche, antes de la cena, presentaron oficialmente a Milisant a la pareja real. Jhone supervisó en persona que se vistiera de un modo acorde a la ocasión. La incómoda cotardía y la camisola de rico terciopelo azul real que llevaba eran tan pesadas como la amenaza que se cernía sobre sus hombros. Además, la reina elogió la belleza de ambas —presentaron a las dos hermanas juntas— y al menos eso halagó a Jhone.

La reina era de una belleza imponente. Se rumoreaba que era una mujer de una belleza sin par, y descubrir que el rumor era cierto era desconcertante y dejó a mucha gente boquiabierta, pasmada ante su lozanía. Incluso Milisant, que no reparaba en ese tipo de cosas, se mostró impresionada. Aunque también la impresionó el rey Juan.

Para ser un hombre de mediana edad, Juan era aún muy apuesto, y carismático, con una sonrisa simpática y contagiosa que se dibujaba en sus labios a la menor ocasión. Resultaba difícil creer que tuviera a medio país en su contra. Aunque, claro, en esa mitad no se contaban las mujeres, pues era bien sabido que Juan resultaba irresistible al estamento femenino. Cabía preguntarse, sin embargo, si seguía siendo el mujeriego que había sido en su juventud, ahora que tenía una mujer tan adorable.

Para su desgracia, Milisant iba a tener ocasión de descubrirlo por sí misma ya que, esa misma noche, uno de los sirvientes de Juan la buscó para llevarla ante el rey. El pretexto, por más que innecesario porque nadie discute ni se niega a acatar las órdenes reales, fue que la pareja real deseaba felicitarla en privado por su brillante casamiento. Dado que Milisant consideraba que su casamiento lo era todo menos brillante, estaba comprensiblemente contrariada cuando siguió al criado hasta la cámara del rey.

Jhone, conocedora de sus sentimientos aunque no se los hubiera transmitido, la conminó a que se mostrara como mínimo educada, y que tuviera en cuenta que la presencia de Juan significaba que aprobaba su matrimonio. No es que fuese necesaria su aprobación, ya que Nigel había mencionado que el mismo rey Ricardo había dado su bendición a la unión de las dos familias. A Milisant la asistía el juicio necesario como para no ir a contarle sus reivindicaciones a alguien de la reputación de Juan. Era un soberano de quien no cabía esperar que ayudara a nadie a menos que eso pudiera beneficiarle. Era tan conocido que no era necesario ser asiduo de la corte ni estar implicado en ninguna intriga real para haber oído hablar de ello.

Por otra parte, la reina... A Milisant le pasó por la cabeza contárselo todo en confianza. Isabelle era joven y parecía accesible. Si había alguien capaz de comprender su aversión a casarse con un hombre violento, ésa era Isabelle. Con todo, Milisant no estaba decidida a buscar la ayuda de la reina. Antes quería hablar con ella en privado, para ver si se mostraba al menos compasiva. Sabía que algunas mujeres no lo eran.

Esperaba tener la oportunidad durante ese mismo encuentro aunque, cuando la hicieron pasar a la cámara, vio que Isabelle no estaba ahí; al menos todavía no. No obstante, no le dio importancia, a pesar de que la puerta se cerró firmemente a sus espaldas. O la reina tardaba en presentarse, o el criado había ido en busca de Milisant demasiado temprano.

Juan sí estaba. Resultaba extraño ver a un rey sin su séquito de sirvientes y lores rodeándole. Llevaba una túnica sencilla, larga y atada a la cintura. Se había bañado y perfumado, y toda la habitación olía agradablemente.

Los braseros que habían encendido en los rincones la habían caldeado más que suficiente. No se repara en gastos cuando se trata de la comodidad de un rey, de eso estaba segura, aunque hubiera que malgastar el precioso carbón.

Juan estaba sentado en una silla de respaldo alto, parecida a un trono, con la madera torneada e incrustaciones de plata, en medio de la habitación. Estaba bebiendo algo que le habían servido en un cáliz adornado con piedras preciosas y observaba a Milisant por encima de su borde enjoyado, sin duda otro objeto que procedía de su tesorería. Un rey no tenía por qué renunciar a los lujos de palacio aunque viajara por su reino.

Milisant lo contempló en silencio. Sin embargo, el silencio y la mirada del rey se mantuvieron durante tanto rato que empezaron a hacérsele un tanto incómodos. Tal vez fuera su costumbre, pero para quien no estaba habituado constituía casi una descortesía.

Estaba a punto de romper el silencio cuando el rey dijo:

—Acércarte, niña. Vamos a observarte más atentamente a esta luz.

La habitación estaba bien iluminada. Debía de tener la vista menos aguda que antes. Aunque ella no se lo iba a comentar, claro; puede que fuera muy sensible a las observaciones sobre su edad. Milisant obedeció y se acercó a su silla.

Cuando la tuvo en pie ante él, Juan la miró con mayor detenimiento, en realidad la repasó de la cabeza a los pies. Tal vez esa costumbre le fuera muy útil cuando tenía que tratar con sus barones, porque los ponía nerviosos y los colocaba en una situación de desventaja. A Milisant le pareció bastante molesto. Por eso se sintió aliviada cuando él rompió de nuevo el silencio, aunque hubiera preferido que fuera con otro tema, porque los cumplidos siempre la turbaban.

—Debía de haberme dicho lo bonita que eres —comentó Juan.

—¿Quién debía habéroslo dicho? —preguntó ella.

En lugar de contestarle, el rey añadió crípticamente:

—Aunque hay otras formas de conseguir el mismo objetivo, ¿verdad? Formas que, además, tienen el bien añadido de ser agradables.

—Me temo que no sé de qué habláis, alteza.

—Ven, siéntate aquí y te lo explicaré —replicó dándose unos golpecitos en el regazo.

—No tengo edad para sentarme en las rodillas de nadie —repuso Milisant.

Él rió y sus ojos verdes chisporrotearon divertidos.

—Una mujer nunca es demasiado vieja para eso.

Quizá no fuera lo suficiente sofisticada para entender qué le divertía tanto. Sólo sabía que no quería sentarse en su regazo.

Juan era lo bastante viejo como para ser su padre, y quería tratarla de un modo paternal, pero no le recordaba en absoluto a su padre. Su sonrisa era demasiado sensual. Y la miraba de un modo... del mismo modo que Wulfric, lo que la desconcertaba, considerando de quién se trataba.

No es que eso significara nada, claro. Estaba casado con una mujer increíblemente bella, el compendio de todo cuanto un hombre podría desear en una esposa. Sin duda debía de mirar así a todas las mujeres, como si todas hubieran sido creadas para su disfrute personal. Seguramente era lo que pensaba hasta que Isabelle llegó a su vida; al menos su reputación así lo acreditaba.

Así que ignoró su última sugerencia y le recordó el motivo por el que había sido llamada ante su presencia.

—Se ha hecho tarde, alteza. Si tenéis algo que decirme, os ruego me lo digáis ya para que pueda irme a la cama.

Juan dirigió la mirada hacia su propia cama y luego volvió a observarla a ella, que le miraba fijamente. Él frunció el entrecejo.

—¿Eres tan inocente como pareces, chica?

Ella también frunció el entrecejo.

—¿Inocente en qué sentido?

—¿Amas a Wulfric de Thorpe?

La pregunta fue inesperada y dio un cambio brusco a sus pensamientos. No había considerado la posibilidad de sincerarse con él pero si, por el motivo que fuera, estaba dispuesto a escuchar sus reivindicaciones, ella no iba a guardárselas. Por eso contestó:

—No; debo reconocer que no le amo.

—Excelente —dijo él para mayor confusión de ella, con una sonrisa encantadora. Y aún la desconcertó más cuando añadió—: Entonces no te importará que te repudie.

—Ya me gustaría, pero al parecer se ha resignado a nuestra unión —respondió ella con un suspiro.

—Porque aún no ha tenido un motivo para hacerlo. Aunque vamos a encontrarle solución rápidamente. Me complace que podamos beneficiarnos ambos de esta solución.

—¿Qué solución?

Él se levantó con presteza.

—Ven, la respuesta es más que obvia —dijo, y la cogió de los hombros para conducirla hacia la cama.

Efectivamente, la respuesta era obvia a esas alturas, pero Milisant no estaba dispuesta a llegar tan lejos para darle a Wulfric una razón válida para repudiarla. Además, estaba perpleja. El rey la había llamado a su presencia para llevarla a la cama. Por eso no estaba la reina. ¿Y quién si no un rey pensaría que podía hacerlo sin que ella rechistara?

No obstante, la había subestimado. Milisant no era una criatura tímida que se arredrara ante el poder. Que fuera un rey, y además su rey, podía marcar la diferencia en opinión de Juan, pero no en la suya.

Tuvo presente la advertencia de Jhone y se contuvo de reaccionar como lo hubiera hecho ante cualquier otro que la hubiera ofendido de esa manera. Se paró en seco y no dio un paso más. Él también se detuvo. Y, aunque no soltó sus hombros, le dirigió una mirada interrogante.

Ella se esforzó en que su voz sonara tranquila y razonable, dadas las circunstancias.

—Os agradezco el ofrecimiento, alteza, pero he de rehusar.

El rey pareció sorprendido. Luego aparentó que iba a echarse a reír hasta que, al final, con voz jovial y divertida, le preguntó simplemente:

—¿Y por qué deberías rehusar?

—No pretendo insultaros, ya que sois un hombre muy atractivo, pero no me siento atraída por vos. Sería como rebajarme a ser una puta, y no me tengo en tan baja estima.

—Tonterías —se burló él—. Tienes que confiar en mi juicio. Te hago un favor más grande de lo que imaginas. Y la vergüenza por la que tendrás que pasar será mínima. Yo me arriesgo a perder a un buen amigo en Shefford pero a ti te bastará con encontrar a otro marido, tal vez uno más de tu gusto. ¿No acabas de insinuar que eso quieres?

—Sí —respondió ella—. Pero encontraré otra forma de conseguirlo.

—¿Cuando yo te ofrezco los medios aquí y ahora? ¡Bah, ya basta de pamplinas! La decisión es mía, no tuya. Eso debería tranquilizarte la conciencia.

Y, mientras se lo decía, la empujó con más fuerza hacia la cama.

Al comprender que, contra sus propios deseos, el rey pretendía llevarla a la cama de todos modos, Milisant se plantó. Había observado el entrenamiento de los caballeros las suficientes veces como para saber qué hacer ante una agresión, y estaba preparada para demostrarlo.

Él también debía de contar con su resistencia y, si ella intentaba apartarse, sólo conseguiría que la retuviera aún con más fuerza por los hombros. No era tan alto como Wulfric, aunque tenía la recia complexión de su padre y era lo bastante fuerte para sujetarla si decidía utilizar esa fuerza contra ella.

Por eso Milisant no hizo nada, dejó que él la condujera hasta la cama y esperó hasta que se volviera para meterla en el lecho. Lo hizo como ella esperaba, y entonces ella le pegó una patada en la espinilla.

El golpe sonó muy fuerte, le había dado directamente en el hueso con la puntera de sus botas. El grito del rey aún fue más fuerte, pero se calló en seco, sorprendido, cuando ella le dio un empujón que lo mandó directo a la cama.

A continuación, Milisant salió corriendo de la habitación y bajó las escaleras como alma que lleva el diablo, cruzó el salón y la torre que conducía a su habitación a toda prisa y no se detuvo hasta que cerró la puerta tras de sí y la atrancó con una barra de hierro. Sin embargo, no le bastó con eso y puso también algunos baúles contra la puerta. El corazón le latía desbocadamente.

Jhone se había dormido, aunque había dejado una vela encendida para ella. Utilizó su débil luz para buscar su arco y sus flechas y se sentó temblando en el borde de la cama con una flecha dispuesta y unas cuantas más a mano. El primer hombre que cruzara la puerta no iba a vivir para contarlo.

Pasó buena parte de la noche sentada ahí, esperando, mientras Jhone dormía plácidamente, ignorante del nuevo problema al que se enfrentaba su hermana. ¡Y vaya un problema! Juan aún no había mandado a sus guardias a matarla, pero nadie ataca a un rey sin pagar con sangre por ello.

Pasaron horas antes de que su respiración se tranquilizara. Aunque su angustia no había disminuido en absoluto.

31

A quién pretendías impedirle la entrada ayer por la noche? ¿O es que pretendías que no saliera de aquí sin haber hablado contigo esta mañana?

Jhone bromeó con su hermana mientras la sacudía para despertarla. No había reparado en el arco, que había quedado cubierto por la manta. Sólo había visto los baúles apilados contra la puerta.

A Milisant la sorprendió que hubiera podido quedarse dormida, pero recordaba vagamente haberse arrebujado bajo las mantas porque estaba muerta de frío y haber apoyado la cabeza en la almohada para lo que creyó que serían unos minutos.

Se despertó de golpe y recordó al instante todo lo ocurrido, incluido el terror. Era verdad, le había pegado una patada en la espinilla al rey y le había empujado.

Se preguntó cuál de las dos cosas consideraría él más insultante, y por cuál de las dos exigiría un castigo más duro.

Antes de contárselo a su hermana murmuró en voz baja:

—Tengo que irme.

—¿Irte de dónde?

—De Shefford.

Jhone frunció el entrecejo, desconcertada.

—¿Ocurrió algo con el rey que yo debería saber?

—Sólo que quiere matarme. Lo único que no sé es si es un secreto o lo va a hacer público.

—¿Qué hiciste? —balbuceó Jhone.

Milisant apartó las mantas para que Jhone viera que se había acostado vestida, que ni siquiera se había quitado las botas. Entonces fue cuando su hermana vio el arco y se le pusieron unos ojos como platos.

—No se trata tanto de lo que hice yo sino de lo que hizo él, pues me forzó a hacer lo que hice.

—¿Qué hiciste? —repitió Jhone, lívida.

—Hice lo que tenía que hacer para quitármelo de encima, Jhone. Por más rey que sea, eso no significa que tenga que irme a la cama con él, que es para lo que me llamó ante su presencia.

Jhone la miró con los ojos muy abiertos.

—¿El rey Juan intentó acostarse contigo? ¿Nuestro rey Juan?

—Yo misma no acabo de creérmelo, máxime cuando se dice que adora a su mujer, y además ella está también aquí.

—¿Se dejó llevar… por la pasión? —preguntó Jhone en un intento por explicar lo ocurrido—. ¿Se encegueció acaso?

—No te esfuerces por justificarle. No me engaño hasta el punto de creer que soy tan irresistible como para cegar a alguien. Lo planeó todo. Por eso me mandó llamar.

—Entonces ¿por qué lo hizo?

Milisant no supo responder a esa pregunta. Juan dijo que sería en beneficio de ambos. En ese momento ella creyó que se refería a que ella se beneficiaría de no tener que casarse con Wulfric, y de que él se beneficiaría del placer que obtendría en la cama, pero… ¿y si se refería a otra cosa? ¿En qué otro sentido podía beneficiarle impedir la unión de las dos familias?

Ella no veía otro motivo, aunque seguro que lo había. ¿Podía eso significar que Juan estaba detrás de los atentados contra ella? No concebía que ella fuera tan importante como para que un rey se molestase en eliminarla, aunque comprendía que, a escala real, ningún rey dudaría en deshacerse de nada que obstaculizara la consecución de algún objetivo, por importante o insignificante que fuera ese obstáculo.

Con todo, fueran cuales fuesen los motivos que él había tenido, ahora eran otros. La clave de todo no estaba al alcance de Milisant y sus suposiciones eran tan osadas que no quería repetírselas a nadie, ni a Jhone. Sólo añadió:

—Dijo que darle a Wulfric un motivo para repudiarme sería una solución tanto para mí como para él mismo. Juan no aprueba esta unión, Jhone, en absoluto. Sin embargo, ¿por qué no lo ha dicho, en lugar de recurrir a medios tan despreciables para desembarazarse de la prometida?

Jhone reflexionó.

—Tal vez porque no se requirió su bendición para el matrimonio, ya que su hermano ya la había dado.

—O tal vez porque está demasiado acostumbrado a actuar de un modo solapado —añadió Milisant con aversión.

—Bueno, eso también. Aunque supongo que el hecho de que nadie le pidiera su permiso pudo hacerle sentir despreciado y por eso vino aquí con la intención de estropearlo todo sin reconocer que se sentía insultado, porque es una nimiedad.

Milisant asintió. Ésa era otra posibilidad. Pero ¿qué importaba ahora todo eso, cuando el mal ya estaba hecho? Podía seguir ordenando que la mataran, quizá ya lo había hecho. Al salir de la habitación, igual se tropezaría con alguno de sus sirvientes, que estaban al acecho esperando encontrarla a solas. Hoy. O mañana. Cuando menos lo esperara. Tenía que marcharse, irse a un lugar donde él no pudiera encontrarla. Ya no tenía otra opción.

—¿Le heriste de gravedad? —se le ocurrió preguntar a Jhone.

—Más en su orgullo que en su físico, pero más que suficiente para que quiera castigarme.

—Pero si ordena tu muerte tendrá que admitir lo que pretendió hacer.

—No si lo mantiene en secreto. Por eso tengo que marcharme, ocultarme de él.

—Pero ¿dónde?

—En Clydon. Lo había pensado incluso antes de que ocurriera todo esto, porque padre no ha llegado, no sabemos nada de él, y mucho me temo que no tiene ninguna intención de venir. Así que iré a verle con Roland, y le contaré lo sucedido. No puede seguir insistiendo en lo del compromiso sabiendo que el rey está en contra.

—Pero eso no te protegerá de la ira de Juan.

—Puede que sí, puede que no —replicó Milisant, especulando—. Tal vez esté dispuesto a olvidar lo ocurrido si me caso con otro hombre, que es lo que él desea. Ésa es mi única esperanza.

Jhone sacudió la cabeza.

—Pues yo creo que deberías contárselo todo a lord Guy.

—¿Y ponerle en pie de guerra contra el rey?

Jhone palideció.

—¿Tan lejos crees que podrían llegar las cosas?

—Estoy aquí bajo la protección de lord Guy. ¿Qué crees tú que pasaría si se entera de que su soberano ha intentado violar a la prometida de su hijo bajo su propio techo? Montará en cólera, y con razón.

—Pero Juan debía de tenerlo en cuenta antes de hacer lo que hizo. Tal vez eso es precisamente lo que buscaba, que Guy rompa el juramento de fidelidad que le une a él.

—No, lo que buscaba era que yo me sintiera honrada y tomara su violación como un cumplido. No hay duda de que, si se llegara a saber, él diría que la única culpable fui yo, que me arrojé a sus brazos. Es más, creo que lo hubiera aireado él mismo, no hubiera esperado a la noche de bodas para que Wulfric descubriera por sí mismo que yo ya no era pura. ¿Y quién creería mi palabra contra la de Juan?

—Lord Guy.

—¿Aun cuando eso significaría tener que romper con el rey? Basta con que lo veas desde el punto de vista de Juan. El compromiso estaría roto, Guy y padre seguirían siéndole leales y yo, caída en desgracia, encontraría a otro marido que hiciera la vista gorda respecto de mis coqueteos con el rey. Lo más irónico es que me gustaría que las cosas fueran así, pero no al precio de tener que acostarme con el rey.

—Pero no puedes marcharte, Mili, no sin el permiso de lord Guy. ¿Y cómo lo vas a obtener si no se lo cuentas todo?

—He dicho que tenía pensado marcharme, no que pensara anunciarlo.

—Pero no conseguirás salir de la torre sin que se den cuenta, y mucho menos cruzar las puertas de la muralla. ¿Cómo piensas salir de aquí?

—Con tu ayuda, naturalmente.

Jhone gimió.

—Mili, tiene que haber otro modo. ¿Y si en lugar de confiar en lord Guy, se lo confías todo a Wulfric y te casas con él hoy mismo, sin más demora? Eso arruinaría los planes de Juan, ¿no crees?

—No si lo que Juan pretende es señalar a la familia de Guy como proscritos traidores, y a la nuestra por añadidura, para que pueda confiscar todas nuestras tierras. No si lo que quiere es vengarse de mí por haberle atacado. No si...

—¡Basta! Dios mío, sólo era una sugerencia —exclamó Jhone. Y añadió—: No creas que no me doy cuenta de que prefieres marcharte antes que casarte con Wulfric. Aseguraría que en el fondo estás contenta de que haya pasado esto.

Milisant suspiró.

—No, no estoy contenta de haberme enemistado con el rey Juan sólo para evitar casarme con Wulfric. No lo hubiera deseado ni como último recurso.

32

No funcionará —se lamentó Jhone contemplando el baúl donde pretendía meterse Milisant.

—Sí, a condición de que no te separes del baúl para que los porteadores no lo registren.

—¿No puedo limitarme a decir que es un regalo de boda para ti? —sugirió Jhone—. Así no tendría que fingir ser tú.

—Pero no se deja un regalo en el establo, que es donde quiero que dejen el baúl. No, hay que decir que tiene un forraje especial para *Stomper*, para que lo coloquen junto a su compartimiento, donde casi no va nadie porque todos los mozos de cuadras evitan acercarse a él.

Jhone chasqueó la lengua.

—¿Por qué el establo si no podrás marcharte con *Stomper*?

—Porque está cerca de la puerta. Desde ahí podré controlar quién sale y encontrar un grupo entre el que pueda pasar inadvertida. Eso o escalar las murallas, y tú misma has dicho que es más arriesgado porque hay muchos guardas apostados ahí.

Jhone suspiró.

—Es más fácil hacerme pasar por ti cuando es una travesura. Si es en serio, sé que voy a decir o hacer algo que descubra el engaño.

—Lo harás bien, Jhone, no te preocupes. Sólo tendrás que tratar con los guardias de la entrada, con mi escolta y con los dos hombres que encuentres para transportar el baúl. No tendrás que ver a nadie que te conozca.

—Hasta que te hayas ido —le recordó Jhone—. Luego tendré que vérmelas con tu prometido.

—Ya te he dicho cómo tienes que hacerlo. Justo la otra noche me mencionó que nos distingue sólo por la boca, por la forma en que aprieto los labios cuando estoy enfadada. Puedes imitar ese gesto sin ningún problema. Mantén las distancias para que no tengas que dirigirle la palabra y todo irá bien.

Jhone no estaba tan convencida.

—¿Pero si es él quien quiere hablar conmigo, es decir contigo...?

—No temas. He estado furiosa con él desde la última vez que hablamos, y lo sabe. No ha vuelto a hablar conmigo, y no creo que espere que yo le hable después de lo que hizo.

—¿Qué hizo? No me has contado por qué te has pasado los últimos días fulminándole con la mirada.

Milisant no tenía ninguna intención de mencionarle el incidente, que aún la hacía sentir avergonzada. Sin embargo, no podía seguir guardándoselo si pretendía que Jhone se hiciera pasar por ella con éxito.

Mientras se vestía con sus antiguas ropas, Milisant le contó, tal como las recordaba, cada una de las conversaciones con Wulfric. Jhone tenía que saberlo por si él intentaba hablar con ella y sacaba alguno de esos temas.

No le había hablado de su último encuentro, pero comprendía que si esperaba que su hermana mantuviera el equívoco durante el máximo de tiempo posible, no podía silenciarlo. Y cuanto más tiempo pasara inadvertida su fuga, más margen tendría ella antes de que salieran en su busca. Por eso dijo, casi con un murmullo:

—Wulfric casi me llevó a la cama.

—¿Casi? —Jhone frunció el entrecejo—. ¿Quieres decir que intentó forzarte como Juan?

Milisant se ruborizó al recordarlo. Luego, a regañadientes como siempre que tenía que admitir alguna debilidad, musitó:

—No, no exactamente. Me hechizó otra vez con sus besos. Ni siquiera le pedí que se detuviera. Si no hubiera aparecido lord Guy, me temo que hubiéramos sellado la unión antes de que el cura nos bendijera.

Jhone abrió la boca para replicar, pero la cerró y sacudió la cabeza. Finalmente, suspiró. Su tono sonó reprobatorio cuando por fin dijo:

—Si no hubiera ocurrido ese incidente con el rey te diría cuatro cosas al respecto, Mili. Pero dado que Juan está claramente en contra de tu matrimonio con Wulfric, es mejor para todos que tengas a Roland por marido. Así que esperemos que todo salga bien.

Milisant sonrió, por fin había conseguido que su hermana estuviera de su parte.

—Saldrá bien, estoy segura. Verás cómo, en cuanto consiga llegar a Clydon, se habrá terminado mi infortunio.

—Me gustaría estar tan segura como tú —replicó Jhone.

—Te preocupas demasiado. Te has hecho pasar por mí en innumerables ocasiones. Jamás nos han descubierto. Sabes que es fácil. Si hasta has engañado a padre...

—Sabes muy bien que en esas ocasiones padre estaba algo bebido.

—Aun así, nadie nos conoce como él.

—Eso es verdad —se vio obligada a conceder Jhone.

Milisant sonrió y su aplomo tranquilizó a Jhone.

—Ambas sabemos que podemos hacerlo. Y es la única manera de que yo disponga del tiempo que necesito antes de que me busquen. Está en tus manos, Jhone. Dos días, más si puedes. Debería bastarme con eso para llegar hasta Clydon, incluso a pie, y de ahí a Dunburh, y para convencer a todos. Mientras lord Guy y Wulfric ignoren que me he marchado no me buscará nadie. Puedes hacerlo, ya sabes que sí.

—Más parece que debo hacerlo —dijo Jhone, suspirando de nuevo—. Pero vamos a despabilarnos antes de que salga el sol. Es una suerte que me haya levantado tan temprano. El puente todavía no está en plena actividad y en el salón no hay nadie.

Milisant asintió, atándose las jarreteras. Era fantástico volver a ponerse las ropas de siempre, en lugar de esas cotardías que le prestaba Jhone. Casi se sentía liberada de los grilletes que le habían colocado cuando Wulfric fue a buscarla... aunque iba demasiado aseada.

De modo que, mientras Jhone fue en busca de dos hombres que transportaran el baúl al establo, Milisant empezó a buscar algo con que ensuciarse por toda la habitación y no tardó en maldecir a las criadas del castillo por tener las habitaciones tan impolutas, hasta que se fijó en la ventana. El cristal no permitía una visión clara del exterior, a causa del polvo y el hollín de la chimenea; eso colmaría perfectamente sus necesidades.

Milisant se acomodó dentro del baúl junto con las pocas cosas que llevaría consigo, su arco y una muda. Cerró la tapa mucho antes de que oyera la voz de Jhone en el pasillo, más estridente de lo habitual para advertirle que se acercaban.

Hasta entonces no había estado nerviosa. No obstante, no se sentiría a salvo hasta que estuviera tras los altos muros de Clydon. Escapar de Shefford seguía constituyendo el obstáculo más difícil, al menos hasta que estuviera andando por el campo. Pero ya habría ocasión de ponerse nerviosa, cada cosa a su tiempo.

A lo largo del atropellado trayecto hasta los establos, Milisant aguantó la respiración más de una vez.

En una ocasión casi se les cayó el baúl, y a ella se le puso el corazón en un puño. Si ella hubiera sido Jhone, le hubiera pegado una colleja a los transportistas. Tampoco era tan pesada...

Con todo, el nerviosismo no disminuyó ni cuando depositaron el baúl en el suelo del establo, ni se calmaría hasta que hubiera salido de Shefford. Mientras todavía permaneciera en el castillo, podían surgir mil imprevistos. Pero tampoco podía salir del baúl hasta que Jhone le avisara que estaba a salvo.

En lugar de oír la señal que estaba esperando, escuchó la voz de Jhone diciéndole a uno de los criados:

—Vete a buscar a Henry. Es uno de los muchachos que vino con nosotras de Dunburh. Es fácil de reconocer porque siempre va inmundo. Debe de estar en el puente porque es el que cuida de nuestros caballos. Esperaba encontrarle aquí, pero...

Milisant no sabía de qué estaba hablando Jhone, porque a ellas no las había acompañado ningún Henry hasta Shefford. Y todavía tendría que pasar un buen rato antes de que pudiera preguntárselo, porque los cuatro guardas que habían acompañado a Jhone al establo seguían por ahí, demasiado cerca del baúl para que ella se aventurara a salir.

Sin embargo, como Jhone no daba muestras de querer marcharse pronto del establo, se dispersaron. Dos de ellos hacia la puerta para entretenerse contemplando las idas y venidas del puente y el otro se fue a un pequeño montículo privilegiado al otro lado de los establos. Al último de ellos le pidió

Jhone que fuera a buscarle un cubo, mientras con su falda cubría uno que había junto al abrevadero de *Stomper*.

Finalmente le dio una patadita al baúl, la señal que habían convenido, y Milisant se apresuró a salir. Corrió al compartimiento de *Stomper*, donde se ocultó tras unos tablones por si uno de los guardas volvía a entrar. Eso le permitió hablar unos minutos con su hermana.

—Ha sido fácil —le dijo a Jhone. No iba a contarle precisamente a ella lo nerviosa que estaba—. Vuelve ahora a la torre y llévate a esos hombres contigo, así podré salir a controlar las puertas.

—Espera, he pensado en una manera mejor. Ojalá se me hubiera ocurrido antes.

—¿Cómo? ¿Y quién es ese Henry al que has mandado buscar?

Jhone sonrió.

—Naturalmente, Henry eres tú. Los criados no van a encontrarte, claro, pero cuando yo te encuentre, no les parecerá raro.

—¿Con qué fin?

—Para que salgas de aquí a cumplir un recado.

—Eso sería fantástico, pero ya habíamos hablado de que si salgo montando a *Stomper* lo más seguro es que me detengan. No es exactamente un caballo que pase inadvertido.

—Sí, pero esta vez no irás con *Stomper*. He de mandarle un mensaje a padre y no pienso mandar al mensajero a pie, ¿comprendes?

Una sonrisa se dibujó en los labios de Milisant.

—Claro que sí. Pero ¿cómo vas a encontrarme, quiero decir a Henry, si estoy aquí y los guardas saben que él no está aquí?

—Voy a salir de aquí con ellos, y me detendré un momento fuera. Si eres lo bastante rápida, podrás salir de los establos por atrás y cruzarte conmigo en la parte delantera. Puedes decir que te han dicho que yo te andaba buscando. Entonces te diré qué quiero que hagas y te proporcionaré una montura. Supongo que también tendré que explicárselo a los guardias de la puerta, para cerciorarme de que no surja ningún problema.

Milisant asintió. Funcionaría de maravilla, mejor que su plan de mezclarse con algún grupo que saliera del castillo, máxime cuando aquel día no iba a salir nadie y ella hubiera tenido que intentarlo sola.

—Pues hagámoslo.

Así lo hicieron, y salió muy bien. La escolta de «Milisant» no objetó nada a la presencia de Henry, que no tardó en montar y en seguir a Jhone hasta la puerta. Ahí hubo un momento de ansiedad, porque los guardas eran muy celosos y asaeteaban a preguntas a todo el mundo, tanto a los que entraban como a los que salían.

Después de que Jhone les explicara la misión que le había encomendado a Henry, uno de los guardas preguntó:

—¿Y no va a sentirse agraviado vuestro padre si le mandáis un emisario tan inmundo?

Jhone rió.

—Mi padre conoce muy bien a Henry y sus desaseadas costumbres. Se crió en nuestros establos. Lo que sí sorprendería a padre sería verle con la cara lavada, tal vez ni le reconociera.

Milisant profirió un oportuno gruñido de queja, lo que hizo reír a los guardias. Sin embargo, funcionó. Se despidieron de *él* y le desearon buen viaje. Jhone la bendijo, le había ahorrado mucho tiempo con su brillante idea. Había salido de Shefford. Ahora tendría que componérselas sola en el campo, camino de Clydon.

33

Por fortuna, la tormenta había escampado hacia otras regiones, aunque seguía haciendo tanto frío que había escarcha y hielo a lo largo del camino. El sol asomaba de vez en cuando, y su pálido resplandor fundía la sólida alfombra de nieve que la tormenta había dejado tras de sí, aunque aún quedaban grandes áreas de un blanco cegador cuando les daba el sol.

Milisant tenía que protegerse a menudo los ojos de la deslumbradora luz de la mañana. Enfiló el camino hacia Dunburh hasta que estuvo fuera del campo de visión de Shefford. Luego torció hacia el sur, en dirección a Clydon. O, al menos hacia donde creía que estaba el sur y Clydon. En realidad, nunca había estado ahí, tenía una idea de dónde estaba porque alguna vez se lo había oído mencionar a Roland.

No obstante, se había guardado mucho de comentarle a Jhone que no sabía exactamente dónde estaba. Sólo habría conseguido inquietar más a su hermana. No se le caerían los anillos a la hora de preguntarle la dirección a cualquiera que se cruzara por el camino, así que no dudaba que lo encontraría.

Ansiaba ver de nuevo a Roland. Echaba de menos la estrecha amistad que compartía con él y sus largas conversaciones en Fulbray. No le pasó por la cabeza la posibilidad de que pudiera no hallarse en Clydon en ese momento.

Si él no estaba ahí a su llegada supondría un grave contratiempo para sus planes, sobre todo porque no contaba con mucho margen. Naturalmente, hablaría con sus padres. Roland se deshacía en elogios de sus padres; ella había visto a lord Ranulf en una ocasión y le encontró un gran parecido con su hijo, así que no dudaría demasiado en hablar con él, o con su esposa, lady Reina, si se daba el caso. Aunque, ciertamente, no le resultaría tan fácil como hablar de su planes con Roland, lo que tampoco sería tan fácil.

En cuanto tomó la decisión de casarse con él, había imaginado muchas veces cómo se lo diría. Sin embargo, nunca se le habían ocurrido las palabras justas. Al fin y al cabo, las damas no eran quienes solían hacer las propuestas de matrimonio. Normalmente de eso se encargaban los padres o los tutores, o el mismo lord interesado en el matrimonio. A la futura novia nunca se le preguntaba el parecer.

Ella deseaba que hubiera otra manera de hacer las cosas. Y eso constituía un motivo más para denostar el cuerpo que le había tocado en suerte. Le daba igual, Milisant iba a ser la excepción de la regla tradicional. Se veía obligada a ello, dadas las circunstancias. Además, no había tiempo para que su padre dispusiera los pormenores del cambio. Tenía que hacerlo ella misma y sólo entonces presentar la propuesta a la aprobación de su padre.

Como mínimo, después de lo sucedido con el rey no dudaba de que obtendría la aprobación de Nigel. Lo más irónico es que tuviera que agradecérselo al rey.

Clydon estaba a menos de una jornada de Shefford. Eso sí lo sabía. No tardó en encontrar un camino que se dirigía al sur, así que dejó los bosques, consciente de que era más probable que encontrara a alguien que le supiera indicar la dirección si cogía un camino más transitado.

La seguían. De eso se dio cuenta en cuanto dejó los bosques. Pero no la preocupaba, pues suponía que los tres hombres eran una patrulla de Shefford que estaba cumpliendo con su cometido, asegurarse de que ni era un cazador furtivo ni estaba haciendo nada ilícito. Esperaba que volvieran por donde habían venido en cuanto ella saliera de las tierras de Shefford.

No obstante, se inquietó un poco cuando notó que ellos se iban aproximando a ella sin prisas pero con determinación. Intentaban no hacerse notar, y eso la puso nerviosa. Si lo que querían era hablar con ella, estaban lo bastante cerca para detenerla con un grito. En cambio, avanzaban de un modo extraño y huidizo.

Entonces fue cuando pensó en que, al escapar a una amenaza que se cernía sobre ella, la venganza del rey, se había expuesto a otra amenaza, la de los hombres que habían intentado agredirla en tres ocasiones. Si no se habían rendido, si habían estado observando el castillo desde lejos... ¡Oh, Dios, cómo podía no haber pensado en ellos cuando estaba planeando su huida! Eso no la hubiera detenido. Juan era la amenaza más inmediata, pero habría sido más cauta si se hubiera acordado de ellos antes.

Tenía varias alternativas. Podía poner su caballo al galope y adentrarse en el bosque en cualquiera de los dos lados del camino, para intentar despistarlos. Pero ésa no era la mejor elección, porque no conocía bien esos parajes. Se podía detener al pie del camino con algún pretexto, para ver si ellos pasaban de largo. No, esa idea tampoco le gustaba. En el caso de que fueran los que se temía, eso les permitiría cogerla.

Había otra posibilidad: dar la vuelta y enfrentarse a ellos, arco en ristre, para que al menos tuvieran que pararse y explicarse. Además, si sólo eran una patrulla de Shefford, no les costaría convencerla de ello, cerciorarse de que era inofensiva y seguir a lo suyo. Si, efectivamente, resultaba ser una patrulla de Shefford, podía apostar a que la seguirían si ella intentaba alguna maniobra, ya que sospecharían que ella tenía algún motivo para temerlos. Y con ello tampoco descubriría quiénes eran.

De cualquier modo, lo más útil sería enfrentarse a ellos, y confiar en que sus temores carecieran de fundamento. Pero para ello tendría que bajarse del caballo. Si tenía que utilizar el arco necesitaba afirmarse en el suelo. No podía arriesgarse a que el caballo se moviera y ella errara la diana.

De pronto, los hombres se dispersaron en direcciones opuestas, dos de ellos al galope a los lados del camino, y el otro cargando directamente hacia ella. Era una maniobra pensada para confundirla. No podía tenerlos a los tres en el punto de mira si no paraban de dar vueltas a su alrededor.

En una fracción de segundo decidió que el que avanzaba hacia ella era el objetivo inmediato, y gritó:

—¡Deteneos o sois hombre muerto!

Él no se detuvo. Ella disparó. Cogió otra flecha y se volvió como el rayo hacia el siguiente objetivo antes de que el primero cayera al suelo.

Disparó dos flechas más, en rápida sucesión. No podía saber si los había herido gravemente, pero no se quedó para comprobarlo. Uno de ellos estaba desplomado sobre su caballo y los otros dos tumbados en mitad del camino, inmóviles. De momento los había dejado fuera de juego, que era lo que pretendía.

Sin embargo, los dos que yacían inmóviles ocuparon sus pensamientos mientras se alejaba al galope. Rogaba al cielo que no fueran una patrulla de

Shefford. Rogaba para que, si lo eran, no los hubiera matado. La duda la corroía. Intentar convencerse de que sólo se había defendido no era suficiente, porque no lo sabía con seguridad.

34

Encontrar Clydon le fue más fácil de lo que pensaba, sencillamente porque era más grande de lo que suponía. Ciertamente, el enorme castillo blanco y sus altas murallas ocupaban varios acres. Era una fortaleza impresionante, y el hecho de que Shefford fuera su señor feudal le hizo comprender lo poderoso que era el conde de Shefford, y lo poderoso que sería Wulfric algún día.

Extrañamente, cuando debería estar pensando sólo en Roland y en lo que le diría, quien ocupaba por completo sus pensamientos era Wulfric. Esperaba que lo que ella se disponía a hacer le aliviara. Ahora podría casarse con quien él quisiera, incluso con esa mujer a la que amaba. Lo irónico era que, con lo mucho que despreciaba a Wulfric, acabara haciéndole este favor.

Sería en beneficio de ambos, y el rey podría ir buscándose otra persona para entrometerse en su vida. Casi lo había conseguido. Podría casarse con Roland en pocos días. Sería feliz junto a él, estaba segura. Eran muy buenos amigos. Entonces, ¿por qué no se sentía radiante de felicidad? ¿Por qué se sentía como si hubiera dejado alguna cosa inconclusa?

Encontró un lugar resguardado en el bosque donde cambiarse de ropa camino de Clydon. La cotardía verde mar y dorado hacía juego con sus ojos, que probablemente era por lo que la había escogido Jhone. Su atractivo era lo primero que había señalado Jhone cuando la vio vestirse con sus viejas prendas. «No puedes esperar llegar a Clydon y que te crean cuando les digas quién eres vestida con esas ropas. No te dejarán ni cruzar la puerta.» Por eso había cogido la muda de ropa, para que le abriera las puertas de Clydon.

Y eso fue lo que hizo. Los guardias apenas la detuvieron con preguntas, aunque la miraron un tanto extrañados. Probablemente porque aún llevaba el arco colgado del hombro. Y la suerte le sonrió. Roland estaba en el castillo. Uno de los guardias incluso fue a buscarle, mientras el otro daba órdenes a un sirviente para que la acompañara a la torre.

Estaba impresionada con el castillo de Clydon. Shefford era mayor, y había más gente, bullía siempre de actividad. En Dunburh también había mucho ajetreo, aunque no sólo con la gente que vivía allí, sino también con los viajantes a los que les ofrecían hospitalidad. Pero Clydon era limpio, ordenado. Había actividad en el puente, sí, pero era una atmósfera más hogareña y cordial.

Además, el suelo del amplio puente no estaba cubierto de basura sino de hierba. El lodo que había dejado la reciente tormenta de hielo había desaparecido, aquello no era un barrizal como Shefford, y como casi siempre Dunburh. El aspecto era tan distinto que a Milisant, siendo amante de la naturaleza, no le pasó inadvertido. Le gustaba todo, y pensó que no le importaría en absoluto vivir allí.

Roland salió a su encuentro antes de que llegara a la torre. Le hubiera reconocido entre un montón, aunque sólo fuera por su estatura. ¿Había crecido desde la última vez que se habían visto? ¡Vaya! Era realmente un gigante, pasaba de los dos metros. Y tan apuesto. ¿Cómo pudo olvidarlo?

Tenía el pelo rubio claro de su padre y sus mismos ojos violeta, una combinación notable. Y no era nada enclenque para su altura, ni mucho menos. Tenía uno de los cuerpos más proporcionados que ella hubiera visto jamás, ancho, fuerte y musculoso. Era un ejemplar perfecto de su género, lo que muchos hombres envidiarían.

En honor a la verdad, tenía que admitir que Wulfric también era un ejemplar físicamente perfecto, aunque algo más bajo. Sin embargo, su perfección se quedaba ahí. Roland tenía un maravilloso carácter que complementaba su fortaleza: era alegre, amable, gentil cuando tenía que serlo. Pero Wulfric carecía de todo ello; era bruto, malhumorado, tozudo y... ¿por qué seguía pensando en él, cuando Roland se estaba aproximando a ella?

—¡Dios mío! ¿Te has lavado la cara con porquería, Mili? —fue lo primero que le dijo tras levantarla en vilo y darle un cálido abrazo de bienvenida.

Las mejillas de Milisant se encendieron. Se había cambiado de ropa para presentarse en Clydon como una dama, pero había olvidado quitarse el maquillaje a base de hollín que se había aplicado para disfrazarse. Ahora entendía por qué los guardias de Clydon se habían divertido tanto mirándola. ¡Bah, le importaba un comino lo que pensaran de ella por su aspecto!

Entonces ¿por qué se ruborizaba? Sabía el motivo, pero le costaba admitirlo. Era culpa de Wulfric, él le había hecho concederle importancia a la apariencia. Sus condenados cumplidos. El modo en que sus ojos captaban cualquier detalle en ella cuando se le acercaba. Incluso había llegado al punto de utilizar un espejo en la habitación de Shefford, algo que jamás había hecho en Dunburh.

—Bájame, zoquete —refunfuñó, avergonzada, y quiso precisar—: ¿Has visto alguna vez a un viajero que no llegue sucio del polvo del camino?

—¿Qué polvo del camino? —replicó Roland, riéndose—. Pero si la reciente nevada se lo ha llevado todo.

La dejó en el suelo y empezó a quitarle la suciedad de las mejillas, un gesto muy familiar en él. Jhone también se lo hacía. Y, como solía ser el caso, ella empezó a batir palmas automáticamente. Sin embargo, eso le dio una razón para detenerse a pensar que él la trataba igual que su hermana y que ella hacía exactamente lo mismo con él.

—Toda esta suciedad tiene un motivo: traerme hasta aquí sin complicaciones —dijo finalmente—. No he viajado vestida tal cual me ves, sino con mis medias.

—¿Por qué con medias? ¿Y quién osaría molestar a una dama con escolta, que es de la única manera que tú...? —Las palabras se apagaron cuando vio que ella arrugaba la frente, incómoda, y que su mirada le rehuía. Por eso no la sorprendió oírle decir—: Si me dices que has viajado sola, te pego.

No haría eso, y ambos lo sabían. Además, él la conocía bien, por eso había acertado en su suposición. Ella pensaba contárselo todo, así que no había motivo para sentirse tan avergonzada, aparte del hecho de que jamás había hecho algo tan insensato como viajar sola, tan lejos de casa.

Así que empezó:

—Tenía que lograr salir de Shefford sin permiso.

Era evidente que, de alguna manera, había llegado sana y salva, así que él se permitió dejar su preocupación para más tarde.

—Ya sé que crees que necesito protección, Mili —bromeó—, pero no tenías que molestarte en venir aquí para escoltarme hasta tu boda. Mi padre siempre se lleva un buen destacamento cuando mi madre viaja con él, y yo voy a ir con ellos... Perdóname. Veo por tu cara que no es cosa de broma.

Ella sacudió la cabeza.

—No; me gustan tus bromas, no te disculpes. Han ocurrido muchas cosas, y muy malas. Quiero contártelo todo, sólo que no sé por dónde empezar. Bueno, sí lo sé. La razón por la que abandoné Shefford en secreto es que tuve un altercado con el rey Juan, que llegó temprano a la boda.

—¿Qué tipo de altercado? —preguntó Roland con ceño.

—Un altercado serio. Al parecer no le complace nada lo de mi contrato matrimonial, y pensó en un modo de impedirlo: acostándose conmigo. Yo me opuse enérgicamente, motivo por el cual es más que posible que quiera vengarse de mí, especialmente si, pese a todo, me uno a Wulfric de Shefford. El único modo que tengo de apaciguarlo es casarme con otra persona.

—Mili, no tienes por qué hacer un sacrificio como ése porque a Juan le pierdan unas faldas. Comprendo perfectamente que quiera añadirte a su cuenta, pero Shefford es demasiado poderoso para que él haga nada contra ti. Lo intentó y falló. Seguro que no hará nada más.

Milisant meneó la cabeza.

—No sólo quería añadirme a su cuenta. Quería darle a Wulfric un motivo para repudiarme. Dijo que eso nos beneficiaría a ambos.

—¿Quieres decir que se tiene en tan alto concepto que considera que acostarte con él sería un beneficio para ti? —dijo Roland. Y añadió con desprecio—: Aunque si hay alguien tan pagado de sí mismo, sin duda es Juan sin Tierra.

—Pero no en este caso. Le hice saber que yo no quería unirme en matrimonio a Wulfric. Ése era el beneficio para mí.

—¿Estás tonta? —preguntó Roland, sin dar crédito a sus oídos—. ¿Cómo puedes rechazar a Wulfric de Thorpe? Un día será el señor feudal de mi padre, y mío después. Si su poder no basta para que te abrume el agradecimiento, entonces te bastará con mirarle para...

—No digas una palabra más o te atizo. ¿«Abrume el agradecimiento»? —bufó ella—. ¿Cuándo te he dado yo la impresión de aspirar a convertirme en condesa?

—Tu destino desde niña ha sido convertirte algún día en la condesa de lord Wulfric.

Ella suspiró.

—Pero no por elección mía, Roland. No hablamos mucho de ello en los tiempos de Fulbray, pero desprecio a Wulfric desde que éramos niños. La primera vez que nos vimos me hizo mucho daño, y me causó meses de miedo y agonía pensando que iba a quedarme coja. No voy a olvidarlo ni a perdonarlo jamás.

Él la estrechó de nuevo, y su tono sonó consolador y comprensivo cuando le dijo:

—Ya veo que te duele hasta hablar de ello. Bien, no digas más. Ven, vamos a buscar un hogar cálido y una copa de aguamiel y podrás contarme por qué no le has hablado a nadie de la perfidia de Juan.

—¿Qué te hace pensar que no se lo he dicho a nadie?

—Porque estás aquí, sola, en lugar de haber permitido que tu padre y lord Guy se ocuparan de ello.

Se ruborizó de nuevo. Él era muy perspicaz. Al menos no le había hablado más de Wulfric, ni había intentado convencerla de que las cosas de niños no tienen nada que ver con el mundo de los mayores. Pero ella sabía de qué hablaba. Lo que ocurría era que intentar convencer a otra persona era casi imposible.

35

No funcionaría, no podía funcionar. Si no fuera tan importante, si el futuro de Milisant no dependiera de ello, entonces probablemente a Jhone no le costaría tanto interpretar la farsa y hacerse pasar por ella. Pero era tan importante que se ponía muy nerviosa. Así que tramó un nuevo engaño. Se puso enferma; en realidad eso no era un engaño, porque la ansiedad que estaba pasando le estaba afectando el estómago. Y dijo que Milisant se quedaría con ella en la habitación, cuidándola.

Hubiera fingido que era a la inversa, si no la preocupara la posibilidad de que Wulfric solicitara ver a Milisant si sabía que estaba enferma. Lo había hecho cuando Mili estuvo herida. También hubiera sospechado de cualquier enfermedad que hubiera aducido ella como pretexto para evitarle. Sin embargo, si era ella la que estaba postrada en la cama, nadie insistiría en verla y, en tanto que Milisant, podía detener a los demás en la puerta e impedirles ver que no había ninguna Jhone enferma en la cama.

Tenía grandes esperanzas de que su plan funcionara, y lo hizo durante buena parte del primer día, hasta última hora de la tarde. Luego, aquel a quien más temía ver llamó a la puerta. Sospechó de quién se trataba incluso antes de abrir la puerta, por la intensidad de los golpes.

Tomó aire para prepararse para tratar con él tal como lo haría Milisant, es decir, cortarle en cuanto abriera la puerta.

—¿Es que no te han dicho que mi hermana está enferma? ¿Que la estoy cuidando? Estaba descansando un poco, pero tú has armado este jaleo.

—Sí, me han informado —replicó él, sin mostrarse sorprendido por el recibimiento que, por otra parte, estaba en consonancia con la impaciencia de sus golpes—. ¿Pero necesita de tus cuidados constantes? También podrían atenderla otros.

—No confiaría los cuidados de mi hermana a nadie, igual que haría ella en mi caso.

Él frunció el entrecejo y preguntó:

—¿Qué le pasa?

—Ha estado vomitando mucho. ¿No notas el hedor?

Como había vomitado al menos una vez esa misma tarde, no se podía decir que estuviera mintiendo. Y empezaba a sentir náuseas de nuevo. Notaba el enfado de Wulfric, una ira que la aterrorizaba. La sorprendía que no se hubiera sentido fulminada a su primer bufido de malhumor. Si no se marchaba pronto...

Para ahuyentarle, le espetó:

—¿Qué haces aquí? ¿Molestarnos?

—He venido a decirte que asistas a la cena de

esta noche. Faltar a una comida cuando el rey está presente puede que le resulte comprensible, pero faltar a dos comidas seguidas podría tomarlo como un insulto. De modo que, haya mejorado o no tu hermana, esta noche quiero verte en la sala.

—Yo no tengo que entretener al rey.

—¿Ah, no? ¿Ni teniendo en cuenta que está aquí con motivo de *tu* boda?

Jhone tuvo que hacer un esfuerzo para no retorcerse las manos.

—Entonces sí, voy a asistir, para presentarle mis respetos. Pero, a menos que Jhone se encuentre mejor, no me quedaré mucho rato.

Ella se había mostrado muy razonable al acceder. ¿Cómo podía él discutírselo? Sin embargo, lo hizo.

—En mi opinión, estás utilizando la enfermedad de tu hermana para evitarme. ¿Cuánto tiempo vas a estar negándome la palabra?

Entonces ¿era ése el motivo de su visita? ¿Se sentía ignorado? Consideró la posibilidad de responderle «Siempre», que probablemente era lo que hubiera contestado Milisant. Pero esa réplica no hubiera conseguido que se marchara, sino encolerizarlo aún más. Con todo, tampoco quería decir nada impropio de Milisant, porque eso le haría sospechar y se arriesgaba a que la descubrieran.

Así que apretó los labios como Milisant le había advertido que hiciera, y dijo con tanto aplomo como le permitieron sus nervios:

—Te estoy hablando ahora, para mi desgracia.

Todo esto podría haber esperado a que Jhone se recupere.

Afortunadamente, él captó la insinuación y, con ceño de nuevo, le ordenó a guisa de despedida:

—Ven esta noche a la cena, y mañana a las dos comidas, muchacha. No hagas que tenga que subir a buscarte.

Jhone cerró la puerta y se apoyó contra ella con el corazón desbocado. Lo había conseguido. Le había engañado por completo. Pero no lo lograría otra vez. No tenía el coraje de Milisant, que podía plantarle cara a un hombre; ella no podía enfrentarse a un hombre tan enfadado. No obstante, la orden que él le había dado resonó en su cabeza. Si el día siguiente no veía a Milisant en la sala, él la llevaría a rastras.

Tenía que acudir a la sala, al menos esa noche. No veía forma de eludirlo. Al día siguiente no servirían la primera comida hasta el mediodía, y tal vez eso le diera a Milisant el margen que le había pedido. Jhone podría volver a ser ella misma y declarar que Milisant había «desaparecido». Eso le daba un día más de plazo antes de que la buscaran fuera de las murallas del castillo. Tiempo más que suficiente para que ella llegara a Clydon y hubiera vuelto luego a casa, como había planeado.

No, con asistir a la cena de esa noche sería más que suficiente. Pero ¿entretener al rey? ¿Después de lo que había hecho? Caray, ni siquiera había pensado en que era Milisant la que tenía que enfrentarse de nuevo al rey. Se había marchado para no tener que hacerlo.

¿Qué haría si eso era justo lo que él esperaba para denunciarla? Aunque era evidente que no le había mencionado a nadie lo que había pasado entre los dos, pues de lo contrario Wulfric se lo habría comentado. Además, como ese día ninguna de las hermanas había asistido a la comida, debía pensar que Milisant tenía miedo de encontrarse de nuevo con él.

Puede que pensar que ella le temía apaciguara los ánimos de Juan. Tal vez incluso se calmara más si ella parecía asustada cuando le viera esa noche. Eso seguro que parecería natural. La aterrorizaba la idea de acercarse a él, después de lo que había intentado hacerle a Milisant. ¿Y si quería hablarle de ello? ¡Oh, Señor!, ¿cómo había permitido que Mili la metiera en eso?

36

Había alargado demasiado la conversación. Milisant se impacientaba porque se estaba haciendo tarde y aún no había encontrado el momento para exponerle su propuesta de matrimonio a Roland. No podía permitir que acabase ese día sin poner en claro sus planes de futuro. Sin embargo, las cosas habían sucedido con tal precipitación desde su llegada que aún no había tenido ocasión de hablar de nuevo a solas con Roland.

La había llevado a la torre para presentársela a su madre, quien la había llevado a una de las habitaciones de la torre para que se aseara y pudiera reposar. No había vuelto a ver a Roland hasta la cena.

Lady Reina la sorprendió. Milisant sabía que el padre de Roland era un gigante como él, pero lady Reina era una mujer bajita, menuda. Apenas rozaba la cuarentena, su pelo negro era tan lustroso como en su juventud y sus ojos azules eran brillantes e incisivos. Además, no tenía pelos en la lengua, era incluso brutalmente franca.

—Apestas, métete en esta bañera —le espetó sin andarse con rodeos cuando Milisant protestó que no tenía tiempo para un baño.

Sin embargo, le gustaba Reina Fitz Hugh. No estaba muy acostumbrada a encontrarse con mujeres tan francas y bruscas. Además, había una mundanidad rijosa en ella que hacía que el trato fuera o muy cómodo o muy embarazoso. Milisant sentía ambas cosas a la vez, y eso la divertía.

Supo más cosas sobre la familia de Roland durante las horas que pasó con Reina que durante las muchas conversaciones que había mantenido con él. También tenía un hermano mayor, que se llamaba como el conde de Shefford, que era su padrino. Y dos hermanas mucho más jóvenes. Reina decía que la más pequeña sería su ruina. Ya no sabía qué hacer con la niña, que idolatraba a su padre y quería ser como él en todo.

Eso incomodó a Milisant, que comprendió que esa niña se parecía mucho a ella, que también deseaba haber nacido hombre, y a la que Reina consideraba que iba a ser su «ruina». Eso la hizo sentir más rara que nunca, pues comprendió, de pronto, que probablemente su padre pensaba lo mismo de ella.

Lo que no sabía era que la familia de Roland estaba emparentada con los Arcourts, otra de las familias poderosas del reino. Hugh de Arcourts, el cabeza de familia, era en realidad el abuelo paterno de Roland, aunque era hijo bastardo; Reina lo había mencionado sin tapujos, como si no tuviera nada de particular.

Lo más interesante, sin embargo, era que el padre de Reina había sido Roger de Champeney. A Milisant le resultaba un nombre muy familiar, pues lord Roger había ido a las Cruzadas con Nigel y lord Guy y el rey Ricardo. Nigel había mencionado a Roger a menudo en sus relatos de las emocionantes campañas que habían tenido lugar antes del nacimiento de Milisant.

Se preguntó si Nigel sabría que Roland era el nieto de Roger, dado que le había descartado como marido sólo porque el padre de Roland era vasallo de Guy. Roger también había sido vasallo de Guy, aunque contaba con derechos propios (el castillo de Clydon era una evidencia de ello, así como el hecho de que poseyera otras propiedades). Y Milisant estaba segura de que su padre no sabía lo de Hugh de Arcourt.

De pronto comprendió que la familia de Roland era una elección mucho mejor de lo que había imaginado para una alianza. Le avalaban la riqueza y el poder, sólo le faltaba ser el heredero de un conde, como Wulfric.

Eso la reconfortó. Sin duda a su padre le gustaría ese matrimonio. Aunque, claro, se olvidaba de que no la había prometido a Wulfric siguiendo una política de alianzas sino por amistad y por saldar la deuda que había contraído hacia quien le había salvado la vida. Pese a todo, había que tener en cuenta que el que su padre supiera que Juan se oponía a la unión de las dos familias amortiguaría el golpe y que, para seguir contando con su favor o, en el caso de ella, congraciarse con él, *tenía* que casarse con otra persona. ¿Quién mejor que Roland?

Sin embargo, cuando esa noche pareció que todo el mundo, incluido él, conspiraba para que no se quedaran solos ni un instante, le entraron ganas de retorcerle el cuello. Ni cuando se sentó junto a él durante la cena logró que le prestara la atención suficiente como para hablar en privado con él. Su hermano y su padre le disputaban constantemente su atención.

Finalmente, cuando la comida terminó, ella estaba lo bastante desesperada como para cogerle de la mano y arrastrarle hasta una de las troneras de la gran sala de Clydon, donde estaban dispuestos unos cómodos bancos encojinados. Tuvo incluso la osadía de empujarle para que se sentara, lo que sólo consiguió porque él se lo permitió, dado su enorme tamaño.

No se anduvo por las ramas y le espetó a bocajarro:

—Tengo cosas que decirte que requieren que me prestes toda tu atención, cosa a la que no parece dispuesta tu familia.

Él sonrió al ver que se había picado.

—Somos una familia muy unida. ¿Qué mejor momento para comentar cómo nos ha ido el día que durante la cena?

—Eso es cierto —tuvo que conceder ella, aunque añadió—: ¡Pero tienes a una invitada que está en apuros! No dispongo de mucho tiempo, Roland. Mañana por la mañana he de partir hacia Dunburh. Y albergo grandes esperanzas de que vengas conmigo.

—Naturalmente que te voy a escoltar, Mili. No tienes ni que pedírmelo.

Ella se sentó frente a él.

—Necesito más que eso, Roland. Necesito que te cases conmigo.

Bueno, ya estaba dicho. No había sido muy sutil, pero no tenía tiempo para sutilezas. Sólo le cabía desear que él no pareciera demasiado incrédulo. Lo peor fue que debió de creer que estaba bromeando, porque se echó a reír.

—No estoy bromeando, Roland.

Él le sonrió dulcemente.

—No, ya veo que hablas en serio. Pero, incluso en caso de que no estuvieras prometida, no podría casarme contigo.

Ella esperaba que formularle la proposición fuera el único mal trago que tuviera que pasar. No había contado con que él la rechazara.

—¿Estás prometido a otra?

—No.

Ella frunció el entrecejo.

—Entonces ¿por qué me rechazas?

En lugar de responder a su pregunta, Roland dijo:

—Mira ahí, a mi hermana pequeña.

Ella sólo vio dos muchachos, puede que de apenas diez años, enzarzados a brazo partido en el suelo. Aún no había conocido a su hermana pequeña, al menos eso creía. Le habían presentado a tanta gente que igual se le había pasado por alto.

—¿Dónde? Yo sólo veo dos niños.

Roland sonrió.

—La de encima, la del pelo rubio y corto es Eleanor. Por eso me encariñé contigo cuando te conocí en Fulbray, porque me recordabas mucho a mi hermana. Le pasa como a ti, prefiere llevar medias a vestidos, para desesperación de mi madre. Aunque Eli se viste apropiadamente cuando hay invitados. Sólo que acaba de llegar y no sabe que estás tú. ¿Ves cómo mi madre está furiosa con ella y mi padre, como de costumbre, más bien divertido?

Milisant se ruborizó. Debería estar contenta de haber encontrado a otra chica como ella, por saber que, después de todo, no era tan «rara». Aunque, claro, la joven Eli hacía concesiones cuando era preciso, mientras que Milisant se había obstinado siempre en no ceder un ápice...

Suspiró. ¿Valía la pena avergonzar tanto a su padre a cambio de las pequeñas libertades que había conseguido conquistar? No obstante, Roland aún no había respondido a su pregunta. Se lo recordó.

—¿Y qué tiene que ver tu hermana con esto?

Él se inclinó y le cogió las manos con ternura.

—No me estás escuchando. Entonces me recordabas a mi hermana, y aún me la recuerdas. Te tengo muchísimo afecto, pero eres como mi hermana, y la idea de acostarme contigo... Lo siento, Mili, sinceramente no pretendo ofenderte pero la simple idea me deja... frío. Además, eso sería robarle la novia a mi señor feudal. Por Dios, Mili, un día será el conde de Shefford y yo voy a gestionar una de las propiedades de Clydon a través de él.

Esa explicación debería haberla derrotado. Pero, por el contrario, comprendió con retraso cuánta razón tenía, y sintió lo mismo que él. Por eso le había sentido siempre tan próximo y nunca había tenido impulsos sexuales hacia él; porque era como un hermano para ella. En realidad, ahora que se forzaba a intentarlo, no podía imaginárselo besándola, no del modo en que la había besado Wulfric. ¡Dios mío! ¿Cómo era posible que no se hubiera dado cuenta años antes, cuando empezó a pensar en casarse con él?

Asintió para que supiera que aceptaba su explicación, aunque luego añadió un suspiro.

—¿Y qué puedo hacer ahora? Tendré que encontrar a otro marido.

Él sacudió la cabeza.

—No; lo que tienes que hacer, que es por donde deberíamos haber empezado, es dejar este asunto en manos de los que pueden arreglarlo mejor que tú.

—Con eso no voy a conseguir un nuevo marido.

—No necesitas un nuevo marido —la corrigió él.

—Olvidas que hay otras razones por las que no quiero casarme con Wulfric —insistió ella, airada.

—Recuerdo muy bien lo que me dijiste de él. Que le odias desde que eras una niña, que te hizo daño. Pero no me has dicho qué sientes por él ahora que se ha convertido en un hombre.

—¡Ajá! Sabía que me saldrías con esta observación.

—¿Acaso vamos a pelear como hermanos? —inquirió él, pacificador.

Milisant le dio un golpecito en el hombro. Él le sonrió y ella puso los ojos en blanco. Él le pasó un brazo por los hombros.

—Respóndeme con sinceridad, Mili. ¿Has superado esos sentimientos infantiles que no te permiten ver a Wulfric tal como es en la actualidad? ¿O dejarás que esos viejos enconos condicionen la imagen que tienes de él?

—Sigue siendo un bruto —murmuró.

—Eso se hace difícil de creer —dijo Roland—. Pero, incluso en caso de que lo sea, la pregunta es: ¿es bruto contigo?

—Es un tirano, no para de darme órdenes. De verdad, si pudiera me controlaría hasta la respiración.

—Me parece que cualquier hombre te parecería un tirano si osara darte órdenes.

Milisant suspiró una vez más.

—Roland, ya veo por dónde vas. Pero no puedes imaginarte lo que es estar con él. No paramos de discutir. No podemos estar en la misma habitación porque se crea una tensión que podría cortarse con cuchillo.

Él reflexionó un momento y dijo:

—Es extraño, pero lo que acabas de describirme es lo que yo sentí en una ocasión en que deseé a una dama que *sabía* que no iba a ser para mí. Era una invitada. Discutía constantemente con ella, cada vez que la veía, cuando lo que en realidad deseaba...

—Shhhhh —le cortó Milisant, ruborizándose—. Esto no tiene nada que ver con... eso.

—¿Estás segura?

37

Estás segura?»

Milisant no consiguió quitarse la pregunta de la cabeza ni cuando se retiró por la noche a su habitación. Su respuesta a Roland había sido un rotundo «¡Claro que sí!», pero la verdad es que no estaba tan segura; al menos en el caso de Wulfric. Después de todo, ella no podía saber lo que pensaba, y decían que a los hombres les resultaba fácil amar a una y descubrir que deseaban a otra. Contaban que eran muchos los hombres que compaginaban esos dos sentimientos sin empacho.

Bien podía ser que Wulfric se sintiera frustrado respecto del deseo que ella le inspiraba, ahora que ya había aceptado plenamente que iba a ser su esposa, y podía ser que ése fuera el motivo de sus muchas discusiones. Si lo consideraba un motivo, también tendría que considerar que las peleas acabarían en cuanto estuvieran casados; al menos por parte de él.

Jhone le había insinuado la misma posibilidad. «Tenle contento en la cama y verás cómo se muestra más agradable y, por consiguiente, te concede mayor libertad», había sido la recomendación de su hermana. Pero ¿y ella? Tenerle contento a él no la iba a hacer feliz.

Era un aspecto discutible. En cuanto le hubiera contado lo sucedido a su padre, lo más probable es que accediera a que se casara con otra persona, aunque fuera por mor de obedecer los deseos del rey Juan. Aunque no podría ser con Roland, con quien había contado desde el principio. Tampoco podía ser con Wulfric, y eso, como mínimo, tenía que hacerla feliz.

Así pues, ¿por qué ahora que lo sabía no estaba más tranquila?

Milisant se alegró al oír que llamaban suavemente a la puerta, interrumpiendo esos pensamientos que la atormentaban. Fue lady Reina quien entró en cuanto ella dio permiso. Se sentó en la cama, junto a Milisant. Parecía preocupada.

—He llamado quedamente por si estabas dormida —fue lo primero que le dijo Reina—. Aunque también debo decirte que, a pesar de lo avanzado de la hora, no me sorprende que no hayas podido conciliar el sueño.

Milisant esbozó una sonrisa torcida.

—Pues yo sí lo estoy, teniendo en cuenta que la noche pasada he dormido muy poco. Pero ¿por qué lo decís?

—Roland ha venido a verme.

—¡Ah!

—Mi hijo está preocupado por si te ha ofendido. ¿Es así?

—¿Os ha contado respecto a qué?

Reina asintió.

—Tu proposición le ha dejado atónito. Teme que no hayas entendido los motivos por los que ha rehusado, porque cuando te los explicó estaba muy confuso.

—Sí, los he entendido, y estoy de acuerdo con él. Cuando pensé en él como en el hombre con quien casarme, sólo pensé en nuestra amistad, en nuestra cercanía y en lo fantástico que sería compartir mi vida con alguien con quien me llevo tan bien. Jamás pensé en la intimidad que tendríamos que compartir. Ahora que él lo ha sacado a relucir, creo que tiene razón. Me ve como una hermana, y yo igual, le veo como a un hermano. Nunca podríamos compartir cama juntos.

Reina asintió de nuevo, pero no se abstuvo de insistir.

—Aún no has contestado a mi pregunta.

Milisant frunció el entrecejo, no sabía muy bien de qué le estaba hablando Reina.

—Sí he contestado. No estoy ofendida. No es culpa suya que yo sea tan tonta como para no haber tenido en cuenta todos los aspectos del matrimonio antes de hacerle mi proposición.

—Hay otra cosa que has olvidado considerar. Roland no puede casarse contigo sin la conformidad de Ranulf, y éste no se la dará jamás. Si, por los motivos que sean, se rompe tu compromiso con el hijo de lord Guy, nuestro señor feudal seguiría tomando como un insulto que nosotros intentáramos aliarnos con los Crispin a través de ti, cuando el mismo lord ha pretendido que sea su hijo el que selle esta unión. ¿Has ignorado las consecuencias políticas de este caso?

Milisant se ruborizó ligeramente a causa de la suave regañina que acababa de dispensarle lady Reina.

—Mi padre me lo señaló recientemente, pero debo admitir que estaba tan distraída que no permití que sus palabras alteraran mis planes.

—Supongo que no tengo que preguntarte de nuevo si estás ofendida. El hecho de que a estas horas aún no hayas conseguido pegar ojo habla por sí mismo.

—Pero no es por Roland. Podéis tranquilizarle al respecto, o lo haré yo misma mañana.

—¿Hay algo que pueda hacer por ti para ayudarte a disipar esas preocupaciones?

Al parecer, Roland no se lo había confiado todo a su madre.

—No, sólo que nunca he querido casarme con Wulfric de Thorpe. Y ahora que sé que el rey Juan tampoco quiere, me pregunto a quién me va a destinar mi padre. Durante años sólo he pensado en Roland.

—¿Qué te hace pensar que Juan está en contra de ese matrimonio?

—Me lo dijo.

Reina meneó la cabeza y sonrió.

—Tal vez hubiera debido preguntarte qué te hace pensar que las preferencias de Juan son relevantes para el caso. Fue el rey Ricardo el que bendijo vuestro compromiso. El permiso de Juan no pinta nada aquí. Además, si pensara prohibirlo ya lo habría hecho. Que te lo haya mencionado a ti y no a lord Guy muestra que no tiene intención de interferir directamente. Sinceramente, no creo que se atreva a molestar a un vasallo tan leal como lord Guy, precisamente ahora que tiene a tantos barones en contra.

Razón de más para que Milisant estuviera segura de que, si Juan no pensaba contar lo ocurrido, la culparía a ella y sólo a ella y se declararía completamente inocente si se atrevía a acusarle de algo. Debía explicárselo a Reina, pero dudó. Cuanta más gente supiera del intento de Juan de romper su compromiso acostándose con ella, aunque él lo negara, más probable era que quisiera venganza por el modo en que se le había escapado.

Por lo que se limitó a decir:

—Tal vez tengáis razón.

Reina asintió.

—Pasemos ahora a la última parte de tu inquietud.

—¿La última parte?

—No quisiera entrometerme pero me ha sorprendido que dijeras que jamás has querido casarte con Wulfric. Conozco a Wulfric desde que nació. Se ha convertido en un joven maravilloso, un honor para su padre. Mi propio marido anda en asuntos de guerra y ha estado en campaña con Wulfric. No tiene más que elogios para el muchacho. Y sé que las mujeres le encuentran atractivo. Mi hija mayor se muere por él cada vez que viene a visitarnos. ¿Qué es lo que no te gusta de Wulfric?

A Milisant le hubiera gustado que no todo el mundo reaccionara igual. Esta vez, en lugar de mencionar rencores de infancia que la dama intentaría minimizar, señaló la otra buena razón por la que no le quería.

—Ama a otra.

—¡Ah! —replicó Reina como si en esa palabra tan breve estuviera resumida toda la comprensión del mundo—. Si es así no demuestra ser muy listo, aunque puede que no sea nada serio y que no sea difícil superar ese escollo.

—¿Cómo?

Reina sonrió.

—Pues dándole un motivo para que te ame a ti también, y luego otro para que te ame más.

—Debéis de haberos entrevistado con mi hermana —gruñó Milisant—. Al parecer, sois de la misma opinión.

Lady Reina rió.

—Simple sentido común femenino, querida.

¡Qué fácil les resultaba a las mujeres que no estaban en su situación decir eso! Lo realmente complicado era superar ese profundo rechazo. Máxime cuando ambos miembros de la pareja coincidían en sentirlo.

—No debería tener que luchar por el amor de mi marido —dijo Milisant, un tanto altiva.

—No, lo ideal sería que no tuvieras que hacerlo. Pero, siendo realistas, muchas mujeres se enfrentan a ello; es decir, si realmente quieren ser amadas. Siempre me sorprende que haya tantas a las que no les importa. No tienen expectativas de hallar amor en un matrimonio que responde a acuerdos políticos o a alianzas y, por lo tanto, no les disgusta que no lo haya. Hay muchas cosas que contribuyen a un buen matrimonio. El amor no suele contarse entre ellas. Aunque, cuando lo hay... no puedes imaginarte lo...

—¿Me estáis confiando vuestros secretos, Reina?

Era divertido ver cómo, por una vez, le tocó el turno de ruborizarse a aquella dama que tantas veces le había sacado los colores con su franqueza. Aunque también ella enrojeció cuando se dio la vuelta y vio a su marido ocupando todo el marco de la puerta con su estatura.

—Ahora mismo pensaba volver a la cama —le dijo Reina levantándose para marcharse.

—¿De verdad? Lo dudaba.

Reina compuso una expresión de disgusto al oír esas palabras de su marido. Milisant no lo vio, la preocupaba que Ranulf Fitz Hugh estuviera enfadado con su mujer por su culpa.

Por eso, cuando Reina dijo «No me estaba metiendo donde no me llaman», Milisant se apresuró a corroborar sus palabras asegurando «No, de verdad que no». Y cuando Reina añadió: «Ni la estaba molestando tampoco», Milisant añadió: «Eso sería imposible. Lady Reina me ha sido de gran ayuda».

En ese momento, Reina volvió a mirarla y, con una risita, le dijo:

—Tranquila, niña, no está enfadado. Aunque para mí no cambiaría en nada las cosas que lo estuviera. —Y concluyó dirigiéndole una mirada de advertencia a Ranulf.

El gigante rió, señal de que había oído eso mismo, o algo parecido, muchas otras veces.

Entonces fue cuando Roland empujó a su padre para entrar en la habitación y dijo, exasperado:

—No quise decir que tuvierais a Mili en vela toda la noche, madre.

Reina levantó ambas manos y replicó:

—Me voy ahora mismo a la cama. —Y salió de la habitación sin añadir palabra.

—Voy a asegurarme de que la encuentre sin desviarse —dijo Ranulf—. No te entretengas, Roland. Todos necesitamos dormir un poco esta noche. —Y salió de la habitación.

Curiosamente, tanto Roland como Milisant se ruborizaron después de que los padres de él hubieron salido de la habitación. Tal vez fuera porque nunca habían estado solos en un dormitorio, aunque seguramente era porque ambos sabían de qué se había estado hablando ahí. Él se sentó en el mismo lugar donde había estado su madre.

—Lo siento —le dijo cogiéndole la mano—. Sólo quería que mi madre te ayudara por si estabas mal. Es muy buena en eso. Aunque no sabía que le iba a llevar la mitad de la noche.

—No tienes por qué disculparte, Roland. No estaba durmiendo, de lo contrario ella no hubiera entrado.

—¡Ah! ¿Así que todavía estabas inquieta?

Milisant puso los ojos en blanco y cambió de tema.

—¿Es que aquí no duerme nadie?

Roland rió.

—Los demás no sé, pero mi madre y yo solemos encontrarnos en las cocinas a altas horas de la noche, sobre todo cuando alguna calamidad le impide terminar de cenar. Tenemos unas charlas muy agradables ahí, hasta que mi padre se despierta, descubre que ha desaparecido y baja a buscarla, que es lo que ha ocurrido esta noche.

—¿Y cuál es tu excusa para no dormir?

—No es que no pueda dormir, es que estoy siempre hambriento, y cuando tengo hambre no puedo dormir.

Lo dijo con tanto pesar que ella se echó a reír.

—Sí, tienes mucho cuerpo que alimentar.

Sus bromas fueron bruscamente interrumpidas

por un ruido al otro lado de la puerta, que había quedado abierta. Dirigieron sus miradas hacia allí, porque había sonado al ruido que se hace al desenvainar una espada. Y eso era justamente lo que había sido.

Wulfric estaba de pie en el quicio de la puerta, espada en ristre, con la mirada fija no en Milisant sino en Roland.

—Es una pena pero voy a tener que matarte.

38

Milisant se puso lívida. No porque Wulfric estuviera donde se suponía que no debía estar. Ni tampoco porque acabara de amenazar fríamente con matar a su amigo. Palideció al reparar en que la única vía a través de la cual había podido encontrarla en Clydon era Jhone.

Por eso lo primero que dijo fue:

—¿Qué le has dicho a mi hermana para que ella te dijera adónde había ido yo? Nunca te hubiera dado esa información voluntariamente.

Eso atrajo su destellante mirada de zafiro hacia ella.

—Y no me la dio. En realidad se desmayó a mis pies sólo porque se lo pregunté.

—¿Sólo? —dijo ella suspicaz—. ¿Estabas furioso cuando se lo preguntaste?

—Mucho.

Milisant suspiró aliviada. No había torturado a

Jhone. Sólo le había pegado un susto de muerte. Aunque si era así…

—¿Cómo supiste dónde estaba si ella no te lo dijo?

—Hace unos días se le dijo sin darse cuenta a mi hermana cuando le habló del hombre al que le habías entregado tu amor. Cuando no te encontré en el castillo, descubrí finalmente quién era tu *gigante gentil* y supuse que habrías acudido a él.

Sus ojos volvieron a posarse en Roland mientras lo decía. Los de ella también, y descubrió que el *gigante gentil* se estaba riendo. Milisant decidió que Roland debía de ser imbécil si encontraba algo divertido en esa situación. ¿O es que creía que Wulfric bromeaba cuando había hablado de matarle? ¿O que no había nada que temer porque estaban hablando en tono tranquilo, a pesar de lo furioso que se sentía Wulfric?

Se lo preguntó. No había duda de que estaba furioso, aunque estaba conteniendo su ira. La cuestión era qué le había puesto tan furioso, ¿que se escapara o dónde la había encontrado y con quién?

—No tienes que matarle —dijo ella—. He descubierto que lo que sentía por Roland sólo es amor fraternal. Además, por esa misma razon ha rechazado casarse conmigo. Es como un hermano para mí.

—¿Me tomas por tonto? —replicó Wulfric—. La evidencia está ante mis ojos.

Ella había recuperado el valor que necesitaba para discutir con él a pesar de su ira.

—¿Qué evidencia? —bufó—. Si te refieres a

que has encontrado a Roland aquí conmigo, deberías preguntar antes de sacar conclusiones. Si hubieras aparecido unos minutos antes, habrías encontrado a sus padres aquí también. Precisamente ha venido para llevarse a su madre, porque creía que me impedía dormir. No me impedía dormir, pero estaba aquí. Confío en que tengas el juicio de verificarlo antes de utilizar la espada, Wulfric.

—Mili, ¿por qué le provocas deliberadamente? —terció finalmente Roland.

—No lo hago.

—Es exactamente lo que estabas haciendo —insistió el joven. Y añadió, dirigiéndose a Wulfric—: Milord, lo que dice es verdad. Incluso en el caso de que no estuviera prometida a vos, y lo está, no podría casarme con ella. Sería como casarme con mi hermana y eso, estaréis de acuerdo conmigo, no es muy deseable que digamos.

Roland estaba intentando aligerar la tensión. Pero con Wulfric no funcionó, porque su expresión no cambió en absoluto. Sus ojos azul profundo ardieron con un fulgor más intenso cuando la miró a ella.

—¿Significa que me mentiste cuando decías que le amabas?

Tal vez a Milisant no le apetecía hablar precisamente de eso pero, como él sacó el tema, se vio forzada a admitirlo.

—No estaba enamorada de él cuando te lo dije, no, aunque por entonces pensaba que podía estarlo. Siempre había creído que podía amarle. Sólo que nunca me detuve a pensarlo lo suficiente para comprender que ya le amaba, aunque de una manera incompatible con el matrimonio. Ninguno de los dos siente el menor deseo hacia el otro. ¿Quieres que te lo diga más claro?

—Lo has hecho otra vez, Mili —se quejó Roland, casi reprobándola.

—¿El qué? —exclamó ella exasperada.

—Provocarle. Con la explicación hubiera bastado. No tenías por qué machacárselo.

—Vete a la cama, Roland. No estás ayudando en nada.

—Quisiera hacerlo, pero no puedo —suspiró Roland, como si irse a la cama en ese momento fuera para él la máxima felicidad.

Entonces ella comprendió que temía dejarla sola con Wulfric. Ella también prefería que no la dejara a solas con él, aunque en ese momento temía más por Roland que por ella, dado que Wulfric aún no había envainado su espada.

A Wulfric debió ocurrírsele lo mismo, o tal vez pensó que Roland no se fiaba de pasar junto a él yendo desarmado, porque entonces sí envainó su espada antes de decir:

—En el fondo, estoy contento de no haberte matado, por el bien de tu padre. Haz lo que ella te ha dicho. —Y como parecía que Roland dudaba en moverse, añadió—: Ha sido mía desde el día en que la hicieron mi prometida. No oses pensar siquiera que puedes interferir en lo que es mío.

Se miraron por un tenso instante que pareció eterno. Finalmente Roland asintió y se fue.

Milisant sabía que su amigo no se habría marchado si creyera que Wulfric podía hacerle daño. Le hubiera gustado poder estar tan segura como él. Pero no lo estaba. Sintió un impulso desesperado de pedirle que volviera, porque de pronto se puso muy nerviosa. El nerviosismo creció como la espuma cuando Wulfric cerró la puerta detrás de Roland y la atrancó con la barra de hierro.

—¿Qué haces? —le preguntó con voz ronca y notando que el poco color que le había vuelto a la tez desaparecía de nuevo.

Él no contestó. Se dirigió hacia ella y se detuvo junto a su cama. La miró desde arriba.

—Podríamos hablar de esto mañana... —sugirió ella, pero él la cortó bruscamente.

—No hay nada de que hablar —espetó y, cuando ella fue a levantarse de la cama—: ¡Quédate quieta ahí!

Milisant sintió auténtico pánico. La expresión de Wulfric no había cambiado. Seguía pareciendo muy enfadado. Ella no estaba segura de qué pensaba hacerle. Aunque lo tuvo clarísimo cuando él empezó a quitarse lentamente la capa sin dejar de mirarla.

—No lo hagas, Wulfric.

Él se limitó a preguntarle:

—¿De verdad creías que podrías casarte con Roland Fitz Hugh y que él viviría para disfrutarlo?

—Si mi padre hubiera accedido, tú no habrías tenido nada que objetar al respecto.

—¿Y tú crees que eso me hubiera impedido matarle? —insistió él, meneando la cabeza.

Milisant empezó a comprender lo que él quería decir. Él la consideraba suya en cualquier circunstancia. Aunque en el fondo no la quisiera, era *suya*, y por lo tanto nunca podría casarse con otro, porque él lo consideraría un adulterio. Totalmente ilógico. Profundamente posesivo. No sabía si romper a llorar o echarse a reír histéricamente. No tenía ninguna posibilidad de ganar. Nunca había tenido la menor posibilidad de escapar.

De pronto recordó su desagradable encuentro con Juan sin Tierra. Un rey podía lograr que hasta los hombres más poderosos se doblegaran a su voluntad. Y Wulfric todavía no sabía que Juan se oponía a su unión. Eso le proporcionaría la excusa que deseaba para no casarse con ella. Si era *él* quien rompía el compromiso, ya no la consideraría suya.

—Todavía no sabes lo que motivó mi huida. Eso lo cambia todo, Wulfric. —La vaina de la espada y el cinturón de Wulfric se desplomaron sobre el abrigo—. ¡Escúchame!

—¿Acaso se ha anulado el compromiso?

—No, pero...

—Entonces no cambia nada.

—¡Que sí, que te estoy diciendo que sí! El rey se ha pronunciado. Está en contra de nuestra unión. Es la excusa perfecta que necesitabas para romper el compromiso. Sólo tenemos que decírselo a nuestros padres.

—Ni en caso de que te creyera, muchacha, y no

te creo, eso cambiaría las cosas. Juan ha aprobado públicamente nuestra unión.

—¡Te estoy diciendo la verdad!

—Entonces déjame que aún sea más claro respecto a por qué su opinión no tiene ninguna importancia. Lo que Juan quiera no tiene ninguna validez a menos que lo admita y eso, ni lo ha hecho ni parece que vaya a hacerlo. Así que vamos a asegurarnos, aquí y ahora, de que sepas a *quién* perteneces, para que no intentes negarlo de nuevo. Ya estamos unidos por contrato. Sellémoslo pues esta noche. —Y, mientras se lo decía, la empujó hacia la cama y se tumbó junto a ella.

Ella no entendía por qué él no había pegado saltos de alegría cuando le dio la excusa perfecta para no casarse con ella. Quizá porque en ese momento estaba muy enfadado y no atendía a razones.

Fue su ira la que la hizo gritar, desesperada:

—¡No, Wulfric, no lo hagas! No intentaré escapar de nuevo. ¡Me casaré contigo, lo juro! Pero no me tomes así, enfadado.

Había lágrimas en sus ojos. Estaba tan asustada que ni siquiera se dio cuenta de que estaba llorando. Las lágrimas de ella apaciguaron a Wulfric. La besó intensamente, pero luego soltó una blasfemia, se levantó de la cama y salió de la habitación.

Milisant se tumbó con un suspiro, temblando de alivio. Su propia ira por el hecho de que él la hubiera reducido a una chiquilla temblorosa no llegó hasta más tarde, pero llegó.

39

Cuando Milisant despertó, tardó unos minutos en darse cuenta de que había estado durmiendo hasta media tarde. No es que la sorprendiera, porque la furia que se había apoderado de ella cuando Wulfric se marchó la tuvo en vela hasta el alba. Lo que la sorprendía es que nadie hubiera ido a despertarla, particularmente Wulfric. Tal vez no pretendiera regresar a Shefford ese mismo día, como ella pensaba.

Aunque podía ser que también él estuviera descansando, porque debía de haber estado medio día cabalgando hasta Clydon. En cualquier caso, tenía mucho que decirle, ahora que la amedrentaba con sus estratagemas.

Seguía sin poder dar crédito a lo que él le había hecho. No era sólo el hecho de que, antes de que se quedara dormida ya empezara a sospechar que él no tenía ninguna intención de acostarse con ella, que su única pretensión había sido asustarla para que ella le diera su promesa; cosa que ella había hecho con sorprendente ligereza.

Tampoco era que, después de lo que él le había confesado la noche anterior, eso fuera tan importante. Si casarse con otra persona, en lo que a Wulfric respectaba, significaba firmar su sentencia de muerte, no podía arriesgarse a eso. Eso quería decir que estaba *pegada* a él mientras siguiera considerándola suya, y ella había agotado todas las posibilidades de hacerle cambiar de parecer cuando ni siquiera los deseos del rey le habían disuadido.

Milisant se vistió a toda prisa, descartando la cotardía que llevaba el día anterior a favor de otra ropa, sólo para despechar a Wulfric. No tenía por qué saber que se había traído prendas que él consideraba «apropiadas». Pensaría que no tenía otra cosa que ponerse. Una pequeña victoria para ella, demasiado pequeña para compensarla por la ira que él le provocaba.

Su enfado era evidente en su expresión cuando entró en el gran salón de Clydon. La comida del mediodía ya había terminado. Estaban retirando las mesas de caballetes y Wulfric estaba junto al hogar en compañía de lord Ranulf. Reparó en ella y en su gesto.

—Borra esa expresión de tu cara, muchacha —fue lo primero que le dijo—. Si crees que voy a tolerar tu malhumor después de lo que hiciste, estás muy equivocada.

A ella no la impresionó la advertencia, y exclamó:

—¿Lo que yo hice? ¿Y qué pasa con lo que *tú* hiciste?

—No hice lo que tenía que hacer, pero podemos rectificarlo rápidamente si es que insistes.

Milisant abrió la boca para replicar, pero la cerró cuando comprendió que no estaba hablando de acostarse con ella sino de pegarle una buena zurra. Eso no se lo hubiera permitido de ningún modo, para todo había un límite. Se tuvo que tragar la bilis y apartarse de él y acercarse a la tarima, que todavía no habían desmontado, para apurar un cáliz de vino medio lleno.

Sintió la risa del padre de Roland tras ella. ¡Por Dios! La había visto junto a Wulfric pero la había ignorado por completo, porque tenía toda la atención en el bruto ese. Sentirse tan ignorada la hizo enrojecer.

Cuando se dio la vuelta hacia el hogar, Ranulf ya se había marchado. Wulfric estaba solo ahora, con los brazos cruzados y mirándola con ceño. Ella levantó la barbilla, desafiante. Él enarcó una ceja. Ella apretó los dientes, preguntándose si alguna vez podría con él. Sin duda, él contaba con que no pudiera.

Sabía, su sentido común se lo dictaba, que lo prudente hubiera sido mantenerse alejada de él hasta que ambos tuvieran la oportunidad de calmarse. El problema, sin embargo, era que ella dudaba que pudiera calmarse si no se desahogaba, aunque fuera un poquito. Además, también necesitaba saber qué pretendía él hacer respecto de las maquinaciones del rey Juan, especialmente ahora que la iba a llevar de vuelta a Shefford y tendría que tratar directamente con él.

Se aproximó a él por segunda vez, intentando borrar su expresión de desprecio. Antes de que él le advirtiera que no le agotara la paciencia, ella introdujo un tema que Wulfric no podría ignorar.

—¿Le vas a decir a tu padre lo que hizo Juan?

Wulfric respondió con otra pregunta.

—¿Qué fue exactamente lo que hizo el rey, aparte de darte la sensación de que estaba en contra de nuestra unión?

—No fue la sensación. Quería proporcionarte una razón para repudiarme.

Él frunció el entrecejo.

—Yo sólo haría eso si...

—Exactamente.

Wulfric palideció.

—¿Estás diciendo que Juan Plantagenet te violó?

La sorprendió no querer que él pensara eso ni por un momento, y se apresuró a aclarar:

—No, no lo hizo. Lo que no quiere decir que no hubiera ocurrido, aunque dudo que él lo hubiera considerado una violación. Daba la sensación de que él esperaba que yo me sintiera halagada y agradecida por su proposición. Hablaba constantemente de beneficios para ambos.

—¿Qué beneficios? —Pareció que le costaba articular esas palabras. Definitivamente, ya no estaba enfadado con ella, aunque no podía estar segura de quién era ahora el destinatario de su ira.

—No lo especificó, Wulfric. Supuse que se refería meramente al placer de acostarse con una mujer, aunque después pensé que tal vez fuera algo más que eso. En cuanto a mí, me preguntó si te amaba, y yo le respondí con sinceridad. Su réplica fue que, si ése era el caso, no me importaría que me repudiaras. Pació encantado, incluso dijo estarlo. Sus palabras fueron: «Me complace que podamos beneficiarnos ambos de esta solución».

—¿Y tú lo rechazaste?

Ella le dirigió una mirada furibunda por el mero hecho de que hubiera necesitado preguntárselo.

—Naturalmente, pero como no estaba dispuesto a aceptar mi negativa, quiso descargarme la conciencia decidiendo él por mí, o eso dijo. Conseguí zafarme, pero me aterrorizaba que pudiera vengarse de mí por haberle desbaratado los planes. Ése fue el principal motivo por el que me marché, para que él no pudiera encontrarme, aunque no fuera la *única* razón.

Él puso ceño al recordarlo, pero siguió con el tema del que estaban hablando y quiso saber cuándo había tenido lugar ese encuentro.

—La misma noche de su llegada. Uno de sus sirvientes vino a buscarme con el pretexto de que la pareja real quería que acudiera a su presencia. Pero cuando llegué sólo estaba Juan. No se anduvo con rodeos para intentar meterme en su cama. Cuando yo me rehusé, él intentó forzar la situación; y fue cuando yo le pegué una patada y escapé de la habitación. Pasé el resto de la noche tras una puerta barricada empuñando mi arco. A la mañana siguiente Jhone me ayudó a salir de Shefford.

—Juan estaba de muy buen humor al día siguiente. Ni siquiera hizo comentario alguno sobre tu ausencia.

—¿Ausencia? ¿Es que Jhone no...? En fin, no importa.

—¿El qué? —le dijo para que tuviera que decirle lo que él ya sabía—. ¿Si no fingió ser tú? ¿Crees que a estas alturas no percibo ya las diferencias que hay entre las dos?

Milisant tuvo que apretar los dientes para tragarse la suficiencia que detectó en el tonillo de Wulfric.

—No puedes estar seguro. Al menos no siempre ni de un modo absoluto.

—Eso te lo concedo, y por eso te advierto, *nunca* vuelvas a engañarme en eso, Milisant, o voy a prohibirle la entrada a Shefford a tu hermana. Sí, me engañó, pero hasta la hora de la cena, cuando le noté un nerviosismo impropio de ti. Entonces fue cuando descubrí la farsa.

Ella gruñó para sus adentros. Si era así, no resultaba extraño que la hubiera encontrado tan pronto. En cuanto al buen humor de Juan, seguro que pensaba que a ella le daba miedo verse con él, y aún más miedo contarle a nadie lo ocurrido entre ellos.

Lo había contado, y añadió:

—Si le hubiera acusado de algo, seguro que lo habría negado. De la misma manera que estoy segura de que, si finalmente hubiera conseguido lo que pretendía, me hubiera culpado a mí, diciendo que yo le seduje o alguna tontería similar. ¿Se lo contarás a tu padre?

Él reflexionó y luego respondió:

—Tal vez algún día, cuando pueda ser útil. Ahora mismo no lo considero justificado, máxime cuando Juan sigue manifestando su pretendida aprobación a la boda.

—¿Tienes idea de por qué Juan está en contra, aparte del hecho de que su hermano la aprobara y él odiara a su hermano?

—Ciertamente. Yo mismo no me enteré, hasta hace poco, de lo rico que es tu padre. La combinación de esa fortuna con las posesiones de Shefford creará una alianza con tanto poder que incluso Juan puede sentirse amenazado por ella.

—Mi padre nunca se enzarzaría en una guerra contra su rey. Bueno, al menos creo que no.

—Ni el mío tampoco, si no le provocaran gravemente. Pero piensa en el ejército que se podría formar con los caballeros de Shefford y los mercenarios de Dunburh. Es un poder que tal vez no se utilice jamás, pero Juan no lo ve así. Si tuviera el apoyo incondicional de todos sus barones, no le importaría. Pero precisamente cuando tantos de ellos han roto con él, y les ha tachado de proscritos y traidores, él se vería obligado a formar a toda prisa un ejército igual de numeroso. Además, los barones que están contra él se sumarían rápidamente a la causa de Shefford.

—Tal como lo cuentas, no sólo parece un tema que deba preocuparle, sino una posibilidad temible que debe intentar evitar por todos los medios.

Él imaginó lo que Milisant estaba pensando.

—¿Incluido el de matarte?

Ella asintió, y siguió concentrada en el hilo de sus reflexiones.

—En un momento determinado dijo: «Te hago un favor más grande de lo que puedes imaginar». Yo pensé que se refería a que, en su opinión, era un honor que el rey te llevara a la cama. Pero el favor también podía ser que, si tú me repudiabas, él no tendría que matarme.

—Puede ser —replicó Wulfric pensativo—. Aunque también hay que considerar que la amistad de nuestros padres se remonta a su juventud y que, en realidad, no haría falta una alianza por matrimonio para que formaran ese vasto ejército del que estamos hablando. Además, si se sabe que Juan ha intentado interferir, se arriesga aún más a que se forme ese ejército. ¿Tú crees que Juan se la jugaría hasta ese punto?

—¿Acaso no se arriesgó cuando intentó acostarse conmigo? —replicó Milisant.

Él rió de su aspera réplica.

—Acabas de contestar a la pregunta tú misma. Podía fácilmente afirmar que fue idea tuya, no suya, y que él fue débil y no supo resistirse al ofrecimiento. Sin duda ésa habría sido su excusa en caso de que lo hubiera logrado, cuando yo me enterara y te repudiara... ¿De verdad le pegaste una patada al rey de Inglaterra?

Ella se ruborizó y asintió con un breve cabeceo. Wulfric rió de nuevo.

—Si no fuera por eso, me sentiría impulsado a...

bueno, no importa. Dudo que funcionara tratándose de Juan. Aunque supongo que lo más juicioso será renovar mi juramento ante él después de la boda, para tranquilizarle un poco. Es decir, si es que asiste.

—¿Cómo no va a asistir, si ya está en Shefford?

—Pero si lo que tú cuentas es cierto, tal vez esté demasiado encolerizado para quedarse y ver cómo se oficializa la unión. No le faltarán excusas para justificar su marcha antes de que se celebre la boda.

Ella no hubiera deseado otra cosa. Incluso se atrevía a desear que ya se hubiera marchado, porque no le apetecía en absoluto tener que volver a vérselas con Juan sin Tierra.

40

Antes de abandonar Clydon, Milisant supo que, después de todo, Wulfric se había levantado temprano para estar en compañía de sus anfitriones. Además, habían decidido que los Fitz Hugh se marcharían hacia la boda un día antes de lo planeado, para acompañarlos hasta Shefford.

Al parecer, Wulfric había cabalgado solo en el camino de ida, y la idea de tener una escolta en el viaje de vuelta hasta Shefford le hacía feliz. Lo que Milisant no sabía era si había cabalgado solo para ganar tiempo, puesto que el contingente de sus hombres le habría demorado, o para mantener en secreto su huida. Probablemente lo segundo. No le gustaría que fuera de dominio público que ella prefería arriesgar la vida y emprender una aventura tan peligrosa antes que casarse con él; y marcharse sola del castillo, después de los recientes ataques de los que había sido objeto, era jugarse la vida.

Intentó preguntarle, muy sutilmente, cómo habían ido las cosas en Shefford después de su partida. En concreto, la preocupaba el asunto de esos tres hombres que la habían seguido, y que tal vez pertenecieran a una de las patrullas de Shefford. Si lo eran, esperaba cerciorarse de que no les había causado ningún daño grave.

Pero Wulfric no le prestó más atención a su pregunta que la digna de ser respondida con un «Nada que te afecte», lo que, naturalmente, no le clarificó las cosas. A Wulfric no se le ocurriría considerar asunto suyo nada que tuviera que ver con los hombres armados de Shefford.

Lo significativo, sin embargo, fue que pese a lo ocurrido entre Roland y Wulfric la noche antes, cuando estuvieron sosteniéndose la mirada durante tanto rato, Roland fue todo sonrisas cuando se encontró con ella ese día y no la examinó en busca de golpes y moratones. Milisant se preguntó si Wulfric habría hablado con él por la mañana y qué podría haberle dicho, porque era obvio que él estaba tranquilo respecto al bienestar de ella.

No era ni mucho menos así, pero ella pensó que era mejor no decírselo a Roland. Le había metido en el asunto una vez, y casi le cuesta la vida. No volvería a involucrarle.

Estaban ya preparados para partir cuando apareció lady Reina con sus dos hijas, la más pequeña vestida debidamente como hija del señor del castillo. Reina se había limitado a levantar una ceja cuando vio el atavío de Milisant, pero había bastado para que se ruborizara y corriera a ponerse la cotardía antes de emprender el viaje. Milisant se preguntó si, caso de que su propia madre estuviera aún viva, hubiera tenido ni la mitad de esas tercas inclinaciones, o si, efectivamente, no habría sido distinta de las demás mujeres, conforme a lo que se esperaba de ella, igual que Eleanor Fitz Hugh.

Mientras fue una niña nada ni nadie le impidió hacer su voluntad, ya que su padre solía estar demasiado beodo para darse cuenta o ser capaz de avergonzarla como hubiera hecho su madre. ¡Cuán distinta sería ahora si su madre viviera! ¿Hubiera aceptado a Wulfric sin decir palabra por la simple razón de que sabría que nada de lo que pudiera opinar sería tomado en cuenta?

Pero manteniendo la actitud contraria tampoco le había hecho el menor caso. Al final, tenía que casarse con él. Wulfric mismo se había encargado de asegurarlo con sus espeluznantes amenazas contra cualquier otro marido que ella pudiera tener, así que ni su padre podría ayudarla a anular esa boda tal como estaban las cosas. Se suponía que debía sentirse desesperanzada y no airada, y sentía que su ira se debía más a la actitud de Wulfric que al hecho de que hubiera quemado sus últimas naves. Lo que no dejaba de sorprenderla.

Otra ceja se levantó, en ese caso la de Wulfric, cuando ella regresó vestida con la cotardía. A ella le entraron ganas de gritar de frustración cuando vio el gesto del joven. Permitir que los demás le dictaran lo que tenía que hacer, aunque fuera con la mirada, se le hacía muy cuesta arriba. Y al parecer ése iba a ser su pan de cada día, a menos que hiciera lo que Jhone le había recomendado y se esforzara por cultivar la buena disposición de ánimo de Wulfric, o al menos su tolerancia.

El viaje de vuelta a Shefford les llevó el doble de tiempo, debido a la amplia comitiva que incluía un carro para el equipaje. Así que no llegaron hasta el crepúsculo. Milisant lo consideró ventajoso, ya que tenían que ocultarle su ausencia a la mayoría de los habitantes del castillo. Y, efectivamente, consiguió llegar hasta su habitación sin que nadie la viera, gracias a la capa encapuchada en que ocultó su rostro.

Pero Jhone reparó en ella, y entró en la habitación justo después que su hermana. Estaba pálida y su tono confirmaba su expresión angustiada.

—¿Cómo ha conseguido encontrarte Wulfric? ¿Y tan pronto? Caray, Mili, lo siento tanto. Cuando él descubrió el engaño y empezó a gritarme para que le dijera dónde estabas, me derrumbé a sus pies. Estaba hecho un basilisco. Pero yo no le dije nada, creo que no le dije nada.

Milisant abrazó a su hermana.

—Ya sé que no dijiste nada. Fue culpa mía. Yo misma se lo dije sin darme cuenta.

—¿Cómo?

—Una día, la semana pasada, me hice pasar por ti para poder salir de la torre sin que me siguiera esa maldita escolta y, en el camino, me encontré con lord Raimund, que quería hablar contigo acerca del hombre del que yo estaba «enamorada». No le di el nombre de Roland, naturalmente, pero como se suponía que yo era tú, le dije que nunca me habías dicho quién era y que le llamabas «mi gigante gentil». Como Wulfric conoce a los Fitz Hugh, porque Clydon es vasallaje de Shefford, acabó imaginándose a quién me refería. ¿Cuánta gente sabe que me marché?

—Muy pocos. La mayoría todavía creen que el primer día yo estaba enferma y tú me cuidaste, y luego hice correr la voz de que te lo había contagiado, para explicar por qué tampoco te han visto hoy. Los que te hayan visto ahora en el salón pensarán simplemente que te has recuperado, si es que te han reconocido. Yo misma te he reconocido sólo porque la cotardía te asomaba por debajo de la capa.

Milisant asintió.

—Dudo que Wulfric quiera que se sepa que me marché, de modo que está muy bien que pensaras en la excusa de mi indisposición.

—He visto que sir Roland estaba contigo. ¿No has tenido tiempo de plantearle lo de la boda?

Milisant suspiró y le explicó brevemente lo ocurrido con Roland. Concluyó su relato diciendo:

—No sabes cómo me gustaría haber sido capaz de comprender mis verdaderos sentimientos hacia él antes de ir a Clydon. Podría haber acudido directamente a padre... ¡Bah, ya no importa! Wulfric me ha dicho que, dado que piensa que ya le pertenezco, aunque padre accediera a romper el compromiso y casarme con otra persona, mi nuevo marido no viviría para verlo.

—¿Eso te dijo? —repuso Jhone con ojos como platos.

—Me amenazó con ello.

—Pues, en el fondo suena... muy romántico.

Milisant puso los ojos en blanco y replicó:

—Enfermizo, eso es lo que es.

—No, eso prueba que ahora, a pesar de todo, él te quiere. Y eso es romántico.

—Jhone, tú serías capaz de encontrarle virtudes a un sapo.

Jhone resopló ante la tozudez de su hermana.

—El hecho de que insista tanto en quererte a ti es una virtud.

—Es sólo sentido de posesión. No significa que albergue sentimientos tiernos hacia mí.

—No, naturalmente que no, ni los albergará jamás, si sigues obstinándote en no verlos.

—¿Por qué estamos peleando?

Jhone suspiró y se sentó en la cama.

—¿Porque siempre es preferible a llorar? —aventuró desesperanzada.

Milisant se aproximó a ella.

—No es como para llorar. Sé cuándo tengo que dejar de dar cabezazos contra la pared. He agotado mis últimas posibilidades, así que me casaré con él. Pero no voy a permitirle que acabe conmigo. Todo irá bien, Jhone, de verdad.

—Antes no opinabas lo mismo.

—No, pero antes tenía otras esperanzas. Ahora, pues... igual que me esforcé para evitar esta unión, lucharé para que Wulfric de Thorpe me acepte tal como soy o, al menos, que no intente cambiarme demasiado.

Jhone sonrió.

—No pensaba que te rindieras con tanta elegancia.

Milisant empujó a su hermana fuera de la cama, ignoró su gritito de sorpresa y concluyó:

—Bah, ¿quién ha hablado de elegancia?

41

A Milisant no la sorprendió encontrarse al rey Juan en el gran salón a la mañana siguiente, pero se sintió decepcionada al ver que no se había marchado, tal como ella esperaba. Jhone le confesó que se vio obligada a hablar con él mientras fingía ser ella y, por lo que le había parecido, a él le divirtió su nerviosismo.

Sabiéndolo, Milisant ya no estaba asustada. Lo

que temía era una reacción por su osadía. Sin embargo, era obvio que Juan no tenía ninguna intención de que aquel incidente, y especialmente las razones que lo habían motivado, fuera de dominio público.

Si esa noche hubiera estado en condiciones de razonar correctamente tal vez ya lo habría imaginado. No obstante, Jhone no había estado a solas con el rey, única circunstancia en la que él hubiera comentado lo ocurrido entre ellos. Por consiguiente, no podían saber cómo se sentía el monarca.

Él advirtió su entrada en la sala, pero no pareció prestarle atención. No interrumpió la conversación que mantenía con lord Guy y otros hombres de importante aspecto. Estaban reunidos alrededor de la mesa sobre la que había pan, vino y queso para los que quisieran romper el ayuno matutino. Parecían animados y se oían sus carcajadas.

Milisant no tenía hambre. Y aunque la tuviera no se habría acercado a la mesa. Albergaba la débil esperanza de que Juan no quisiera hablar de nuevo con ella, aunque sólo fuera por evitarles el mal trago a ambos. Ella se lo iba a facilitar de todas maneras manteniéndose alejada de él. No se quedó en la sala y se encaminó hacia el exterior con la intención de ir a ver cómo estaba *Stomper*. Apenas reparó en que su silenciosa escolta bajaba las escaleras detrás de ella.

El tiempo se mantenía estable aunque frío y los restos de nieve ya casi habían desaparecido. A lady Anne la inquietaba que la tormenta impidiera la presencia de algunos invitados, como efectivamente habría ocurrido si la intensa nevada y el viento no hubieran amainado.

Dicho de otro modo, Milisant no tendría la suerte de que su boda se retrasara debido al mal tiempo. La mayoría de las bodas se fijaban para primavera o verano, precisamente por eso, porque los muchos testigos que se precisaban para una boda no cabían todos en la iglesia, y solían agolparse en el exterior del templo mientras duraba la larga misa de esponsales. Y ésa no era una perspectiva muy agradable en pleno invierno.

De camino al establo, el entrechocar de las espadas atrajo la mirada de Milisant hacia el patio de armas, como siempre. Se detuvo un instante pero siguió a toda prisa cuando reconoció a Wulfric entre los allí reunidos.

Él y su hermano estaban ejercitándose con la espada aunque, dada la multitud congregada a su alrededor, más parecía una exhibición. Tras detenerse un momento a mirarlos, concluyó que Wulfric iba a ganar sin mucho esfuerzo. La espada parecía una extensión de su brazo, la manejaba con aplomo y ligereza.

Oyó una tos tras ella que le recordó que no estaba sola, y que su escolta no iba lo suficientemente abrigada para estar de pie contemplando un duelo de espadas con ese frío. A decir verdad, tampoco la delgada capa con que ella se cubría la abrigaba demasiado. Aunque ella estaba tan absorta en el espectáculo que ni siquiera había sentido frío.

No se reprochó por ello mientras recorría apresuradamente el trayecto que la separaba de los establos. Nunca había negado que Wulfric era un espléndido ejemplar de hombre. Ahora también tenía que admitir que su maestría con la espada era de las mejores que ella hubiese visto. Le gustaba mucho contemplar a Roland cuando éste se formaba para ser caballero. Y acababa de ocurrirle lo mismo observando a Wulfric.

Se sonrió cuando entró en los establos y luego en el compartimiento de *Stomper*. Si su matrimonio no daba más de sí, al menos podría disfrutar de eso, de ver cómo su marido perfeccionaba sus habilidades como caballero. Sólo que tendría que arreglárselas para que Wulfric no llegara a saber que le gustaba verlo, pues seguro que se lo prohibiría, igual que pensaba prohibirle cualquier cosa con la que ella disfrutara.

—¡Hija de Crispin! ¿Cómo era tu nombre?

Milisant lamentó no haber notado que Juan se aproximaba. Aunque no se puede decir que la sorprendiera su presencia, sin la compañía de su séquito habitual. Obviamente, la había buscado por algún motivo, y no había que hacer ningún alarde de imaginación para descubrir cuál. El rey quería saber si le había hablado de su encuentro a alguien. Tendría que convencerle de que no.

—Milisant, señor.

Aceptó su sutil insulto sin rencor. No le cabía duda de que Juan recordaba perfectamente su nombre, sólo quería hacerle notar que ella era tan insignificante que podía haberlo olvidado.

—No pensaba encontrarte aquí, en un lugar tan hediondo que cualquier dama evitaría frecuentar —le comentó con desdén.

Otro insulto. ¿Estaba provocándola para que se encendiera?

Prefirió fijarse más en lo explícito de la observación que en su intención encubierta. Después de todo, era cierto que en invierno los establos apestaban más, porque se mantenían sus puertas cerradas para protegerlos del frío. Y la mayoría de las damas no cuidaban de sus propias monturas y dejaban eso en manos de los mozos de establo, que para eso estaban.

Por ello profirió un suspiro que quiso sonar a auténtico.

—Me temo que nadie osa acercarse a mi caballo, alteza, así que tengo que cuidar yo misma de él.

Fue desconcertante reparar en que él no había notado la presencia de *Stomper*, pese a lo grande que era, en que sus ojos no se habían fijado más que en ella desde que entró en el establo. ¿Acaso estaba estudiando hasta la menor de sus reacciones? ¿Buscaba el miedo que había visto antes, cuando creyó que Jhone era ella?

Pero entonces miró al semental, sus ojos de un verde dorado se dilataron sorprendidos y olvidó los buenos modales para exclamar:

—Pero, muchacha, ¿estás loca? ¿Cómo te atreves a acercarte tanto a un animal como ése?

Ella se esforzó por contener la risa.

—Es mío, porque yo le domestiqué, aunque no puedo garantizar la seguridad de ninguna otra persona que se acerque a él.

El rey frunció el entrecejo, como si pensara que ella le estaba amenazando sutilmente, aunque al punto se echó a reír.

—Eso puede decirse de cualquier caballo así.

—Pero especialmente del de Milisant —intervino Wulfric apareciendo por detrás del rey.

A Milisant la sorprendió que, por una vez, la súbita aparición de Wulfric la tranquilizara. Su escolta, como de costumbre, no se había acercado al compartimiento de *Stomper*, de modo que Juan hubiera podido decir lo que le viniera en gana con la seguridad de que nadie le oiría. Afortunadamente, la aparición de Wulfric le impediría mencionar lo ocurrido entre él y Milisant.

Juan disimuló su contrariedad. Murmuró algo acerca de que pensaba que su propio caballo estaba resguardado ahí, una excusa para justificar su presencia, y luego se marchó bruscamente cuando Wulfric le indicó dónde estaban albergadas las monturas reales.

¡Ah, con qué presteza el alivio que sintió Milisant cuando apareció Wulfric se convirtió en temor! Como si librarse de una cruz significara quedar en manos de otra, pensó. Irónico pero cierto. Sin embargo estaba realmente agradecida de que Wulfric hubiera entrado en el establo justo en ese momento, y se hizo el firme propósito de no enzarzarse en ninguna discusión con él.

—¿Querías hablar conmigo? —le preguntó.

—Sólo venía a darle un poco de azúcar a *Stomper* antes de volver a la sala.

Ella le miró atónita cuando, efectivamente, él mostró el terrón de azúcar que llevaba en la mano. *Stomper* se acercó a la valla para tomarlo directamente de su palma, como si fueran viejos amigos. Ella recordó que Wulfric consiguió meter al caballo dentro de su compartimiento gracias al azúcar, pero esa única vez no justificaría que el animal se acercara con tanta desenvoltura a él.

—¿Lo has hecho en más de una ocasión? —No era una pregunta, sino una leve acusación.

—A menudo —replicó él encogiéndose de hombros.

—¿Por qué?

—¿Y por qué no?

Porque era un gesto amable, y ella había decidido en su fuero interno que Wulfric no era amable con los animales. Seguro que debía de tener alguna segunda intención. Aunque en ese momento no se le ocurría cuál.

—¿Te ha amenazado otra vez?

Milisant estaba concentrada en *Stomper* cuando él se lo preguntó. Siguió con la mirada fija en el caballo en lugar de volverse hacia Wulfric. Así le era más fácil centrarse en sus pensamientos.

Naturalmente, se refería a Juan, y ella respondió de la misma manera, sin mencionar su nombre.

—Me ha soltado algunos insultos leves, no sé si

intencionadamente o no. No obstante, dudo que su presencia aquí fuera una casualidad. Me ha visto salir de la torre y, al cabo de un momento, se ha presentado aquí, él solo.

—Entonces es que te ha seguido.

—Eso parece. Aunque no sé si su intención era comentar lo que ocurrió aquella noche... —dijo encogiendo los hombros—. Tu llegada ha desbaratado sus intenciones, siempre y cuando no fueran, sencillamente, hacerme sentir como un insignificante insecto al que podía aplastar caprichosamente con su bota.

Él ignoró la amargura que reflejaba la voz de Milisant.

—Mi padre te va a restringir en la zona de mujeres mientras haya tantos desconocidos entrando y saliendo del castillo al servicio de los invitados. Ahora no me parece mala idea, deberíamos haberlo hecho mucho antes.

—¿El qué? ¿Encarcelarme? —repuso ella con un gruñido y una mirada furibunda.

—No es eso; además, sólo será hasta después de la boda, cuando ya sólo quedemos los de siempre. Tal como están las cosas, tu asesino se puede acercar a ti sin ningún problema, y ¿cómo saber si puede tratarse del sirviente de alguno de los invitados? Además, eso evitará que te encuentren de nuevo a solas, como acaba de suceder.

—Me hubiera enterado rápidamente de sus intenciones. Esperaba que hubiera decidido evitarme. Pero, como no parece que ése sea el caso, ¿no preferirías saber si está tranquilo? ¿O es que pretendes hablarlo directamente con él? Pensaba que tú también querías rehuir el tema con él. ¿No sería mejor que le convenciera de que no lo sabe nadie, especialmente los De Thorpe? ¿No le sería más fácil dejar correr el asunto?

—Más fácil para él, sí, pero a mí no me preocupa que le sea más fácil. Lo que me preocupa es que tengas que vértelas de nuevo con él tú sola.

—¿Tienes miedo de que la próxima vez haga algo más que pegarle una patada? —exclamó ella.

—No, sólo que *no* quiero que haya una próxima vez. ¿Tan difícil te resulta comprender que pienso protegerte de sus maquinaciones?

Ella sólo estaba acostumbrada a ese tipo de razonamientos si procedían de su padre. En boca de él se le hacían francamante incómodos, porque sugerían interés y preocupación por ella.

Por eso prefirió cambiar de tema:

—Todavía no me has contado cómo me encontraste tan rápido. ¿No te molestaste en buscarme por el castillo?

—Te conozco bastante, Milisant. No te molestarías en ocultarte en un lugar donde, tarde o temprano, acabarían encontrándote. ¿Qué sentido tendría?

Ella no mencionó que había ocasiones en que bastaba con esconderse y que lo sabía por su propia experiencia en su casa. Aunque, en esa precisa ocasión no hubiera bastado, eso era cierto.

Lo que no le gustaba era que él la conociera «bastante», o al menos que lo pensara. Si podía predecir sus actos, aunque sólo fuera la mitad de las veces, Milisant estaría en clara desventaja, especialmente porque estaba descubriendo que ella era incapaz de hacer lo mismo con él.

Al parecer, él suponía que la conversación se daba por terminada, porque le dijo:

—Ven, voy a acompañarte de vuelta al salón.

—¿Para encerrarme?

Él suspiró y le dirigió una mirada impotente.

—Hasta que puedas reconocer a todos los que se reúnen en el gran salón, sí; no voy a correr ese riesgo tratándose de ti. No te preocupes por tu caballo, yo cuidaré de él. Tampoco es preciso que te quedes siempre en las dependencias de las mujeres. Si permaneces cerca de mi madre, puedes ir a donde vaya ella. De la misma manera, si estás conmigo...

Ella le cortó en seco mientras pasaba ante él para emprender el camino de la torre.

—No te molestes en hacer que parezca agradable lo que no lo es, lord *Wulf*. Una presa es una presa por más que se le concedan pequeñas libertades.

42

A Wulfric le molestó que Milisant hiciera que el apodo con el que le llamaban familiarmente sonara a un epíteto. Le molestaba que Juan no pensara dejarla en paz. Le molestaba que ella pensara que podía manejar sola el tema de Juan. Y lo que más le molestaba era que ella estuviera enfadada con él.

Esperaba poder empezar de nuevo con ella después de su regreso a Shefford. Tras la oleada de ira que se apoderó de él cuando supo que había huido a Clydon, y reconociendo sus celos, tenía que admitir, al menos ante sí mismo, que lo que ahora sentía por ella iba más allá de simple lujuria. Sus sentimientos habían crecido rápidamente. Cuanto más estaba junto a ella, más ganas tenía de permanecer ahí.

Esos sentimientos que ella suscitaba en él le resultaban nuevos, y no sabía cómo denominarlos. Sólo sabía que su compañía le era muy estimulante, tanto para el cuerpo como para la mente. Le divertía, le frustraba, le provocaba alternativamente y se estaba empezando a dar cuenta de que ahora también le preocupaba. Aunque eso sí, nunca le aburría.

Afortunadamente, o eso le pareció a él, su madre estaba en el salón, con lo que se ahorró tener que escoltarla personalmente hasta las dependencias de las mujeres y llamar a los guardias para que se apostaran a la puerta y vigilaran que no saliera. Así pudo dejarla con Anne, aunque no parecía ser tan distinto para Milisant. Cuando le miró por última vez, echaba chispas por los ojos.

¡Qué remedio! Ahora mismo su seguridad era más importante para él que su animadversión. Era obvio que lo de empezar de nuevo con ella tendría que esperar hasta después de la boda. Fue en busca de su padre para recordarle que ordenara el dispositivo que tenía que mantener controlada a Milisant.

Guy sabía que se había escapado de Shefford, pero desconocía que Juan estaba en el origen de esa huida. Pensaba solamente que la proximidad de la boda la había aterrorizado. La noche pasada Wulfric le había hablado de Roland Fitz Hugh y de lo que ella había creído sentir por él. En realidad, a Guy le había parecido muy divertido. Lo más curioso es que al padre de Roland también, cuando Wulfric habló con él antes de que se marcharan de Clydon.

Ninguno de los dos hombres lo consideraron un escollo para los planes de Wulfric. Sin embargo, a él le resultaba difícil ignorar el hecho de que, a pesar de que el joven Roland había quedado excluido de su lista de posibles maridos, probablemente ella seguía teniendo una lista porque le constaba que Milisant *aún* preferiría casarse con otro que no fuera él. El único consuelo estaba en que no amaba a otro, así que eso ya no podía enfurecerle. Irónicamente, él no se habría enterado jamás de todo eso de no haberse fugado Milisant a Clydon.

Cuando más tarde volvió a la sala, se encontró con que casi todo había vuelto a la normalidad. Los criados estaban montando las mesas para la comida del mediodía, y su madre y sus damas de compañía estaban junto al hogar. Los invitados se habían marchado a contemplar una exhibición de tiro al arco que Guy había organizado para entretenerlos. A las damas no les interesaba mucho pero él imaginó que a Milisant probablemente sí, y fue a buscarla.

No obstante, su madre le salió al paso antes de que se acercara a la chimenea y se lo llevó a un lado para que los criados que iban y venían no los oyeran. Lo divertido era que precisamente quería hablarle de los invitados. Al menos al principio le pareció divertido.

Lady Anne señaló con la cabeza en dirección a las mesas y frunció el entrecejo.

—Fíjate en esa chica de allá, la de pelo oscuro.

—¿Cuál de ellas, madre? La mayoría tiene el pelo oscuro.

—La *trull*.

«Trull» era una palabra muy fuerte con la que se designaba a las rameras o prostitutas, y eso aún divirtió más a Wulfric, dado que su madre raramente despreciaba a la gente llamándoles de ese modo. Era una mujer cuyo atavío sugería efectivamente esa profesión. Llevaba el corpiño tan abierto que asomaban un par de senos abundantes y el fajín le comprimía el talle para que se le marcaran las curvas.

—¿Qué pasa con ella?

—Pues que no es de aquí —dijo Anne con frialdad.

Si la muchacha era una prostituta, eso debía de ser más que cierto. Su madre no les permitía que utilizaran el salón para sus mercadeos, porque las damas podían ofenderse. No obstante, la muchacha debía de ser una criada más del castillo y se la veía muy atareada sirviendo tajaderos de pan en las mesas.

—¿Habéis intentado corregir sus maneras?

—¿Y por qué debería hacerlo si te repito que no es de los nuestros?

Entonces él arrugó la frente.

—¿Entonces qué hace aquí?

—Eso dejaré que lo descubras tú. Me pediste que te indicara cualquier detalle que me pareciera sospechoso. Y eso hago. Naturalmente, en cuanto la vi ayer la interrogué al respecto. Afirma ser una prima de Gilbert que vive en el pueblo, y que él le pidió que viniera a echar una mano en las cocinas porque con los invitados hay más trabajo del habitual. Pero conozco bien a nuestros lugareños. Gilbert no ha mencionado jamás a parientes que vivan más allá de Shefford.

—¿Qué dice Gilbert a todo esto?

—Todavía no he tenido tiempo de ir al pueblo a hablar con él. Reparé en la chica poco antes de que llegarais. Ahora que lo sabes, puedes encargarte tú mismo. Llévatela contigo mientras tanto. Si de verdad es pariente de Gilbert, puedes decirle que no es bienvenida aquí. Han pasado muchos años desde la última vez que tuve que pasar el sofoco de echar a alguien como ella. Preferiría no tener que hacerlo de nuevo.

Naturalmente, algunas chicas del servicio del castillo eran prostitutas. Rara era la heredad en que no las había, a excepción de las propiedades religiosas. Mientras no fueran demasiado llamativas, Anne prefería ignorarlas. Su única objeción era contra las demasiado descaradas en el ofrecimiento de sus servicios.

Él se acercó a la mujer, quien, sorprendentemente, había ido a la mesa del lord a servir el último par de tajaderos que llevaba en la bandeja. Eso le sorprendió, puesto que la mesa del estrado tenía sus propios sirvientes, fieles criados, y nadie sino ellos se ocupaba de servirla y atenderla. Dado que el veneno era uno de los medios que solía utilizarse para librarse de los enemigos, ningún senescal que mereciera el pan que comía hubiera permitido que un sirviente desconocido se acercara a la mesa de su lord. Y Shefford no era una excepción a la regla.

Podía conceder que la mujer fuera demasiado dura de mollera para comprenderlo, y también que fuese realmente quien afirmaba ser y que sólo pretendiera ayudar en una época en que el castillo lo necesitaba. Pero quería asegurarse de ello. Porque quien le preocupaba no era su padre. Los asaltantes de Milisant seguían estando ahí fuera, y sin duda presa de una desesperación creciente ahora que ella ya no se aventuraba más allá de las murallas del castillo, donde les resultaría fácil atacarla.

43

Has visto eso? —le preguntó Milisant a su hermana con un susurro.

Jhone levantó la vista de la ropa que estaba bordando. Era un nuevo hábito que lady Anne quería que llevara el sacerdote para la ceremonia.

—¿El qué? —preguntó Jhone cuando no reparó

en nada especial. Nada, al menos, que justificara la ira que se reflejaba en los ojos verdes de Milisant.

—Wulfric y esa fulana se han marchado juntos —le explicó Milisant—. Ni siquiera ha esperado a que se celebre la boda para salir descaradamente en pos de las primeras faldas con que se cruza.

Jhone la miró con incredulidad antes de hacerle notar:

—Es una conclusión algo traída por los pelos, a ti no te consta que…

—Lo he visto todo —la cortó en seco Milisant—. Le he visto detenerla para discutir el precio con ella, y luego han salido juntos, como si no supiera que yo estoy aquí. Incluso le ha pasado la mano por los hombros.

—Eso no quiere decir nada —le recordó Jhone—. Puede haberlo hecho por muchas razones que no tengan nada que ver con lo que estás pensando.

Milisant bufó.

—No pretendas defenderle en esta ocasión, Jhone. Tengo ojos en la cara.

—Entonces deja que te pregunte por qué te importa con quién anda si todavía no está casado contigo. No debería importarte.

—Lo que hace ahora me muestra claramente lo que hará después. Si ahora no duda en comportarse de ese modo, ¿no crees que después será capaz de restregarme a sus amantes por las narices?

—¿Y a ti qué te importa, Mili? Pareces loca de celos, ¿lo estás?

Milisant pestañeó sorprendida, antes de expresar de nuevo su desdén y negarlo ardientemente.

—No estoy enfadada por que me importe lo que él haga. Por mí, que ande con tantas mujeres como quiera. Sólo que no quiero que las pasee delante de mí, ni quiero que me compadezcan los que me rodean cuando sea evidente que prefiere otra cama que la mía.

Jhone sonrió.

—Sí, son celos. De lo contrario, tu reacción sería de indiferencia. Antes de que me maldigas, piensa por qué estás celosa.

—¡Te digo que no estoy celosa!

Jhone se limitó a asentir con condescendencia.

—¡Bah! No sé ni por qué me molesto en discutir contigo —se lamentó Milisant—. Estás tan predispuesta a que el amor surja mágicamente de este matrimonio mío que ni siquiera ves lo que tienes delante de la nariz.

—Y tú estás tan predispuesta a resistirte a él que ni un aldabonazo en la cabeza te haría reconocer que no es tan fiero el león como lo pintan.

—Eso puedo admitirlo ahora mismo —murmuró Milisant.

—¿Qué quieres decir? —sonrió Jhone satisfecha.

A Milisant le salieron los colores.

—El hecho de que aún no sepa lo peor no significa que no vaya a producirse cuando hayamos pronunciado los votos.

Jhone dijo entonces con un desenfado que pretendía ocultar su preocupación:

—Mili, tienes que dejar de torturarte por eso. Lo que tenga que ocurrir, ocurrirá. Sin embargo, si mantienes la mente abierta y vas despacio, puede que los resultados te sorprendan agradablemente. Los hombres son maleables. Lo que no te guste de Wulfric, podrás cambiarlo. Recuerda siempre eso.

Tras meditarlo, Milisant no se mostró de acuerdo con su hermana pero señaló:

—Deberías haber sido abadesa. Tu capacidad para guiar, alentar y enseñar a los demás con ese aplomo tan sosegador es pasmosa.

Jhone se ruborizó y admitió:

—Lo estuve pensando.

—¿De verdad?

Asintió pudorosamente.

—Sí, después de la muerte de Will.

—¿Y por qué no lo hiciste?

—Porque aunque no quería volver a casarme, y sigo sin tener ganas, me gustó estar casada. Así que sé que algún día podría cambiar de opinión.

Por una vez, Milisant supo que Jhone hablaba para sí misma. Sin embargo, comprendía el sentido de sus palabras. La vida cambia. Los sentimientos cambian. Lo que tan horrible le parecía hoy, podía antojársele soportable mañana, o hasta gustarle al año siguiente, y viceversa. Del mismo modo, bien podía ocurrir que mañana despreciara aquello de lo que tanto disfrutaba hoy.

Desde un punto de vista lógico, comprendía que los sentimientos fueran así, que cambiaran completamente por distintas razones. Aunque también sabía que no podía contar con eso, que también podían permanecer inalterables. ¿Y dónde podía una basarse para formarse un punto de vista sino en los sentimientos actuales? Pensar, esperar incluso, que esos sentimientos pudieran cambiar con el paso del tiempo no ayudaba a apaciguarlos.

Seguía furiosa por lo que acababa de presenciar, pero no le comentó nada más a Jhone y la dejó volver a su costura. En lo que a ella respectaba, su perspectiva acerca de que el matrimonio proyectado nunca funcionaría bien no había hecho más que ratificarse. Lo que ahora era evidente era lo poco que le importaba a él. Wulfric contaba con otros recursos para cubrir sus necesidades. Acababa de mostrárselo con mucha claridad, e indudablemente de manera intencionada.

Con todo, podía haber escogido a cualquier otra criada si es que tanto le costaba aguardar dos días a que estuvieran casados. Siendo él quien era, ninguna mujer le rechazaría. Muchas de ellas más bonitas que esa pazpuerca con la que se había marchado, y seguro que infinitamente más limpias.

Milisant probablemente no habría reparado en ello si le hubiera visto salir con alguna otra persona. Hasta el gesto de cogerla por los hombros habría podido parecerle un gesto amistoso hacia alguien a quien conocía desde hacía años. No se hubiera dado cuenta. No le habría importado.

Sin embargo, él había escogido precisamente a la única que mostraba descaradamente lo que era. ¿Por qué lo habría hecho sino para demostrarle a Milisant que podía, y que ella no podía hacer ni decir nada al respecto?

44

La ira es una emoción impredecible. Resulta curioso cómo a menudo puede volverse contra el que la siente, o causar más daño que el hecho que la ha provocado. Ése fue el caso cuando Wulfric regresó a la sala y le preguntó a Milisant si querría acompañarle al puente a ver la competición de tiro al arco.

Naturalmente, ella le respondió que no. Todavía seguía demasiado enfadada para decirle nada más. Aunque, posteriormente, se reprendió por haber permitido que el enojo interfiriera con una actividad entretenida.

El mero hecho de que la invitara respondía, en su opinión, a su conciencia culpable. Evidentemente, con lo bruto que era no se le hubiera ocurrido invitarla de no ser así.

En el fondo, tanto mejor que no hubiera ido con él, pues se habría enconado ante el hecho de que no pudiera unirse a la competición.

Su padre sí se lo hubiera permitido, aunque en Dunburh todo el mundo conocía su destreza con el arco y no se la discutían. Con todo, los De Thorpe considerarían que era una vergüenza que su futura nuera ganara en una competición masculina y le habrían negado la mera posibilidad de intentarlo.

Las nuevas restricciones a las que estaba sometida Milisant se mantuvieron, aunque la compañía de lady Anne se las hacía más llevaderas. Aún tendría que pasar buena parte de los días venideros en las dependencias de las mujeres, aunque el creciente nerviosismo que se iba apoderando de ella la mantenía distraída del sentimiento de oprobio.

Dado que al menos Milisant ya no lo esperaba, la llegada de lord Nigel a Shefford el día antes de la boda constituyó una sorpresa. Tenía una buena excusa para su tardanza: había estado enfermo. Su palidez y la pérdida de peso confirmaban que no mentía.

Milisant tuvo que admitir que se había equivocado al pensar que no asistiría para no tener que escuchar los comentarios acerca de Wulfric que ella tuviera que hacerle. Por el contrario, fue la primera cosa que le preguntó, en cuanto esa noche pudieron hablar a solas.

Ella y Jhone despidieron a sus escuderos y le ayudaron ellas mismas a acostarse temprano. Lo cierto es que aún no se le veía lo bastante restablecido como para haber viajado. Sin embargo, él había querido acudir de todos modos.

Milisant se lo agradecía profundamente, aunque le riñó por haber puesto en peligro su salud. Lo mismo hicieron Jhone y lord Guy. Su padre había estado un tanto malhumorado tras todas esas reprimendas, pero ahora estaba cansado. No obstante, le pidió a Milisant que se quedara un momento con él después de que Jhone se despidiera.

—¿Qué has decidido acerca del joven Wulfric? Admítelo, es una elección magnífica como marido, ¿verdad?

No pensaba angustiar a su padre contándole la verdad. No sólo porque estuviera enfermo, sino porque, sencillamente, no podía hacer nada por ella. Aunque el contrato todavía podía romperse, ella no hubiera osado buscar otro marido dada la amenaza que le hiciera Wulfric al respecto.

Así que se limitó a decir:

—Estará bien.

Nigel rió. Era obvio lo mucho que le complacía que la equivocada fuera ella y que él hubiera acertado. Ella no intentó desengañarle. Al menos la perspectiva de ese matrimonio hacía feliz a alguien.

—¿Estás nerviosa? —le preguntó.

—Sólo un poquito —mintió.

En realidad, estaba tan nerviosa que no había probado bocado en todo el día por miedo a que, si ingería algo, no tardara en devolverlo. Y ni siquiera estaba segura de qué la tenía tan nerviosa. ¿Tener que acostarse con él? ¿O el hecho de estar completamente bajo el control de Wulfric?

—Es de esperar —le dijo, dándole unos golpecitos en la mano—. ¿Cómo tienes el hombro?

—¿El qué? ¡Ah, eso! No fue nada, ya me había olvidado.

—Y tú no me lo dirías aunque te doliera, ¿verdad?

Milisant sonrió.

—Probablemente no.

Lord Nigel la contempló y soltó una risita.

—Eres como tu madre, que siempre pretendía evitar que me preocupara por ella.

—Me gustaría haberla conocido mejor, durante más tiempo... —dijo ella con un suspiro—. Lo siento. Sé que aún te duele recordarla.

Su padre le sonrió para restarle importancia. Sin embargo, había dolor en su mirada.

—A mí también me gustaría haberla conocido mejor. Y me gustaría que te hubiera conocido mejor a ti. Hubiera estado tan orgullosa de ti, hija.

Las lágrimas asomaron a los ojos de Milisant.

—No, no se sentiría orgullosa. Se hubiera avergonzado de mí, como tú...

—¡Shhhhh! ¡Cariño, por Dios! Pero ¿qué te he hecho yo? Nunca pienses que no estoy orgulloso de ti, Mili. De verdad, tú eres la que más se parece a vuestra madre, en todo. Era igual de testaruda, igual de voluntariosa e intrépida, y yo la amaba por todo ello, no a pesar de todo ello. Hay mujeres que nacen para ser distintas, aunque no todas son conscientes de ello ni todas intentan llegar a serlo. Tú y tu madre no estabais destinadas a ser como las demás. El joven Wulfric apreciará estos rasgos de tu carácter en cuanto se acostumbre a ellos. Te aseguro que yo no hubiera hecho a tu madre distinta de lo que era.

Era fantástico oírselo decir, aunque no le creía del todo. ¿Cómo creerle si recordaba la cantidad de veces que la había reñido por su conducta, y las tantas otras veces en que le había dicho explícitamente que le avergonzaba? Además...

—Si sentías que había nacido para ser distinta, que es lo que yo era, ¿por qué entonces intentaste refrenar mi independencia?

Nigel Crispin suspiró.

—Cuando eres joven, Mili, necesitas ver la diferencia, tomar conciencia de ella. Necesitas comprender que habrá otros menos tolerantes que tal vez no acepten el camino que has escogido para ti. Y, para ahorrarte pesares, tienes que aprender a adaptarte a esas circunstancias. Tu madre sabía ceder amablemente cuando la ocasión lo requería, de la misma manera que también sabía cuándo no necesitaba hacerlo. Esperaba poderte enseñar al menos esa lección, pero... —No terminó la frase.

Ella sonrió.

—Pero yo no conseguí aprenderla.

—No es que no lo consiguieras, es que te negaste. Sientes una gran inclinación a hacer cosas que sabes que eres capaz de hacer, aunque algunas de ellas no sean apropiadas. Tú lo haces igualmente, y cualquier opinión contraria te trae sin cuidado.

—¿Y tan malo es eso?

—No, no, en absoluto. Lo malo es que te tenga

sin cuidado y que no aceptes que resulta tan contranatura que hagas ciertas cosas que deberías transigir o, como mínimo, tener sentido de la mesura. ¿Sabías que yo cosía?

Milisant pestañeó y, superada su perplejidad, rió abiertamente.

—¿Era algún tipo de truco?

—No; cosía, Mili. Lo encontraba relajante. Me encantaba coser. Incluso ahora, con estas manos viejas y sarmentosas, puedo coser con puntadas más regulares que las de muchas mujeres.

Ella pestañeó de nuevo.

—Bromeas, ¿verdad?

Lord Nigel negó con la cabeza.

—Yo hacía muchas de las ropas que llevaba tu madre, aunque nadie lo sabía aparte de nosotros. Lo hacía en la intimidad de nuestra habitación. Nunca me hubiera atrevido a coser en el gran salón, delante de todo el mundo. ¿Por qué? Pues por la misma razón por la que acabas de reírte. No es propio de un viejo guerrero, a menos que no tenga a nadie que lo haga por él, lo que ciertamente no es mi caso. Y, aunque lo fuera, eso significaría remendar mis ropas, no hacer vestidos de mujer. Provocaría comentarios sarcásticos y risitas disimuladas, y lo más probable es que me convirtiera en el hazmerreír de todos.

Milisant asintió, comprendiendo lo egocéntrica que había sido. Casi había maldecido lo injusto que le parecía todo aquello, que ella no pudiera hacer lo que quería porque eran actividades de estricto dominio masculino, vedadas a las mujeres, inferiores e incompetentes. Nunca se le había ocurrido que los hombres también tuvieran que enfrentarse a ese tipo de restricciones.

—Es horroroso —comentó, con años de ofensa reflejados en su tono— que tengamos que cambiar y transigir porque el resto de los mortales no está dispuesto a aceptar que haya gente distinta. ¿No te humilla tener que esconderte para hacer algo que te divierte?

—No, eso no disminuye el placer que me produce. Coso en la intimidad por la válida razón de que me evita el ridículo. Aunque ya sé que lo que a ti te gusta es más difícil de ocultar. No pretendía afirmar que tus dificultades sean las mismas, sólo que son parecidas. Pero entonces es cuando entra en juego la transigencia. Si puedes aceptar que lo que te gusta sólo se puede hacer de vez en cuando, no siempre, creo que serás mucho más feliz, Mili.

—Pues creo que, irónicamente, he aprendido a considerarlo de esta manera viendo cómo mujeres parecidas a mí transigen y, a pesar de eso, siguen disfrutando de ciertas libertades restringidas. Además, desde que llegué aquí no me importa tanto tener que llevar siempre estas engorrosas cotardías. La verdad es que prefiero no ver a lady Anne frunciendo el entrecejo ante mis atavíos y por eso lo he dejado, por ahora. Le he tomado mucho afecto y no quisiera disgustarla.

Él le ofreció una radiante sonrisa.

—No sabes cuánto he anhelado oírte decir…

—¡Eh! ¡No he dicho que esté completamente reformada! —bufó ella.

Su padre soltó una risita. Ella se rindió y le sonrió también, agradecida de que durante unos minutos hubiera mantenido su mente alejada del día siguiente, y de la boda.

45

Jhone había hecho personalmente el vestido de boda de Milisant, y no permitió que nadie la ayudara. El resultado fue una bella e imponente cotardía de terciopelo color jade digno de una reina, ricamente ornamentado, con piedras preciosas y bordados de un grueso hilo de oro. Junto con el manto que le hacía juego, la túnica de satén dorado que llevaba debajo del vestido y un fajín de piezas de oro, el conjunto pesaba casi tanto como Milisant, motivo por el cual no estaba ansiosa por ponérselo. Pese a todo, eso no se lo diría jamás a su hermana, que lo había confeccionado con tanto mimo.

No obstante, esa misma mañana llegó otro vestido, justo antes de que aparecieran las doncellas de lady Anne para ayudarla a vestirse. La prenda vino colocada sobre un cojín de borlas de satén, envuelta en lazos, y la entregó un joven paje con turbante y una sonrisa pícara.

Sólo dijo:

—Un regalo de parte de su padre.

Cuando desenvolvió el paquete, apareció una ligera cotardía plateada de un extraño material tornasolado que Milisant sabía que había formado parte del tesoro hallado en Tierra Santa que su padre había traído de allá y que la fascinó cuando lo descubrió siendo una niña. Suave como la seda, ligera como el plumón, relucía a la luz de la mañana. La tela era de una belleza tal que no requería ningún otro embellecimiento, aunque llevaba dos hileras de aljófar para adornar el escote. La túnica para llevar debajo de la cotardía era de seda blanquísima con hilatura de plata que también brillaba.

Naturalmente, Jhone se incomodó al ver las dos prendas dispuestas una junto a la otra sobre la cama.

—No entiendo por qué papá ha mandado que hicieran esto para ti. Ya podía suponer que no iba a permitir que fueras a tu propia boda en calzones. Además, es demasiado ligera para llevarla en invierno.

—No si me cubro con una capa gruesa —señaló Milisant, y luego susurró con una especie de temor reverencial—: No te rías, pero creo que lo ha hecho papá.

Jhone la miró de soslayo y sólo comentó:

—No te he oído bien.

—Sí me has oído bien. Yo reaccioné de forma muy parecida ayer por la noche cuando él mismo me dijo que le gusta coser. Incluso admitió que le hacía vestidos a madre.

—Ahora ya no me cabe la menor duda de que estás bromeando —afirmó Jhone—. Me alegra que el nerviosismo no te impida estar de buen humor, pero...

—Mírame —la cortó Milisant—. ¿Tengo cara de estar de broma? Creo de verdad que él mismo ha hecho este vestido. Mira qué puntadas. ¿Conoces a alguien en Dunburh que maneje tan bien la aguja, aparte de ti, claro? Además, ¿a quién confiaría él la elaboración de un trabajo tan delicado y especial con esta tela, que ha guardado durante años como una reliquia desde que volvió de las cruzadas, una vez más, aparte de ti?

Jhone cogió el dobladillo de la tela plateada para examinarla.

—A nadie, al menos en Dunburh. Aunque puede haber encontrado a alguien que se lo hiciese fuera del castillo. Eso no es lo importante. Lo que cuenta es que tienes que ponerte el suyo, porque para eso te lo ha regalado.

Milisant rió.

—No habrás estado tomando lecciones de testarudez de tu hermana, ¿verdad? Oportunidades no faltarán para que me ponga el que me has hecho tú. Después de todo, estos De Thorpe se codean con la realeza.

Jhone pareció algo más satisfecha y le hizo cosquillas en el costado mientras le decía, juguetona:

—Pero sigo pensando que te vas a helar camino de la iglesia del pueblo.

Milisant sonrió divertida.

—No, porque tú no lo vas a permitir. Confío en que me vas a obligar a ponerme tu capa más gruesa.

Jhone asintió.

—Sí, y ya sé cuál le va a sentar de maravilla al vestido, la reversible de terciopelo blanco con las mangas de zorro plateado.

Ése fue otro interludio de distracción por el que Milisant se sintió agradecida, porque luego el nerviosismo regresó, tan pronto se encontró vestida y de camino a la iglesia. E incluso demasiado pronto, se encontró casada con Wulfric de Thorpe.

De aquel día conservaría muy pocas cosas para el recuerdo que pudiera rescatar de la bruma de su ansiedad. Fue la culminación de todo lo que había temido. La larga procesión hasta la iglesia, la larga misa, las salmodias del sacerdote..., no recordaba nada de eso con claridad. Incluso la posterior celebración en el gran salón y que duró el resto del día no fue más que una nebulosa de bulliciosa diversión de la que disfrutó todo el mundo, menos ella.

En la dolorosa e incómoda ceremonia nupcial en el tálamo, en la que ella se debía presentar ante el novio —y todo aquel que quisiera entrar en la habitación— para que buscara supuestas imperfecciones en su himen que pudieran permitirle repudiarla, si así lo deseaba, no debieron de encontrar ninguna, porque la dejaron a solas con el novio. Su único consuelo por haber estado como ausente durante buena parte de su boda fue que también lo estuvo durante ese trámite horroroso.

—¿Te he dicho ya lo bonita que estabas hoy? —le preguntó Wulfric.

En realidad fue la primera cosa que Milisant escuchó claramente, después de haberse pasado el día escuchando una especie de balbuceo ininteligible.

—Que yo recuerde no.

—¿Bromeas? Debo de habértelo dicho ya al menos media docena de veces —repuso Wulfric—. ¿De verdad no lo recuerdas?

—Por supuesto —mintió ella, y se preguntó qué otras cosas le habían dicho durante las últimas horas.

Tuvo la sensación de que estaba algo achispada a pesar de que no recordaba haber bebido vino. Sin embargo, a pesar de las virtudes relajantes del vino, la desconcertaba darse cuenta, de pronto, de que había transcurrido casi todo el día como si ella estuviera ausente. Encontrarse en la cama junto a su marido, ambos completamente desnudos. Preguntarse si... ¡Dios mío! ¿Se habría perdido también lo de acostarse con un hombre? ¿Lo habían consumado ya?

—¿Hemos terminado ya... con esto? —le preguntó a Wulfric.

Él rió. A ella no le hizo ninguna gracia, pues le parecía una pregunta de lo más razonable.

—Creo que voy a esperar hasta que se te despeje la mente de la neblina del vino, aunque no podré esperar mucho. Es como si me hubiera pasado la vida esperando. Un buen dilema, ¿no crees?

—No, a mí me parece muy fácil de zanjar —dijo con un asentimiento enfático—. Te esperas y punto.

Él soltó una risita sofocada y a ella se le volvió a subir la mosca a la nariz. ¿Qué le parecía tan divertido?

Por desgracia, cuando recuperó la conciencia, también se reavivaron los sentimientos que él le inspiraba, incluida su ira por el episodio de la prostituta. Casi pegó un bote de la cama porque, de pronto, se sintió furiosa de nuevo. Se habría levantado de un salto si, al hacerlo, no se hubiera quedado sin la sábana que los cubría a ambos.

Era imposible que Wulfric no notara el cambio operado en ella. Él suspiró y preguntó:

—¿Qué pasa ahora?

No iba a permitir que él supiera que se le hacía insoportable el pensamiento de él tocando a esa mujer, no, a ninguna mujer. Así que se limitó a decir, con tono algo ofensivo:

—Supongo que te lavaste bien después de acostarte con esa puta...

Él se quedó atónito.

—¿Qué puta?

—¿Ha habido tantas que ya ni las recuerdas? —bufó ella con motivo—. Aquella con la que te marchaste de la sala el otro día.

La miró inexpresivamente pero de pronto se echó a reír.

—¿Crees que me acosté con ella? —dijo, y rió de nuevo.

A Milisant no le costó comprender su hilaridad. Ya se lo había advertido Jhone: ese día se había dejado llevar a conclusiones equivocadas, y a él le hacía gracia, claro.

A pesar de su turbación, insistió en el tema.

—¿Entonces por qué saliste de la sala con ella?

—Tal vez para descubrir quién era y por qué estaba ese día trabajando en la sala, concretamente preparando las mesas para la comida, no siendo una criada de Shefford y, por lo tanto, sin tener nada que hacer ahí.

—¿No vino con alguno de vuestros invitados?

—No. A mi madre le pareció sospechosa, razón por la cual me pidió que hablara con ella. La preocupaba la posibilidad de que estuviera aquí tramando alguna fechoría o, más concretamente, causarte un daño serio a *ti*.

¡Vaya! O sea que su motivo la incluía a ella. Aunque olvidaba un detalle importante.

—¿Y era necesario que la cogieras por los hombros para descubrirlo?

Él encogió los hombros.

—Noté que estaba inquieta cuando la hice salir de la sala. Quería asegurarme de que no echara a correr. Cosa que, efectivamente, hizo en cuanto llegamos al concurrido puente, y no la hemos vuelto a ver. El hecho de que huyera prueba que algo malo se traía entre manos, así que es poco probable que vaya a intentarlo de nuevo, ahora que lo sabemos y hemos puesto a algunos hombres a buscarla.

—¿Cómo consiguió entrar en el castillo si no es de Shefford ni vino con ningún invitado?

—Afirmó ser la prima de un lugareño. Él accedió a decir que era pariente suya a cambio de sus favores, pero no tenía intención de respaldar la mentira más que ante sus vecinos. Cuando se lo pregunté directamente, admitió la verdad.

No tenía más preguntas que hacerle al respecto, sólo le quedaba la vergüenza de haberle acusado de algo que no había hecho. Lo propio habría sido disculparse e iba a hacerlo, pero él tenía algo que añadir.

—Pienso permitirte tus arranques de cólera, pero no aquí —le dijo.

—¿Arranques de cólera? —farfulló Milisant.

—Comoquiera que desees llamar a tu voluble temperamento, te aseguro que no lo vas a traer a la cama. Aquí sólo valen los buenos sentimientos y pensar únicamente en complacerme. Por mi parte, yo sólo pensaré en que el placer te colme también a ti. ¿Estás de acuerdo? Y ten bien presente que podría prohibirte esos enfados en todo momento.

Ella le miró, incrédula.

—No puedes controlar los enfados de los demás.

—Eso es cierto, pero te aseguro que puedo hacer que te arrepientas de manifestar los tuyos.

La conclusión que esa amenaza sugería la hizo replicar:

—¿Acaso piensas disuadirme a golpes?

—No, pero me parece que pasar una temporadita en las dependencias de las mujeres cada vez que me levantas la voz podría convertirte en una mujer de ademanes dulces y sonrisa constante. En realidad, me parece que no es mala idea.

Parecía que bromeara, de verdad que lo parecía pero ¡Dios santo!, estaba hablando de encerrarla, de encerrarla *a menudo*. No podía arriesgarse a eso.

—Estoy de acuerdo —murmuró.

—¿Qué has dicho?

—¡He dicho que estoy de acuerdo con tus condiciones! —exclamó.

—Hmmm, ¿y cuándo piensas empezar?

Milisant se ruborizó. Cerró los ojos ante la sonrisa de Wulfric. Al parecer, seguía pareciéndole divertida mientras se veía obligada a ceder a *compromisos* muy poco razonables. Era tan condenadamente injusto. No llevaban ni un día de casados y él ya estaba afirmando el nuevo poder que tenía sobre ella.

46

Dado que el silencio de Milisant continuaba y seguía con los ojos cerrados, Wulfric le tocó una ceja con un dedo y le dijo con voz dulce:

—¿Tanto te cuesta dejar de estar enfadada conmigo aunque sea un ratito?

Interiormente, Milisant gruñó. Quería responderle que sí por principios, pero eso hubiera sido una mentira. Había habido momentos en que no estuvo enfadada con él, momentos en que incluso la había hecho reír y, ciertamente, momentos en que… bueno, en que la había confundido tanto que ya no sabía qué pensar ni qué sentir.

Él había despejado su enfado explicándole lo de la prostituta. Ahora sólo estaba preocupada por el hecho de que ya le estuviera imponiendo normas, aunque supuso que podría dejar esas preocupaciones para otro momento.

Abrió de nuevo los ojos y halló una calidez desconocida en los de él. La había estado contemplando todo el rato y, posiblemente, pensando en ese placer que había mencionado antes. No había reparado en sus palabras porque estaba concentrada en lo que le había dicho de sus enfados, pero entonces las recordó de pronto. «Por mi parte, yo sólo pensaré en que el placer te colme también a ti».

Notó un repentino cosquilleo en el estómago. ¡Oh, Señor! ¿Quería darle placer? Ella sabía que podía hacerlo, lo sabía por experiencia propia.

Había intentado con todas sus fuerzas no pensar en el placer después de aquella noche, ni desearlo de nuevo. Las más de las veces había conseguido mantenerlo alejado de sus pensamientos, pero era muy duro. Había sido tan bonito, le apetecería tanto repetirlo… Él también tenía el poder de volatizar todos sus pensamientos, y eso le daba miedo, aunque era un precio pequeño comparado con el placer que recordaba, y que ahora podría experimentar de nuevo.

De pronto se sintió pudorosa. Él estaba aguardando pacientemente. Pero las concesiones no eran en absoluto fáciles. Y su tozudez no le permitiría hacerlas del modo adecuado a menos que fuera evidente que tenía que hacerlas.

—Difícil, sí —dijo finalmente. Pero antes de que él pudiera ofenderse por esa verdad, ella esbozó una sonrisa para que le fuera más llevadera, y añadió—: Pero no imposible.

Él sonrió.

—No hubiera esperado otra respuesta viniendo de ti. Y te aseguro que valoraré todos tus esfuerzos por mantener la paz en este ámbito. Yo también me esforzaré para asegurarme de que no lo lamentes.

—Eso suena… prometedor.

—¿Quieres una demostración?

De pronto, se le ocurrió que desde el momento en que había despertado de su sopor y se había dado cuenta de que estaba en la cama, junto a él, posiblemente incluso antes, él no se había comportado como solía. Como las veces anteriores, cuando él se proponía seducirla la trataba de una manera completamente distinta, que era lo que le recordaba su conducta presente. Lo más sorprendente es que cuando se conducía de esa manera le gustaba.

Sospechaba que, después de todo, no le iba a ser tan difícil dejar a un lado los enfados cuando se encontraran en la cama. Cuando los dedos de él empezaron a bajar de su ceja hacia su barbilla y la inclinó adecuadamente para que recibiera su beso, tuvo la sensación de que no tardaría en estar segura de eso.

Fue un beso tierno, luego apasionado, tierno de nuevo y luego tan cálido que ella pensó que le arderían los labios. Lo sorprendente, sin embargo, fue lo poco que tardó ella en corresponder a cada uno de sus matices. Ahora que ella estaba dispuesta, o mejor dicho, deseosa e incluso anhelante, de que pasaran a la parte de la boda que se desarrollaba en la cama, el miedo había desaparecido y estaba más relajada. Y eso dio rienda suelta a todos sus sentimientos para disfrutar plenamente de ello. Cosa que efectivamente hizo.

Incluso empezó a participar en los besos. No es que se mostrara osada, pero no podía evitarlo. De pronto, necesitaba conocer su sabor, la textura exacta de sus labios, lo cálida que estaba su lengua. Era increíble. Cuanto más le devolvía sus besos, más los deseaba.

Estaba reclinada sobre las almohadas, con la sábana cubriéndole los senos. La sábana se deslizó cuando ella levantó los brazos para abrazarse al cuello de Wulfric. Ella no se dio cuenta. Tampoco se dio cuenta de que él iba tirando de ella hacia abajo hasta que se encontró tumbada y con él encima.

El pelo de su flamante marido le hacía cosquillas en el cuello cuando se inclinaba sobre ella. Su aliento cálido recorría su cara mientras sus besos rebuscaban en ella. Su lengua le lamió la oreja. Un escalofrío le bajó por la columna vertebral antes de que profiriera un grito ahogado, extasiada. Sus dientes le mordisquearon el cuello. Gimió suavemente. Oyó que él le respondía con un gruñido y que tensaba el cuerpo en un afán de contener lo que él mismo sentía.

Sus pensamientos la abandonaron. Ahora era toda sentimiento, exquisita sensación, el sabor y el aroma de Wulfric, y sus caricias… que sumadas a los besos eran demasiado. La mano que contenía su seno se movía en círculo y lo oprimía suavemente, luego acercó la boca, y tomó el pezón entre los labios y lo chupó con sensualidad.

Un calor abrasador. Algo que se desataba en sus entrañas. Y luego la mano de él fue hasta ahí, también, como si supiera del remolino que se había disparado y quisiera tranquilizarlo. Pero su mano no lo tranquilizaba, ni mucho menos. El arrebato de pasión que sus manos y sus labios provocaban en ella le hacían contener la respiración y boquear, agitarse, arquearse contra su cuerpo… empujarlo. Aunque en vano. Él era inamovible. Estaba decidido a volverla loca. Él también estaba encendido y sus manos eran tizones que no le causaban dolor sino el más dulce de los placeres.

Él seguía acariciándola interminablemente, y sus dedos encontraban mágicamente todas las zonas que podían darle placer. La anticipación era increíble, el recuerdo del extraordinario placer que él le había provocado aún estaba vivo en su mente, esperando impaciente, y finalmente accesible cuando sus dedos llegaron ahí.

Ella sintió que su hendidura se ponía húmeda y caliente y que una oleada de calor le recorría el cuerpo. Él jugueteaba. Le separó las piernas para acceder mejor a ella, y luego sólo la tocó delicadamente. Ella se retorcía, sin saber cómo decirle lo que quería. Su lengua ahondó en su vientre y luego ascendió hasta sus pechos, hasta su cuello, hasta su boca... mientras los dedos de él se metían en su interior.

El cuerpo de Milisant se pegó con fuerza al suyo, reclamando un mayor contacto. Finalmente, él la hizo temblar mientras la estrechaba. Sin embargo, ese placer que hacía vibrar todo su ser no se repetía. Estaba cerca, muy cerca, pero cada vez que ella sentía que iba a conseguirlo, él ralentizaba sus movimientos y a ella le entraban ganas de gritar.

No gritaba, pero su frustración llegaba a puntos tales que ella se desquitaba pegándole, primero en la espalda y luego en los hombros. Su puño estaba ya apuntando a la cabeza de Wulfric cuando éste lo cogió al vuelo y, con una risita sofocada, trasladó su cuerpo encima del de ella y le dio lo que quería.

La penetró delicada, suave y profundamente, tan preparada estaba ella ya. Instantáneamente, su mente se clarificó y sus pensamientos regresaron a ella.

La sorprendió haber olvidado que la primera experiencia sexual solía relacionarse con el dolor. Aunque lo más sorprendente fue que había sido un dolor tan leve que sólo la sobresaltó. Aunque la frustración sólo desapareció momentáneamente. Arremetió de nuevo, vengativa, pero ahora el cuerpo de él oprimía el suyo con tal fuerza que le impedía moverse

—Arquea tus piernas en mi espalda, aprisionándome contra ti —le dijo con voz tensa e imperativa—. No me sueltes. Por más bruscos que sean los movimientos, Mili, no me sueltes.

—No lo haré —prometió ella, más a sí misma que a Wulfric.

El instinto y el apasionamiento la guiaron cuando él empezó a cabalgar sobre ella. En eso consistía el gran placer que ella clamaba por obtener, la plenitud y el calor. En eso hallaba también el placer que recordaba, que regresó a ella casi instantáneamente después de sus primeros embates, aunque no era igual. Era más profundo, más satisfactorio, infinitamente más duradero y mucho más exquisito. Todavía notaba las reverberaciones del placer cuando, con un sonoro gruñido, él se hundió en lo más profundo de ella y se derrumbó sobre su cuerpo, inmóvil y boqueando.

Milisant notó que aún le tenía firmemente sujeto contra su cuerpo, con la ayuda de los brazos y las piernas. No quería soltarle, aunque suponía que debía hacerlo.

Cuando empezó a desasir sus piernas de la cintura de él, Wulfric se despabiló lo suficiente para decirle:

—Todavía no.

Milisant sonrió para sus adentros. ¿Le habría leído el pensamiento? ¿O es que acaso, igual que ella, no quería renunciar a ese contacto tan agradable todavía?

47

Esa noche fue la primera en que Milisant durmió profundamente en las últimas semanas. Despertó con una sonrisa en los labios, pero no se dio cuenta hasta que Wulfric se lo comentó.

—Debes de haber tenido sueños muy dulces.

Fue extraño encontrárselo en la cama, a su lado. No esperaba, es decir, no esperaba que... Refunfuñó para sí. Se había pasado los últimos tiempos preocupándose por la primera vez en la cama y por las restricciones que supuestamente él iba a imponerle después de la boda. Las pequeñas cosas que conllevaba un matrimonio, por ejemplo despertarse junto a Wulfric, ni le habían pasado por la cabeza.

—He tenido sueños muy... bueno, he dormido tan profundamente que no me acuerdo de qué soñé.

—¡Ah, entonces me voy a permitir atribuirme el mérito de esa sonrisa! Deberías haber visto la mía, esposa. Podría haber iluminado esta habitación mejor que la luz del sol.

Milisant comprendió varias cosas a la vez: que estaba bromeando, que estaba muy complacido con ella, que estaba fanfarroneando y tenía un buen motivo, pero aun así... Y que acababa de llamarla esposa. Todo eso hizo que le subieran los colores y que él se riera y le acariciara el hombro. Horrorizada, Milisant recordó que, en su apasionamiento, le había pegado.

Hundió la cabeza bajo la almohada. Él rió y le palmeó la espalda.

—Venga, que hay que desembarazarse de los invitados. La mayoría se marchan hoy.

Se sentó en la cama, agradecida de que él hubiera sacado un tema neutro.

—¿El rey también? —preguntó esperanzada.

—Sí, ya no hay motivo para que permanezca aquí. ¿Ha vuelto a molestarte?

Pero ¿cuándo habría podido hacerlo, si la habían mantenido encerrada bajo llave y custodiada durante los últimos días? Aunque no llegó a verbalizar esa observación, sacudió la cabeza negándolo. Comprendió que él no quería empezar a discutir con ella estando la noche anterior tan... reciente.

El mero recuerdo la hizo ruborizar. Él se dio cuenta y le sonrió y se inclinó para besarla suavemente en los labios.

—Estás tan bella cuando te ruborizas —le dijo, juguetón—. Es algo inusual en ti, ¿sabes?

—Me aseguraré de no volver a hacerlo —replicó ella, e intentó desembarazarse de su turbación.

—¿De verdad?

La mirada de Wulfric bajó directamente a sus senos desnudos. Y ella enrojeció de nuevo.

La verdad fue que, para su incomodidad y consternación, Milisant se pasó la mayor parte del día con las mejillas ardiendo. Como ya no la asistía ese perplejo estupor, escuchó todas las bromas rijosas que se susurraron junto a ella; permaneció sentada, y mortificada, durante la tradicional exposición de las sábanas que organizaban las viejas damas; asistió a la narración de las proezas sexuales de los hombres, y de su marido en particular, que fue muy exhaustiva en los detalles.

Wulfric pareció tomárselo todo a bien, e incluso participó en ello, y resultaba difícil imaginar que su buen humor fuera fingido, porque estaba exuberante. Ella se preguntó por qué se le veía tan... feliz. A fin de cuentas, amaba a otra, y la última oportunidad de casarse con esa mujer en lugar de con Milisant había expirado. Por todo ello, diríase que el día después de su boda tenía que estar tristísimo, igual que ella.

¡Vaya por Dios! ¿Y por qué ella no estaba triste? Debería estarlo. El mero hecho de que hubiera disfrutado mucho de su manera de hacerle el amor no significaba que todo fuera a funcionar de maravilla a partir de ahora. ¿Cómo podía ser posible si él seguía siendo, por encima de todo, un bruto? Bastaría con que ella intentara salir de la habitación en calzones para que él le demostrara lo tirano que era. O que cogiera el arco y la flecha e intentara ir a cazar, algo que echaba de menos indeciblemente.

Era casi preceptivo que asistieran todos a despedirse de la comitiva del rey y a desearles buen viaje. Milisant contempló cómo Wulfric le despedía gentilmente. Fue estrictamente formal y ni de palabra ni obra reveló que conociera los sórdidos secretos de Juan.

Se preguntó si ella podría ser igual de circunspecta. Se vio obligada a comprobarlo porque, cuando finalmente Juan hubo montado en su caballo, cuando parecía que iba a emprender la marcha, la miró a ella entre toda la multitud y de un modo inequívoco —al menos para ella— le ordenó que se acercase.

¿Se estaba ruborizando de nuevo? Indudablemente, porque toda la gente congregada la miraba con curiosidad mientras ella se acercaba al rey, y Milisant odiaba ser el centro de atención.

Todos menos Wulfric. Él no se preguntaba qué podía querer Juan. Se había quedado de pie detrás de ella, con las manos puestas en sus hombros, y había visto cómo el rey la llamaba. Y la había retenido para murmurarle algo antes de dejar que caminara hacia el monarca.

—No tienes por qué ir si no quieres. No tiene forma de convertir esto en un problema.

Era evidente que estaba tenso. Debía detestar tener tan poco control sobre los asuntos que concernían al rey. A cualquier otra persona podría haberla llamado a capítulo por hacer lo que había hecho Juan, pero a él no, si no quería arriesgarse a que le consideraran traidor.

—No, pero si no voy nos vamos a morir de curiosidad por saber qué tiene en mente. Deja que vaya, Wulfric, es por nuestro bien —le respondió ella, también con un susurro.

No le dejó más alternativa, y ella cruzó rápidamente los metros de puente que la separaban del rey. Él no desmontó, se limitó a inclinarse para no tener que hablar en voz muy alta, pues era obvio que tenía que decirle algo privado.

—Sé que no es necesario mencionarlo —empezó Juan, algo incómodo, aunque no mucho—, pero hemos de olvidar cualquier malentendido que haya habido entre nosotros, Milisant de Thorpe. He mantenido algunas conversaciones con Guy después de nuestro... encuentro. Me ha complacido constatar que es de los míos y que seguirá siéndome leal. Tu padre también me ha tranquilizado. Así que mantén en silencio lo que no tiene ninguna relevancia.

Le estaba diciendo, a su manera, que ya no se oponía a su matrimonio con Wulfric. Y su última frase había sido una advertencia para que mantuviera en silencio aquel episodio.

Él suponía que no se lo había dicho aún a nadie, o lo esperaba, ya que nadie se había hecho eco de ello. No tenía motivos para dudar de ello.

—Ciertamente, alteza —le tranquilizó ella, y le dedicó una sonrisa convincente—. No dejaré que nadie sepa que le pegué una patada al rey de Inglaterra.

Mencionar el hecho que podía despertar el legendario temperamento de los angevinos era todo un riesgo. Pero no suscitó su ira sino una carcajada.

—Me gusta tu temple, niña. Eso fue lo que le dije a mi hombre cuando le mandé... a poner punto final a unos planes que hubieran hecho avanzar las cosas por el camino equivocado. Un temple como el tuyo no merece desaparecer.

Y, a modo de conclusión, asintió y puso a su caballo a medio galope, con el largo séquito siguiéndole. Ella los miró y luego sintió, más que notó, a Wulfric tras ella de nuevo. Él deslizó su brazo por su hombro y ambos se encaminaron hacia la torre.

Wulfric no dijo nada más, no hubiera sido prudente con tanta gente alrededor. Sin embargo, fueron los primeros en llegar al gran hogar, ya que los demás se habían entretenido en el puente. Y él no estaba dispuesto a dejar correr el asunto.

—¿Y bien? —preguntó.

—Pues creo que quien fuera que estuviera tras esos atentados contra mí (y ahora no estoy tan segura de que fuera el rey Juan, sino más bien que él estuviera al corriente) ha sido disuadido de ello —le dijo, mientras se calentaba las manos al calor de la lumbre—. Eso es lo que me ha dicho, aunque con mucho circunloquio.

—¿Estás segura?

—Supongo que puedo haberlo malinterpretado, aunque lo dudo porque él mismo me ha aconsejado no hablar de ello con nadie. Por lo que a él respecta, el asunto está zanjado.

Él suspiró y ella notó su alivio. Sabía por qué ella se sentía aliviada, pero no sabía a qué se debía la tranquilidad de Wulfric, y le miró con curiosidad. La pregunta se formó en su mente y sabía que no la iba a dejar en paz. Nunca hubiera pensado en preguntárselo antes pero, después de la noche de bodas, tenía que saberlo...

—¿No crees que te hubiera beneficiado si Juan, o el que estuviera detrás de esos ataques, hubiera conseguido su propósito antes de que nos casáramos? ¿Por qué me has protegido tan celosamente? Si lo hubieran conseguido, tú habrías podido... —No osó terminar cuando vio la furia con que él la contemplaba.

—Por todos los santos, ¿de dónde sacas esas ideas tan descabelladas? ¿De verdad crees que puedo desearte algún mal, sea por la razón que sea? Además, ¿qué motivo podría tener yo para...?

—Pues uno muy obvio —le cortó ella fríamente, inquieta al ver que él tomaba como ofensa una pregunta que a ella le parecía muy lógica, después de todo—. Que hubieras preferido casarte con otra mujer, concretamente con la mujer a la que amas.

Él la miró perplejo. No había mejor forma de describir lo que sustituyó a su enfado. Y luego también la perplejidad desapareció, dejando paso de nuevo a la ira, aunque no tan intensa, ya que su tono no sonó demasiado áspero sino sólo lo suficiente para herirla.

—Si te refieres a esa tontería que te dije como respuesta a tu propia declaración de amor por otro hombre, entonces es que aún eres más dura de mollera que yo porque, en tu caso, el sentido común hubiera debido decirte a estas alturas que ésa era una observación que no responde a ninguna realidad. ¿O es que me comporto como un hombre prendado de otra mujer? Francamente, si lo hago, te agradecería que me digas cuándo, para que pueda modificar mi conducta puesto que esa otra mujer no existe.

Y, con eso, se apartó ofendido de ella. Milisant apenas se dio cuenta de nada por lo aturdida que estaba.

¿Así que *no* amaba a otra? ¿Que sólo había sido una réplica porque ella lo había dicho antes? Pero ¿qué pensar ahora? El hecho de que amara a otra había sido una de sus principales objeciones contra él. Había sido el defecto al que agarrarse para no tener que considerar las sugerencias que su hermana le hacía respecto al resto de objeciones. Si no amaba a otra, entonces era libre para amar a... Milisant.

Sintió una calidez que no tenía nada que ver con la proximidad del fuego. Y eso la hizo sonreír.

48

Milisant observó detenidamente a Wulfric durante la cena, y también después. Él seguía sintiéndose ofendido, aunque nadie lo habría dicho, porque él se esforzaba por disimularlo.

Sin embargo, Milisant lo notaba. Seguía rumiando la ofensa. Por su parte, ella seguía algo desconcertada, teniendo en cuenta lo que él le había revelado y las nuevas posibilidades que se le abrían.

Había pasado buena parte de la tarde con Roland, recordando con él sus días de formación en Fulbray. Los Fitz Hugh tenían pensado marcharse al día siguiente por la mañana, así que no le quedaba mucho tiempo que compartir con su viejo amigo y quería disfrutar de él mientras pudiera.

Naturalmente, no le comentó lo que más ocupaba su mente en aquel momento, pero se las compuso para disponer de unos minutos a solas con Jhone. Con su hermana sí podía hablar de todo.

No obstante, no veía motivos para hablarle de lo que más intrigada tenía a Jhone. Una de las muchas ocasiones en que se ruborizó a lo largo del día fue cuando ésta le preguntó «¿Te ha gustado?», y bastó un «sí» para satisfacer y deleitar a Jhone sin tener que añadir detalles.

Pero a su hermana también le interesaban otras cosas, y también quiso saberlas.

—¿Crees ahora que podrás vivir aquí sin hallarte en un estado de desesperación constante?

—Me parece que eso dependerá de la habitación en la que esté —replicó Milisant con una sonrisa.

—¿Y eso qué tiene que ver con...?

—No importa, estaba bromeando, porque «desesperación constante» suena tan... constante. En realidad, me he enterado de algo que puede que mejore las cosas.

—¿Qué?

—No es verdad que quiera a otra.

—¡Eso es una noticia fantástica! —exclamó Jhone entusiasmada—. Significa que Wulfric no tardará en quererte a ti, si es que no te quiere ya.

—¿Ya? —inquirió escéptica Milisant, que no

daba crédito a esa posibilidad remota—. Hay muchas más cosas que no le gustan de mí, ¿o es que olvidas los años que tardó en venir a buscarme? Además, llegó a Dunburh con todo su pesar, e incluso admitió que había intentado romper el compromiso. Si no fue porque amaba a otra, ¿por qué le enfurecía tanto la idea de casarse conmigo?

—Eso fue antes, y no debería importarte. Ahora es muy distinto, Mili, porque ha tenido la oportunidad de conocerte. Ayer me fijé en él, y parecía un novio de lo más exultante.

—Es muy bueno dando falsas impresiones que ocultan sus verdaderos sentimientos.

—¿Te consta que aún sea infeliz?

Milisant se agitó, nerviosa.

—No, no me consta, salvo por el hecho de que aún es muy desagradable conmigo.

Jhone puso los ojos en blanco.

—¿Y qué vas a hacer ahora?

Milisant le devolvió el gesto.

—Le hice una simple pregunta acerca de su verdadero amor. Y él gruñó y afirmó que nunca existió, y que dado el modo en que se comporta debería haber llegado a esa conclusión por mi cuenta. Como si yo pudiera suponer que lo dijo porque sí.

—¿Acaso no te dije yo lo mismo, que era posible que mintiera, igual que tú? Desde luego no parece un hombre que se muera por otra mujer.

—Que lo parezca no es suficiente tratándose de él, cuando sabe ocultar de un modo tan deliberado.

Tú no estabas presente las veces en que discutimos acaloradamente. No tenía ninguna evidencia de que me hubiese dicho una mentira, pero nuestras peleas constantes sustentaban su mentira.

Jhone se estaba volviendo igual de tozuda que Milisant, y la contrarió de nuevo:

—O sustentaban, tal como has dicho, lo que fuera que él objetaba a tu persona. ¿Le has preguntado qué era?

—No.

—Pues deberías. Puede que no sea nada de importancia, tal vez un malentendido que podáis aclarar sin dificultad. Y tú, ¿qué vas a alegar ahora?

—Sabes perfectamente la respuesta a esa pregunta —murmuró Milisant—. Sigue queriendo controlar cada uno de mis actos.

—Por supuesto —exclamó Jhone—. Después de todo, ahora es tu marido. Pero siempre tienes la elección de aceptarlo o abordarlo con amor. Ya te lo dije, ¿cuál de las dos opciones crees que te reportará mayor libertad?

Después las interrumpieron y no pudieron volver a hablar en privado. Pero Jhone le había dado motivos para pensar. Imaginarse a Wulfric enamorado de ella no le resultaba desagradable. Aunque... aún estaba su enfado por tener que casarse con ella.

Ella todavía no sabía qué lo había provocado, aunque ahora la curiosidad le aguijoneaba lo suficiente para sacar el tema esa misma noche, en su dormitorio. El dormitorio de... *ellos*.

Sí, ese día habían trasladado todas sus pertenencias a la habitación de Wulfric, excepto sus mascotas. Los animales se habían quedado con Jhone. ¿Órdenes de Wulfric? ¿O es que los criados habían sido reticentes a trasladar ellos mismos los animales? Bien cierto era que *Rhiska* podía ser un tanto intimidante, máxime si el criado no estaba acostumbrado a tratar con halcones. Y cualquiera podía sentirse receloso ante *Gruñidos*.

Wulfric todavía no había llegado a la habitación cuando ella se retiró esa noche. Tenía muy presente su última advertencia, pero no fue necesario. Ahora no era ella la que estaba enfadada sino él. Lo vio clarísimo cuando él entró tenso, con ceño, y no le dijo palabra mientras empezaba a desnudarse. Ella bufó mentalmente. ¿Pretendía ignorarla? ¿Se proponía llevarse el enfado con él a la cama? Bueno, pues en ese caso mejor sería hacerle la pregunta sin más, por si le molestaba tanto como la última.

Se acercó a él por atrás y le dio unos golpecitos en la espalda. Esperó a que se diera la vuelta, y vio que la miraba con ceño. Tuvo la sensación de que esperaba que ella se disculpara. ¿Por haberle hecho admitir que había mentido? Se abstuvo de bufar.

—Me gustaría que termináramos la conversación que hemos empezado antes —le dijo.

—Ya está terminada —repuso él.

—Puede que para ti sí, pero yo todavía tengo una pregunta sin responder. Si no había otra mujer..., no, no me interrumpas, escúchame —le dijo cuando él pretendió cortarle—. Si no había otra mujer, ¿por qué estabas tan enfadado cuando viniste a Dunburh? Y no pretendas negarlo. Habrías preferido casarte con otra.

—Tal vez fuera porque el único recuerdo que tenía de ti, muchacha, era el de una arpía. ¿Y qué hombre quiere a una mujer con un temperamento tan fiero? Puede que sí tuviera a otra en mente, aunque no estaba enamorado de ella.

Debería haberle bastado con esa respuesta. Ni siquiera le importaba mucho. Pero no le gustaba la descripción que acababa de hacerle, y eso picó su susceptibilidad. Sin embargo, no olvidó el acuerdo al que había accedido la noche anterior.

Así que hizo lo que hubiera hecho cualquier otra persona que se sintiera encerrada en una habitación. Le cogió de la mano e intentó tirar de él hacia fuera del dormitorio.

No obstante, él no parecía dispuesto a cooperar y aún no había dado tres pasos cuando se detuvo y le preguntó:

—¿Qué estás haciendo?

—Salgamos de aquí, para terminar esta… discusión —replicó ella.

Cuando él comprendió lo que quería decir, rió y la atrajo hacia él.

—No, de eso nada.

Ella intentó desasirse de su abrazo, aunque sin mucha convicción. La verdad es que no tenía ganas de evitar ese contacto, porque se había ruborizado al recordar la noche anterior.

—Entonces, ¿lo de dejar el mal humor en el quicio de la puerta sólo vale para uno de los dos?

Él sonrió irónicamente.

—No, y gracias por recordármelo. Además, era un enfado tonto, no valía la pena conservarlo hasta mañana. —Le cogió el rostro con ambas manos y sus labios se quedaron en suspenso sobre los de ella—. Espero que seas del mismo parecer.

—¿Respecto a qué? —preguntó Milisant con un hilo de voz.

—Si no lo sabes, lejos de mí llevarte por mal camino y recordártelo.

49

Dos días después de la boda, todos los invitados se habían marchado, excepto un conde que quería quedarse una noche más. Eso no hubiera afectado a Milisant de no ser porque debido a ello no le iban a levantar las restricciones, a pesar de que ya estaba casada y a pesar de que ella y Wulfric habían llegado a la conclusión de que el propio Juan sin Tierra había «desconvocado» la amenaza contra ella.

O eso pensaba ella, haciendo extensiva a él su conclusión. Sin embargo, cuando aquel día habló del tema con Wulfric se dio cuenta de que se había equivocado. Habían estado comentando lo mucho que le habían gustado los alféizares de las ventanas de la gran sala de Clydon, y de su intención de sugerirle a su padre que hiciera lo propio en Shefford.

Ella le escuchaba apenas, temerosa de la respuesta a lo que iba a preguntar. Esa misma mañana había descubierto que, si no podía disponer de la compañía de Anne o Wulfric, *seguía* estando encerrada en las dependencias de las mujeres. Peor aún, lo había descubierto cuando, habiendo llegado tarde a la sala para despedirse de Roland, pretendió salir de la torre para despedirlo en el puente.

Probablemente Wulfric ya estaba en el puente, igual que Anne, porque no consiguió encontrar a ninguno de los dos. Pero no la habían dejado salir sola. Es más, cuando la encontraron sola en la sala, la escolta la acompañó directamente hasta las dependencias de las mujeres, donde la encerraron exactamente igual que antes de la boda.

Era media tarde. Ambos estaban junto a la chimenea, lo bastante alejados de Anne y sus damas como para poder hablar en privado si no levantaban la voz.

Milisant esperó a que Wulfric hubiera acabado con el tema de las ventanas. Había disimulado bien su enfado. Se había propuesto que hubiera paz entre ambos porque, en realidad, ella también disfrutaba de esa paz. Sin embargo, lo que ahora la corroía era demasiado importante como para callarlo. Finalmente se decidió a mencionarlo.

—¿No has pensado que me hubiera gustado despedirme de Roland esta mañana?

Él la miró, perplejo.

—¿Después de haber pasado tanto tiempo con él ayer?

No había ni asomo de resentimiento en su réplica, que ella optó por ignorar, de momento.

—¿Y eso qué tiene que ver con la simple cortesía de despedirse?

—Has tenido tiempo más que suficiente de despedirte de los Fitz Hugh antes de que abandonaran la sala —señaló él.

Ella hizo rechinar los dientes, dado que era obvio que él pretendía ignorar el verdadero motivo de su queja.

—Aunque así hubiera sido, que no fue porque llegué tarde, me hubiera gustado despedirles cuando emprendieron la marcha. Pero me he encontrado con que era imposible. Que sigo sin poder salir de estas malditas dependencias a menos que tú o tu madre me acompañéis. ¿Por qué esos guardias me han echado...?

—¿Echado? —la interrumpió él con incredulidad.

—Me han empujado hacia dentro —corrigió ella.

—¿Empujado? ¿Te han puesto las manos encima?

Ella empezaba a impacientarse.

—No; estoy intentando contarte algo, Wulfric. No seas tan susceptible con mis palabras. ¡Han insistido tajantemente! ¿Te suena mejor así? Pero ése no es el tema. ¿Por qué estoy aún encerrada? Ya estamos casados. La amenaza ha desaparecido.

—No, la amenaza no habrá desaparecido hasta que yo esté seguro de ello —le dijo con acritud—.

Y mientras aún tengamos invitados en la casa, con todo su séquito de criados, habrá personas no identificadas en el castillo.

—¿Y qué ocurrirá cuando llegue otro invitado? ¿Te lo has planteado? ¿O es que voy a estar siempre encerrada como una niña?

—¿Por qué te empeñas en verlo de esa manera? Lo único que pretendo es protegerte…

—¡Pues tal vez ya no necesite protección! Tal vez soy lo bastante lista para darme cuenta de que ya no estoy amenazada.

La última frase constituía un claro agravio, y además deliberado, tan enfadada estaba. Y dio en el blanco. Los ojos azules de Wulfric oscurecieron y un músculo de su mejilla empezó a temblar espasmódicamente. El tono de su voz, además, adquirió un matiz de amenaza.

—A veces pienso que me provocas para que te pegue y puedas odiarme aún más. Me parece que ha llegado el momento de que recibas tu merecido.

A continuación, la cogió de la mano, la sacó de la sala, la hizo subir las escaleras y la llevó a su dormitorio. Después de que hubieron entrado los dos, cerró de un portazo. Ella no intentó detenerlo, atónita de que ése fuera el resultado de la discrepancia que acababan de tener. Luego pensó que hubiera debido imaginar que acabarían así, y le despreció por ello. No podía esperar otra cosa de un bruto como él, lo sabía, por eso no había querido casarse con él. Pero ¿iba a empezar tan pronto después de la boda?

Cuando se dio cuenta de que no recibía golpe alguno se obligó a mirarle. Estaban de pie en el centro de la habitación. Él seguía cogiéndola de una mano. La miraba, pero su expresión era ahora inescrutable. Ella estaba tan tensa que le daba la sensación de que iba a estallar en mil pedazos.

—¿A qué estás esperando? —le desafió. Pero no obtuvo respuesta—. ¿Vas a pegarme o no?

Wulfric guardó silencio y al final suspiró.

—No se trata de querer sino de poder, y yo no puedo.

—¿Por qué?

—Preferiría cortarme una mano a causarte el menor daño, Milisant.

Ella le observó, estupefacta, y luego rompió a llorar a causa de la emoción que le habían causado sus palabras. Nunca había oído nada tan… tan poco brutal en su vida. ¿Y viniendo de él?

—¿Hubieras sentido lo mismo cuando eras más joven? —le preguntó con voz temblorosa.

—¿Cómo puedes pensar que mis sentimientos eran tan distintos entonces? Yo nunca te he hecho daño, Milisant. En una ocasión incluso me llevé un buen castigo por *no* querer hacerte daño.

Ella frunció el entrecejo y se secó los ojos, avergonzada al darse cuenta de que había llorado, aunque tan sorprendida por su última afirmación que no pudo evitar preguntarle:

—¿Cuándo fue eso? Yo no recuerdo haberte visto más que una vez, cuando éramos niños.

Él esbozó una sonrisa apenada.

—Sí, y tendrás que admitir que ninguno de los dos olvidó ese incidente. Aunque sea demasiado tarde, quisiera disculparme por haber matado a tu halcón aquel día. No lo he sabido hasta hace muy poco, cuando me lo contó mi madre. No sabía que hubiera muerto. Ciertamente, no era mi intención. Lo único que pretendía era quitármelo de encima cuando tú le ordenaste que me atacara.

¿Se estaba disculpando por lo de la primera *Rhiska* pero no por haberla dejado casi lisiada durante el incidente? ¡Claro! Él no sabía nada de lo del pie roto. Nadie lo había sabido. Aunque él era el que la había empujado con tanta rudeza, el que lo había provocado. ¿Y consideraba que eso no era hacerle daño?

Fue incapaz de disimular el resentimiento que embargaba su tono cuando le corrigió una parte de lo dicho.

—Yo no ordené a *Rhiska* que te atacara.

—Claro que sí.

—No, yo hice un gesto para dejarla en la percha y poder llamar a un guarda para que te echara, dado que no te marchaste cuando te lo pedí. Ella te atacó porque notó mi enfado. Sólo estaba domesticada, aún no estaba adiestrada y no pude ordenarle que te dejara en paz. Yo me acerqué para quitártela de encima, pero tú fuiste más rápido y la lanzaste con tanta fuerza que la mataste.

—No sabía que la había matado, Milisant. De lo contrario hubiera intentado compensarte ahí mismo. Supongo que fue lo mucho que te apenó esa pérdida lo que te puso furiosa conmigo. ¿O fue la rabia que te dio saber que teníamos que casarnos? Además, ¿por qué te puso tan furiosa eso?

Esos recuerdos no eran nada agradables, pero su última pregunta abordaba el menos importante de ellos, así que accedió a responder.

—Esa misma semana, uno de los lugareños había matado a su mujer de una paliza. La gente reaccionó diciendo que probablemente se lo merecía, que no tenía mayor importancia, y que ahora tendría que preocuparse acerca de quién le haría la cena. Ella estaba muerta, pero él tenía que cocinar, pobre hombre.

—Los lugareños llevan una vida distinta a la nuestra —señaló él—. Sus prioridades acerca de lo que es importante no son las mismas que las tuyas o las mías.

—Puede, pero esas reacciones me violentaron tanto que juré ahí mismo que no me casaría jamás. Todavía no me habían hablado del compromiso, así que no sabía que esa decisión ya la habían tomado por mí. Y de pronto apareciste tú, diciéndome que ibas a ser mi marido.

—Pues sí, efectivamente eso explica por qué estabas tan enfadada al principio. No sabía que no te habían hablado del compromiso. Yo sí lo sabía y supuse que tú también.

—Mi padre estaba aún tan abatido por la muerte de mi madre que ni siquiera se le ocurrió hablarme de eso. Transcurrieron todavía un par de años antes de que me lo comentara, y unos dos años más antes de que yo supiera quién eras tú. Ese día no eras más que un extraño que se había inmiscuido en mi vida, un completo desconocido que me decía que se casaría conmigo, un extraño que mató a mi halcón y me causó aquel...

No terminó, no pudo. Estaba en un tris de llorar de nuevo, y odiaba esa sensación de pérdida de control sobre sus emociones, como antes.

—¿Que te causó qué?

La pregunta no fue muy oportuna. El recuerdo la estaba ahogando y no pudo contenerse.

—¡Aquel dolor! ¡Y durante tres meses el horror de pensar que me había quedado coja!

—¿Coja?

—Cuando me empujaste, no te quedaste a ver el resultado. Te marchaste sin más.

—¿Qué resultado?

—Al caer me disloqué un pie. Yo misma me puse el hueso en su sitio. No sé cómo lo hice, quizá por miedo a quedarme coja. No podía llorar, ni gritar ni emitir sonido alguno.

Él la abrazó estrechamente. Se había quedado lívido, y ella se dio cuenta.

—¡Oh, Dios! —susurró él con voz ronca—. No me extraña que me odiaras. Pero ese día no tuve elección, Milisant. Lo hice para *evitarte* un daño, ¡no para causártelo!

—¿Me estás diciendo que te sentías amenazado

por una niña? ¿Que no tenías otra elección? Puede que yo estuviera loca de dolor y no supiera lo que hacía, pero ya entonces eras muy grande, Wulfric, grande y robusto. ¿Cómo puedes decir que no te di más elección que empujarme?

—¿Quieres ver las marcas que tus dientes me dejaron en el muslo? Me mordiste con tanta fuerza que me dejaste una cicatriz, aunque entonces no lo sabía, porque me aturdiste con el golpe que me diste en la ingle. Tu halcón también me había herido la mano. ¿Quieres ver la cicatriz? Así que no pude utilizar esa mano para cogerte. Me pegaste un golpe que me dejó de rodillas. Además, me estabas dejando la cara perdida de arañazos. Sí, tuve que empujarte para librarme de ti. No tuve otra elección. Pero, en lugar de pegarte, que hubiera sido lo más rápido, intenté protegerte empujándote. ¡Dios mío, siento que mi gesto consiguiera justo el resultado contrario!

Ella no dijo nada. Estaba intentando juntar las piezas de lo que él le contaba, hacerse una composición de lugar desde la perspectiva de él para dejar los rencores atrás, como venía sucediéndole los últimos días. Finalmente comprendió, sin asomo de duda, que le estaba diciendo la verdad. No era su intención hacerle daño. Que hubiera caído de esa manera había sido cosa de mala suerte, un accidente terrible pero precisamente eso, accidental.

Él seguía abrazándola tan fuertemente que Milisant casi no podía respirar, y menos hablar. En ese instante él parecía más afectado que ella. Lo más curioso es que a ella le entraron ganas de tranquilizarlo. De eso ni hablar, claro, aunque...

—¿Todo eso te hice? —dijo ella al final.

—Sí, eso hiciste.

—Bien.

Él se quedó inmóvil. La apartó de sí, vio su expresión testaruda y luego... se echó a reír. A ella también se le escapó la risa.

Se sentía muy aliviada de haber podido quitarse ese peso que le oprimía el pecho. Mientras notaba que le desaparecía la congoja, comprendió que el recuerdo de ese día no volvería a causarle jamás enfado alguno, y de que tenía que agradecérselo a Wulfric. ¡Qué gran ironía!

50

Coge el arco.

Milisant se dio la vuelta hacia Wulfric para ver a quién se estaba dirigiendo. Evidentemente, no era a ella, aunque la estaba mirando, y le había oído bien, lo que encendió su suspicacia lo suficiente como para preguntar:

—¿Por qué? Su madera no quema muy bien, te lo prometo.

Él rió.

—Porque tengo ganas de ir de caza y había pensado que quizá te gustaría acompañarme.

Ella le miró boquiabierta. Habían terminado de almorzar y seguían sentados a pesar de que se habían marchado casi todos. Él había estado todo el día de muy buen humor. Bueno, en realidad no sólo ese día, sino desde la tarde antes, después de que aclararan los malos entendidos que había entre ellos. Apenas se habían separado desde entonces, y ella descubrió que eso no la molestaba en absoluto.

Todavía no había tenido tiempo de reflexionar detenidamente acerca de las conclusiones a que había llegado el día anterior y el hecho de que no tuviera más objeciones que hacerle a Wulfric la tenía tan desorientada que aún no sabía muy bien cómo iban a ser las cosas a partir de entonces. Por supuesto, aún había algunos detalles que no la complacían del todo, pero eran detalles menores, no valía la pena mencionarlos. Además, para variar disfrutaba de no estar enfadada por nada, disfrutaba de su compañía, de sus bromas, de cómo él…

Ésas eran las cosas que ocupaban su mente cuando le preguntó:

—Me estás gastando una broma, ¿verdad? ¿Sabes cazar con arco?

—¿Qué te hace pensar que no sé?

—Pues porque hace tantos años que cazar con halcones se considera el método de elite que la mayoría de los caballeros no sabría qué hacer con un arco.

Él rió.

—Pues te aseguro que yo no soy de ésos, Mili. Yo, igual que tú, prefiero utilizar mis propias habilidades y poseo unas cuantas que no requieren que blanda una espada.

—¿Incluido el tiro con arco?

—Sí. ¿A qué estamos esperando? ¡Ah, y ponte algo apropiado para salir de caza!

¿Le estaba diciendo que se pusiera los calzones? No daba crédito a sus oídos, aunque no iba a darle la oportunidad de desdecirse. Sacó las piernas de debajo del banco a tal velocidad que la falda se le enredó con las patas y casi se cayó de bruces. Wulfric se apresuró a sujetarla hasta que consiguió sacar la falda.

Él no rió, como ella podía haber esperado, pero oyó la risita de su padre y se le ocurrió que tal vez lord Nigel le hubiera sugerido a Wulfric que la llevara de caza. ¡Qué más daba de quién había sido la idea! Lo que la sorprendía era que él hubiera accedido.

Corrió hacia las escaleras, donde estaba Jhone, y casi la atropelló con sus prisas. La cogió de la mano y tiró de ella, impaciente, para hablar con ella.

—¿A qué viene tanta prisa? —exclamó Jhone cuando estuvieron en la habitación de Milisant. Y, cuando vio que se dirigía al baúl y empezaba a sacar la ropa atropelladamente, dijo—: ¿Has perdido el juicio definitivamente?

—Wulfric me va a llevar de caza.

Para Milisant, eso lo explicaba todo, pero Jhone insistió.

—¿Y qué?

—Pues que yo temía que no podría volver a cazar jamás; al menos que no podría cazar como a mí me gusta. Y ahora, sólo dos días después de la boda, me sale con que me lleva de caza. ¿No le ves un significado?

—Yo sí, claro —replicó Jhone con suficiencia—. La pregunta es si se lo ves tú.

Milisant se reía mientras se desembarazaba de la incómoda cotardía y la camisola.

—¿Sólo eso vas a decir? ¿Que ya me lo habías advertido? Eso de tener siempre razón se está convirtiendo en una mala costumbre en tu caso, Jhone. Y lo de regodearse en ello…

Jhone la cortó, airada.

—Yo no me regodeo. Además, ¿estás segura de que debes ponerte esa ropa?

Milisant había cogido sus calzones. Se detuvo para mirar fijamente a su hermana mientras le decía, riéndose:

—Sí, me lo ha pedido él.

Jhone puso los ojos en blanco, pero se acercó a Milisant para ayudarla a abrocharse las jarreteras y a encontrar una túnica.

Al cabo de un momento Jhone preguntó:

—¿Te ha dicho ya que te ama?

—Todavía no.

—Pues quizá lo haga hoy.

—¿Tú crees?

—¿Yo? —Jhone bufó, picajosa—. ¿Y qué sé yo, que tan pocas veces acierto en nada?

Milisant rió, abrazó a su hermana, cogió el arco y el carcaj con las flechas y salió corriendo por la puerta.

Jhone gritó a sus espaldas.

—¡Espera! Te has olvidado de la capa. ¡Todavía es invierno, por si no lo habías notado! —Luego se sonrió y como Milisant no regresaba, añadió—: ¡Qué más da! Dudo que él te deje coger frío.

Milisant hacía tiempo que no se sentía tan contenta y feliz. Sí, feliz. Se le notaba en la cara, no podía ocultarlo. Y el hombre que estaba junto a ella también tenía una eterna sonrisa dibujada en la cara, como si supiera que era el responsable de su alegría, como en efecto era.

Cuando él había ido a buscarla a Dunburh hacía un mes, Milisant creyó que la vida había terminado para ella. El futuro no le deparaba nada bueno a menos que pudiera evitar casarse con Wulfric de Thorpe. Ahora que se había casado con él y que había compartido su lecho, se encontraba de pronto con que no podía ponerle peros a nada. Más bien todo lo contrario. ¡Era feliz! Estaba encantada de estar con él. Daba la sensación de que él incluso estaba cambiando de hábitos para complacerla y, efectivamente, la complacía en más de un sentido.

¿Significaba eso que la amaba? Igual que Jhone, ahora ella también se sentía inclinada a pensarlo. Sólo le faltaba oírselo decir para estar segura de ello. ¿Y si él se lo decía? ¿Debía mentir y decirle que le correspondía por si eso podía hacerle feliz a él?

El amor de Wulfric, tal como Jhone había señalado, era un requisito que le reportaría las libertades que ella tanto anhelaba. Lo que había ocurrido ese día era una buena prueba de ello. Pero, en cuanto a lo que sentía ella... Era feliz, eso sí no podía negarlo. Además, él la complacía. ¿Le bastaría a él con eso? ¿O le pediría su amor a cambio? ¿Le importaría siquiera, siempre y cuando siguieran llevándose tan bien como ahora?

Ella avanzó antes que él por el bosque. Habían dejado los caballos a pie de camino. Temía que, dado el tamaño de Wulfric, hiciera ruido y asustara a la caza. Pero la sorprendió. Apenas oía sus pasos tras ella. Y de pronto, oyó el silbido de una flecha.

Se dio la vuelta y vio que él bajaba el arco. Miró en la dirección hacia la que él había disparado y vio una paloma en el suelo. Le sonrió alegremente y se preguntó si la habría cazado al vuelo. Luego fue con él a recogerla.

—¿Sabes desplumar aves? —le preguntó cuando, al aproximarse, vio que era un bello ejemplar de tamaño mediano—. No estaría nada mal asarlo ahora mismo.

—¿Yo? —dijo él contemplando el pájaro y echándose a reír, lo que era una respuesta más que explícita—. ¿Y tú? ¿Sabes desplumar?

—No lo he hecho nunca —admitió ella—. Siempre suelo llevar las piezas a casa para que las cocinen allí.

Él asintió y metió la presa en un saco que llevaba atado al cinturón.

—La próxima vez que salgamos de caza tendremos que traer a alguien de las cocinas, si es que quieres comértelo al momento. Desde luego, asarlo ahora mismo en una buena hoguera es una sugerencia muy tentadora.

«La próxima vez...» Ella se alegró tanto de saber que habría una próxima vez que le habría besado. Se quedó inmóvil, mirándole fijamente, y comprendió que nadie le impedía hacerlo. Así que le besó.

La reacción de Wulfric fue rápida y la cogió entre sus brazos, respondiendo ávido a su beso. El saco cayó al suelo y el arco también. Al cabo de un momento, sin embargo, se detuvo para mirarla con ternura y una mano igual de tierna posada en la mejilla de ella.

Milisant le devolvió una mirada asombrada y le dijo:

—¿Me quieres?

—¿Tanto has tardado en darte cuenta?

—Sí. —Se ruborizó ligeramente—. Es que he tenido la mente ocupada en otras cosas.

Él asintió, sonriendo.

—Pues esperemos que esas cosas dejen de preocuparte y a partir de ahora tu cabecita se ocupe de cosas como... éstas.

La besó de nuevo. Los contrastes eran notables, su fría nariz contra la suya, sus manos calientes sin embargo y sus labios de lo más ardiente, pese a que el resto de la piel que tenían descubierta estaba helada, aunque se estaba calentando rápidamente. Milisant pensó que si seguían besándose acabarían echando humo…

Oyó el golpe, un golpe seco, notó que Wulfric se tambaleaba apoyado en ella y que se caía. Se desplomó y la arrastró a ella, que quedó debajo de él. Luego, un profundo silencio. Se quedó inmóvil, sin aliento, y cuando lo recuperó, apenas podía respirar por la opresión de su peso sobre ella.

Él estaba muy quieto, demasiado quieto. Entonces ella notó el goteo de sangre caliente que salía de detrás de la cabeza de Wulfric y resbalaba por su cuello.

El grito se formó en su garganta en el preciso instante en que alguien le quitaba a Wulfric de encima. La incorporaron con brusquedad, antes de que pudiera emitir sonido alguno. Ella miró horrorizada a su marido, estaba ahí, sangrando, más pálido de lo que nunca le había visto. Y luego miró al hombre que la sujetaba por la muñeca y que en la otra mano blandía una rama del tamaño de un leño con la que le había atizado a Wulfric.

—¡Dios santo! ¿Os habéis vuelto loco? —gritó aterrorizada y casi sin resuello.

—No —dijo el hombre, que la miraba con una sonrisa que no presagiaba nada bueno—. Sólo soy un hombre afortunado. —Ella no le entendió, aunque ató cabos cuando finalmente él añadió—: ¡Venga, lady! Hace tiempo que ando buscándoos.

51

Milisant no supo adónde la llevaban. Las lágrimas la cegaban, y como le habían atado las manos a la espalda, no podía secarse los ojos. Cuando pudo ver de nuevo se encontraba en una cabaña con techo de paja.

La vivienda podía estar en el pueblo, cerca de él o aislada en el bosque; no lo sabía. Una pareja de ancianos vivía ahí. A la mujer le habían pegado una soberana paliza y yacía medio muerta en un rincón. Su marido estaba sentado junto a ella, en el suelo. No parecía que le hubieran hecho daño alguno, pero se le veía aterrorizado.

Escuchó algo al vuelo que le indicó que utilizaban al hombre para ahuyentar a las visitas indeseadas. Habían pegado a su mujer para que cooperara.

No era una cabaña muy grande, había un solo ambiente, y resultaba francamente pequeña para tanta gente. Además del hombre que la había llevado allí, había dos hombres más y aquella mujer de la que ella había creído que era una prostituta, aquella que Wulfric había desenmascarado.

La de ella fue la primera voz que Milisant oyó.

—¡Por fin! ¿Puedo volver ya a Londres? Tampoco he podido hacer gran cosa aquí, puesto que el lord sospechó de mí.

—No te valoras lo suficiente, Nel. Tienes otros talentos, aparte del dominio de los venenos —replicó el hombre que estaba detrás de Milisant.

—Sí, Ellery, pero tú no me has dejado que los utilizara —le respondió ella con resentimiento.

Él se burló:

—Pues a Alger y Cuthred parecen gustarles mucho más. Los has tenido muy contentos durante la espera.

—Así es —dijo uno de los hombres sentados a la mesa y que intentó sentarse a Nel en el regazo aunque ésta le rechazó con brusquedad.

—Aunque bueno, sí —continuó Ellery—. Ya puedes marcharte. Pero asegúrate de que no te vean.

—Como si tuviera ganas de que el lord se pegara de nuevo a mis faldas. Tenía una buena coartada, me trabajé concienzudamente todo este maldito pueblo para obtenerla pero, en cuanto el lord empezó a hacerme preguntas, descubrió todo el pastel. Tuve suerte de no pagar con mi pellejo por ello. Aquí son todos demasiado cautelosos.

—Pues no les ha servido de nada —dijo Ellery con suficiencia—. Porque han perdido a su tesoro y ahora la tenemos nosotros.

—La paciencia es una gran virtud —dijo uno de los hombres—. Dijiste que lo conseguiríamos y, como siempre, tenías razón.

—Y la vigilancia —añadió el otro hombre. Y luego, con una risa disimulada—: ¿Dónde la encontraste? ¿Cazando otra vez?

—Pues sí, cazando.

—No se me hubiera ocurrido que pudiera cometer otra vez la misma tontería.

—En honor a la verdad, hay que decir que en esta ocasión no estaba sola —explicó Ellery.

—¡Ah, conque no es tan tonta! ¡Sólo demasiado tonta para ti, ¿eh?! —bromeó alguien con una carcajada.

—Exacto —concedió Ellery—. A pesar de todo, esperé a que volviera a salir, como la última vez. Si se había escapado en una ocasión, podía volver a hacerlo, por eso insistí en mantener las puertas vigiladas. Cuando los encontré estaban a mitad de camino de mi posición habitual.

Nadie preguntó qué había ocurrido con su acompañante, aunque los otros dieron por sentado que Ellery se había ocupado de él, que era tanto como decir que le había mandado al otro barrio.

Las lágrimas asomaron de nuevo a los ojos de Milisant. ¿Le habría matado? Si al menos hubiera tenido tiempo de comprobarlo... Sin embargo, se temía lo peor. No había podido cerciorarse de si respiraba, pero estaba mortalmente pálido.

La atormentaba las pocas esperanzas que podía albergar de que Wulfric hubiera sobrevivido al malvado golpe que Ellery le había asestado, y darse cuenta demasiado tarde de que amaba a su marido... Él no se lo había preguntado, pero ¡oh, Dios!, le gustaría tanto habérselo dicho, le gustaría tanto que lo hubiera oído antes de... Las lágrimas no paraban y se deslizaban hasta la mordaza que se hundía en sus mejillas.

—Si gritas no dudaré en pegarte o en cortarte la lengua, si es necesario. Preferiría no tener que hacerlo, preferiría oír tu voz, aunque no muy alta. ¿Entendido? —le susurró Ellery al oído mientras le desataba la mordaza.

La cuerda con que le había atado las muñecas antes de echarla sobre el caballo se la quitó mientras hablaba con sus compinches. Habiendo tanta gente en una choza tan pequeña y con la puerta cerrada, debió de pensar que no era necesaria.

Ella no le respondió aunque esperó que eso le bastara como respuesta. Si en algún momento llegara a pensar que le sería útil gritar, lo haría a pesar de sus amenazas. Sin embargo, no tenía ningún sentido decírselo.

Se volvió para verle la cara. Todavía no había podido mirarle detenidamente ya que, horrorizada al ver a Wulfric tumbado en el suelo y manchado de sangre, no se había fijado en nada más y sólo se le había ocurrido gritar.

Comprobó que era un hombre alto y apuesto, aunque la sorpresa le duró muy poco. Después de todo, había criminales de todos los estilos.

Los otros dos hombres, rechonchos y barbudos, tenían aspecto de mercenarios a sueldo. No paraban de hacer bromas y reírse; tal vez ni siquiera pensaran en las consecuencias de lo que estaban haciendo. No obstante, el tal Ellery parecía de otra pasta, se le veía mucho más amenazador.

Milisant tuvo la sensación de que le daría igual aplastar una mosca que rebanarle la garganta a un bebé. Ninguna de las dos cosas le despertaría el menor escrúpulo que le impidiera hacerlo. Era un hombre capaz de matar, mutilar, violar y hacerle un palmo de narices a las leyes del reino, por la simple razón de que podía permitírselo. Eso le hacía más peligroso que la mayoría de los mercenarios, en concreto que sus dos compinches.

Cuthred y Alger la miraban con curiosidad desde sus asientos junto a la desvencijada mesa del centro de la habitación. El anciano que seguía en el rincón parecía temeroso de mirarla. Nel estaba metiendo sus roñosas pertenencias en un saco. Se marchaba, y a toda prisa. ¿Así que su misión había consistido en envenenarla? Wulfric tenía razón.

Sin embargo, Milisant no entendía por qué estaban todavía ahí, por qué seguían empeñados en matarla. (Estaba claro que querían matarla si habían mandado a Nel para que intentara envenenarla.) ¿Acaso había interpretado de un modo completamente erróneo las insinuaciones del rey Juan? ¿Si ésos no eran a los que el rey había disuadido, entonces, quiénes eran? ¿No sería que los hombres de Juan todavía no habían dado con ellos para decírselo? ¡Oh, Dios! ¿Y si Wulfric había muerto por nada, por la tardanza de un mensajero?

—Estáis equivocados —dijo con voz ronca y ahogada por la emoción.

—¿De verdad? —le preguntó Ellery con una sonrisa—. Pero si yo no me equivoco jamás.

—Pues en esta ocasión sí —insistió ella—. Sea lo que sea lo que os proponéis, ¿no os habéis enterado de que el rey ha dado por terminado este asunto? Ya no me desea ningún mal.

Ellery se limitó a encogerse de hombros.

—No trabajamos para el rey.

—Entonces... ¿para quién?

Se oyó otra voz, procedente de la puerta que se acababa de abrir.

—Trabajan para mí.

52

Tenía que ser un lord o un comerciante rico, o al menos eso sugería su vestimenta. Sortijas y cadenas de oro, medias de lana fina, una túnica de terciopelo espeso. Se mantenía erguido, arrogante, como si esperara que todo el mundo se inclinara en reverencia ante él. La mirada que le dirigió a Milisant estaba henchida de satisfacción. Pero Ellery aguó el aparente triunfo del hombre cuando le espetó:

—De Roghton, ¿cómo lográis encontrarnos siempre?

El lord frunció el entrecejo.

—¿Significa eso que os estáis ocultando de mí?

—Pues sí, eso mismo.

El rostro de De Roghton se tiñó de púrpura.

—¿Cómo esperáis que os pague si no os encuentro? —dijo torciendo el gesto.

—Yendo nosotros a vos —bufó Ellery—.

¿Cómo es que aparecéis justo cuando acabamos de encontrarla?

—Puede que, igual que tú has estado vigilándola, yo he estado vigilando tu éxito tardío.

Ellery se ruborizó ligeramente. El tono del lord era insultante, aunque Milisant no detectó lo ofensivo de esas palabras. Fuera cual fuese el ultraje, Ellery sí lo acusó. De pronto, a ella se le ocurrió...

—¿Había un plazo para mi captura? —preguntó—. Al menos podríais decirme en qué consiste todo esto.

El lord había decidido ignorarla. Iba a morir. No tenía sentido malgastar tiempo y explicaciones con ella.

Pero Ellery no era de la misma opinión.

—Sí, creo que merece saber por qué. A mí también me gustaría saber la respuesta, así que decídselo, lord Walter.

Milisant no conocía ningún noble que recibiese órdenes de un vulgar mercenario. Pero el lord había oído lo mismo que ella, la amenaza que titilaba en la voz de Ellery, una sutil intimidación.

De Roghton intentó hacerle caso omiso, e insistió en preguntar:

—¿Por qué sigue viva?

Ellery sacó la daga. Milisant palideció. Pero el arma no era para ella; al menos todavía no. Con calma y sangre fría, se limpió una uña con la punta de la hoja. Luego miró de nuevo a De Roghton, fijamente, sin apartar los ojos de él. Tras unos momentos de tensión, el lord accedió a responder a la pregunta de Milisant, mirándola con arrogancia.

—Deberías haber muerto antes de casaros. La unión de los Crispin y los De Thorpe no tendría que haberse consumado jamás.

—¿Porque el rey Juan estaba en contra? ¿Fue idea suya, entonces? ¿No sois más que su lacayo?

Sus palabras provocaron una sonora carcajada de Ellery, lo que, a su vez, hizo montar en cólera a Walter de Roghton. El odio que había entre esos dos hombres era palpable.

A pesar de su ira, Walter de Roghton contestó:

—No; fue idea mía, pero Juan me dio su aprobación tácita. Cuando tú hubieras muerto, el rey habría recomendado a mi hija para que la casara con Wulfric.

—Pero ya nos hemos casado —señaló ella—. Se os ha hecho tarde.

—No, no está todo perdido, aunque las cosas no sean tan ideales como antes. El joven De Thorpe seguirá necesitando otra esposa cuando hayáis muerto. Puede que Juan sea aún lo bastante benévolo como para recomendarla, dado que la solidez de la alianza no será la misma con vos muerta.

Milisant sacudió la cabeza, incrédula ante ese razonamiento. Además, Juan había cambiado de opinión.

Quiso llamarle la atención al respecto, y le dijo:

—Estáis engañado. Juan os ha retirado su apoyo, ha confirmado la lealtad del conde y de mi padre, y por consiguiente aprueba mi boda. Ha mandado a uno de sus hombres a buscar a los que pretendían hacerme daño para decirles que desistan. ¿Sois vos a quien busca ese hombre y todavía no os ha encontrado?

—Mentís —le espetó Walter, aunque ella vio la duda en sus ojos y decidió insistir.

—¿Miento? ¿Y cuál será la reacción de Juan cuando descubra que le habéis desobedecido directamente? ¿Acaso creéis que viviréis mucho más que yo? ¿Y para qué? ¿Tengo que morir para que vuestra hija pueda casarse con Wulfric? ¿Tan difícil es encontrarle marido que tenéis que matar para conseguirlo?

El insulto llegó al alma de Walter.

—Es mucho más que eso, zorra. Anne tenía que ser mía. Pasé meses cortejándola. Sus riquezas deberían haber sido mías. Pero prefirieron a De Thorpe.

—¡Ah, ya lo entiendo! Fue otro de tus intentos de hacerte con esas riquezas porque al parecer careces de méritos propios para conseguir una fortuna.

Era un insulto insoportable para él. Dio un paso al frente y la abofeteó. Ella lo había esperado, lo había provocado. ¿Qué más le daba, ahora que Wulfric había muerto? Además, tenía gracia. El arrogante lord ni siquiera sabía que el hombre al que había contratado para matarla también había matado al que él esperaba que fuera su futuro yerno.

Iba a decírselo, se lo iba a soltar a la cara, que todas esas locuras que había urdido se habían ido al traste gracias al balanceo de un leño. Pensaba decírselo en cuanto sus convulsas emociones se asentasen, porque no soportaba la mera idea de que Wulfric estuviera muerto.

Sin embargo, no tuvo oportunidad de decírselo. Por alguna razón, Ellery se tomó como una ofensa que el lord le hubiera pegado. Se dio la vuelta bruscamente, le dio un revés y le hundió la daga en el vientre. Milisant no se había equivocado: ninguna emoción cruzó su rostro mientras mataba a uno de los nobles del reino.

Sus compinches se mostraron menos indiferentes, más bien todo lo contrario. Se pusieron en pie de un salto, uno incrédulo, el otro horrorizado.

—¿Te has vuelto loco? —le preguntaron casi al unísono.

—Nada de eso —respondió él con sangre fría mientras se inclinaba para limpiar la daga con la camisa del muerto y volvía a deslizarla en su bota.

—¡Has matado a nuestro patrón!

—¡No era más que un lord cabrón!

—¿Quién nos pagará ahora?

—Sí, al menos podías haber esperado a que nos pagara.

—Ellery, ¿un lord? —exclamó Nel—. ¡Van a remover cielo y tierra buscándote por esto!

Él miró a Nel y soltó una risita.

—¡Bah! ¿Quién va a saber lo que ha pasado con este bastardo arrogante? Nadie se irá de la lengua.

Ésa fue una observación tan directa que a Milisant empezaron a sudarle las manos. Eso significaba que pensaban matar a los ancianos. Y a ella también. Sus compinches eran los únicos que no se iban a ir de la lengua, Ellery parecía muy seguro de eso, y tenía sus motivos. Estaban todos tan asustados como Milisant.

—¿Qué va a pasar ahora con nuestro dinero? —insistió uno de los hombres—. Hace más de un mes que estamos trabajando en esto. ¿Cobraremos o no?

Ellery le respondió con una exclamación.

—Basta ya de quejas, Cuthred. Os pagaré yo. En realidad, ya no os necesito, así que podéis volver a Londres. Llevaos a Nel y al cadáver. Arrojadlo por el camino.

Eso pareció aliviar a los dos hombres. Nel estaba ya saliendo por la puerta. Uno de los hombres cogió a Roghton por los pies y empezó a arrastrarlo. El otro miró a Milisant antes de preguntarle a Ellery:

—¿Puedo pegarle sólo una vez por el daño que me hizo?

—No, no quiero sangre aquí, a menos que sea yo quien la derrame. Marchaos. Yo terminaré el trabajo aquí y me reuniré con vosotros en Londres. La chica pagará por la herida que te hizo, descuida.

El hombre pareció satisfecho con eso y en cuanto la puerta se cerró tras ellos Ellery se volvió hacia Milisant. El anciano estaba acurrucado junto a su esposa, y había ocultado el rostro en su regazo, tembloroso. Era evidente que pensaba que los siguientes iban a ser ellos. Pero Ellery le consideró demasiado insignificante, porque ni siquiera le miró. Fijó los ojos en Milisant.

Milisant notó que se le helaba la sangre, que se le cortaba la respiración. Si hubiera podido confiar en hacerle entrar en razón no le habría parecido todo tan terrible. Pero nadie podía razonar con un hombre sin escrúpulos, un hombre que mataba a sueldo, que lo hacía sin emoción alguna, y no había el menor asomo de emoción en esos ojos azules que la miraban sin pestañear… No había esperanza alguna.

53

El silencio que siguió fue exasperante. Ellery seguía de pie junto a la puerta, mirándola. Milisant sabía que en cuanto se moviera, ella iba a gritar. Y si no se movía, también iba a gritar. Estaba tan tensa que iba a gritar de un modo u otro.

—Llevo mucho tiempo esperando este momento.

La satisfacción de su voz era tan densa que se podía cortar. Casi era un alivio que finalmente decidiera acabar con ella. Casi.

—¿Tanto te gusta matar? —le preguntó Milisant.

—¿Matar? —Pareció sorprendido—. No; hubiera podido matarte muchas veces. He preferido mantenerte con vida.

—¿Por qué?

—¿Por qué si no, milady? Porque quiero probaros antes. Es la única razón por la que todavía estáis viva, a pesar de las muchas oportunidades que he tenido para mataros.

Milisant notó que empezaba a marearse. Eso significaba que sí pretendía matarla, pero después de violarla. Pero al motivo por el que quería matarla acababan de sacarlo a rastras de la cabaña. ¿Era posible que él no lo hubiera pensado todavía?

—Yo misma hubiera matado a ese bastardo iluso, te agradezco que lo hayas hecho tú y, por lo tanto, no pienso contarle a nadie cuál ha sido su final. Pero ¿por qué insistes en que muera yo?

—Tendré que pensar en eso. Me enorgullezco de terminar siempre los trabajos que empiezo, y a mí me contrataron para matarte. Claro que, como ahora Roghton no podrá pagarme... Sí, supongo que tendré que pensarlo. Pero hay tiempo para eso. Hace demasiado tiempo que pienso en ti y en poseerte. Me da la sensación de que no me bastará con probarte una sola vez.

Eso podría haberle abierto una rendija a la esperanza, pero la mera idea de que él la tocara era tan terrible como la muerte. Hubiera preferido que la matara sin más, en aquel preciso instante. Él era un hombre apuesto, pero después de haber estado con Wulfric y experimentar su ternura, no podría soportar que nadie la tocara. Y mucho menos ese asesino sin entrañas.

Él avanzó un paso hacia ella. Milisant no gritó. Había conseguido que le hablara y pretendía que siguiera haciéndolo. No era sólo para demorar lo inevitable, sino para descubrir la clave que pudiera hacerle cambiar de parecer. No sabía qué podía ser, una palabra, una frase, no tenía ni la menor idea, pero tenía que intentarlo.

—Uno de tus hombres ha dicho que yo le había hecho daño. ¿Cómo?

Él se frotó el hombro y rió. Cuando se reía era difícil ver al asesino que había en él.

—Nos heriste a todos con tus flechas. ¿Cómo es posible que no te acuerdes?

—¡Ah, eso!

Él soltó una risita.

—No sé si eres muy mala o muy buena con el arco. Me siento inclinado a decir que lo último. Lo que me pregunto es por qué te limitaste a herirnos en lugar de matarnos directamente. Fue una tontería por tu parte.

Sí, una tontería mayor de la que ella podía imaginar.

—Pensé que podíais ser una patrulla de Shefford.

—Pues me alegro de eso, porque no esperábamos que nos atacaras. No estábamos preparados. Algunas heridas son merecidas.

—¿Y también quieres castigarme por eso? —dijo Milisant con resentimiento.

—No, las heridas sanan pero los cadáveres no. Doy gracias al cielo por tu tontería.

¿Ése era el hilo del que ella podía tirar? Rogó por que así fuera, y le dijo:

—Si estás agradecido, devuélveme el favor. Suéltame.

Ella se rió en su cara, y aplastó así cualquier brizna de esperanza.

—Ya te he devuelto el favor. Estás viva, ¿no?

Con toda la amargura de su corazón, Milisant le respondió:

—Preferiría no estarlo. ¡Has matado a mi marido! No tengo motivos para vivir, así que haz lo que tengas que hacer.

Él había llegado hasta ella. Le pasó un dedo por su fría mejilla. Sonrió de nuevo.

—Lo que yo quiero es sentir la calidez de tu piel, lady. Quítate la ropa para mí.

Ella le pegó un manotazo.

—No esperes que colabore...

Él se encogió de hombros y sacó la daga de su bota.

—Como quieras —dijo—. No me importa cómo te posea, pero te poseeré.

Debería haberse apartado de él mientras pudo. Ahora él estaba demasiado cerca, y era demasiado rápido. Al instante, la hoja de su daga estaba apuntando a su cuello y sus labios estaban pegados a los suyos y ahogaban su grito. El puñal no pretendía herirla sino rajar su túnica. La tela se abrió fácilmente bajo la afilada hoja. El sonido de la ropa al rasgarse le pareció el toque de difuntos. Apenas oyó un rasgueo persistente.

Él la soltó y miró hacia la puerta. Entonces ella

también lo oyó, como si un animal rascara la madera con las garras.

La puerta se abrió de pronto, con tal fuerza que pareció que la cabaña se viniera abajo cuando golpeó la pared. El lobo entró de sopetón antes que el hombre que se quedó en el quicio de la puerta, contemplándolos. El animal olió a miedo en la habitación, reaccionó y se arrojó contra su presa con las fauces abiertas, gruñendo.

—¡Llámale, Mili! —gritó Wulfric desde la puerta—. Le quiero para mí.

—¡*Gruñidos!*

El lobo se acercó a él, profiriendo un gañido impaciente. Una vez despertado su instinto mortífero, renunciar a él en el acto era como ir contra su naturaleza. El hombre sintió el espoleo del mismo instinto, y no pensaba renunciar a él.

Wulfric sólo había cogido su espada y a *Gruñidos* para salir en busca de Milisant, pero nada más. Ni siquiera se había detenido para vendarse la cabeza. Un hilo de sangre le bajaba por el cuello, mezclándose con los coágulos y con la sangre que impregnaba su túnica. ¡Dios santo! En su vida había estado tan contenta de ver a nadie. ¡Wulfric estaba vivo!

A Ellery no le hizo muy feliz esa interrupción, aunque se le veía tan seguro de sí mismo que debió de considerarla sólo un contratiempo. Blandió la daga, pero no pareció sorprendido cuando Wulfric la esquivó. A continuación, empuñó la espada. Wulfric ya empuñaba la suya.

—Nos vemos de nuevo, milord —dijo Ellery con la misma familiaridad que si estuvieran compartiendo una cerveza en una hostería.

—Sí, pero será por última vez.

Ellery soltó una carcajada.

—Coincido con vos. Además, voy a sacar partido de que luchemos en un recinto cerrado, ya que vos estáis acostumbrado a los campos de batalla.

—Como quieras —replicó Wulfric—, aunque te aseguro que la única ventaja con que contarás será el tiempo que tarde en matarte.

Y mientras se lo decía, arremetió contra él y sus armas chocaron. El sonido le provocó una mueca de dolor a Wulfric. Milisant se dio cuenta de que debía dolerle la herida de la cabeza, quizá mucho, y eso sí era una ventaja para Ellery. Eso, y que él llevaba la coraza de piel de los mercenarios.

Por lo demás, eran casi igual de altos y de fuertes, y el enfrentamiento prometía ser reñido, o al menos eso creía Milisant. Sin embargo, olvidaba el día en que vio a Wulfric practicando en el puente con su hermano. Aquel día pensó que su capacidad para el combate era con mucho superior a la de los demás. Lo estaba demostrando justo entonces, y ella comprendió al instante que Ellery también se había dado cuenta.

Parecía que, al fin y al cabo, también él era sensible a algunas emociones. Al miedo sin duda, como el que ella había sentido, como el que debió de sentir Wulfric cuando recuperó el conocimiento en el bosque y descubrió que ella había desaparecido. Ahora, Wulfric rechazaba cada estocada y cada uno de los embates de su enemigo, que no podía hacer lo mismo y empezó a sangrar por aquí, por allá y por muchos sitios, y sus heridas lo debilitaban. De pronto, Ellery bajó la guardia y vio que la espada de Wulfric se aproximaba a él, y supo que en esa ocasión no iba a detenerse...

54

La cabaña no estaba muy lejos del pueblo. La habían construido dentro del bosque por cautela, porque el anciano roncaba tan alto que molestaba a los vecinos, pero se encontraba lo bastante cerca como para que se viera desde el pueblo. Con los años, la maleza la había ido rodeando y había servido muy bien al siniestro propósito de Ellery.

Wulfric llevó a la anciana a casa de su hija, al pueblo, para que ésta la atendiera. En el camino de vuelta al castillo se demoraron bastante, porque a Wulfric le dolía la cabeza al cabalgar, y tuvieron que recorrerlo a pie, cogidos de la mano. Y se detenían frecuentemente para abrazarse; Milisant parecía necesitarlo más que él.

Todavía no daba crédito a que Wulfric estuviera vivo y tampoco, en realidad, a que lo estuviera ella, a que pudiera compartir esa alegría con él una y otra vez. Él no parecía tener ningún inconveniente.

No obstante, al llegar al castillo ella se apresuró a dispensarle los cuidados que necesitaba. Llamó a Jhone y pidió sus agujas, agua y vendas. Apostó a uno de los guardias del castillo en lo alto de la escalera para asegurarse de que el sanador del castillo no se acercara a su habitación. La impacientaba que no pudiera hacer más por Wulfric, pero le quitó cuidadosamente la túnica, le sentó en un escabel junto al fuego y le ofreció vino. Cuando Jhone llegó ya casi le había limpiado la herida.

Todo el mundo acudió a su dormitorio mientras curaban a Wulfric. Llegaron sus padres, que quisieron mimarle. Llegaron su hermano y media docena de hombres más, que no pararon de entrar y salir asegurándose de que todo estuviera correcto. Anne no se quedó mucho rato, pues la horrorizaba la visión de la sangre. Guy se mantuvo cerca del herido mientras éste le contaba lo ocurrido. Y Milisant se retorcía las manos pensando en cómo debía de dolerle cada vez que Jhone hundía la aguja. La reprendía constantemente para que fuera cuidadosa e insistía en preguntarle cómo se encontraba.

Armaba tal alboroto con su angustia que al final Jhone dejó lo que estaba haciendo, señaló la puerta con un dedo y le dijo a su hermana:

—¡Sal inmediatamente de aquí!

Milisant se marchó, pero volvió al instante y con ella su nerviosismo. Cada uno de los gestos de dolor de Wulfric la volvía loca. Finalmente se arrodilló junto a él, apoyó su cabeza contra su pecho y le envolvió con sus brazos. No se le ocurrió otra forma de reconfortarlo.

Nigel los encontró así cuando entró en la habitación, con la mejilla de Wulfric reposando sobre la cabeza de Milisant. Lord Crispin levantó una ceja interrogante y Jhone le miró y puso los ojos en blanco. Milisant no le había oído acercarse y no sabía que su padre estaba ahí de pie, mirando a Jhone mientras ésta le cosía la herida a su marido.

Hasta que Nigel dijo con seriedad:

—Probablemente yo podría coserle una línea de puntos más recta, si supiera cómo utilizar una aguja en toda esta sangre y ese desgarro.

Jhone se quedó boquiabierta. Miró atónita a su padre. No había creído lo que Milisant le dijera de las habilidades de su padre para la costura aunque…

Sin embargo, Milisant, ante la descripción que su padre estaba haciendo, gimoteó:

—Creo que me estoy mareando.

—Yo también —añadió Wulfric.

Lo que hizo saltar a Milisant, enfurecida.

—¿Lo ves? ¿Ves lo que le estás haciendo?

—Hacer que se olvide del dolor, para que te enteres —dijo Nigel, y soltó una risita, moviéndose para dejarle paso a Guy.

Los dos padres se sonrieron entre sí ante la visión de sus hijos. Se dijeron unas cuantas cosas, pero nadie oyó más que «lo sabía», «testaruda» y «era cosa de tiempo».

Finalmente, Jhone terminó y le aplicó un vendaje. Wulfric se vistió de nuevo y se negó a acostarse sólo porque le hubieran dado algunos puntos. Accedió a sentarse en la cama, eso sí, aunque sólo si Milisant le hacía compañía. Ella echó a todo el mundo, atrancó la puerta y se sentó junto a él, incluso se acurrucó contra él, pasándole un brazo por la cintura y reposando la cabeza en su hombro.

Milisant no quería hablar más de lo ocurrido, aunque él todavía no lo sabía todo. Wulfric se lo había contado a su padre, pero sólo su versión, que no incluía el episodio de Walter de Roghton porque le habían sacado a rastras antes de que llegara Wulfric.

Tiempo habría para contarle todo lo demás en cuanto se sintiera algo mejor. No le cabía duda de que estaría de acuerdo con ella en que no había necesidad de contarle a su madre que un antiguo pretendiente celoso casi había destrozado sus vidas por culpa de su desmedida ambición.

—¿Te he dicho ya que te quiero? —le preguntó tras un largo y reconfortante silencio.

Por fin se había desahogado y se sentía en paz consigo misma, apoyada contra él. La habitación era cálida, tranquila y había pensado vagamente en pedir que les trajeran la cena para cenar con él en la cama. Puede que él no considerara que necesitaba guardar cama, pero ella no era de la misma opinión. Además, estaba segura de que la mitad de las cosas en que disentían pertenecían ya al pasado, y de que a partir de entonces sólo discutirían por cosas relacionadas con la salud.

—Sí, creo que me lo has dicho unas cien veces

durante el camino de vuelta a Shefford. Sí, unas cien veces.

Su broma la hizo reír.

—Tendrás que perdonarme. Este sentimiento es muy nuevo para mí.

—Sí, también para mí, pero podemos explorar juntos sus vicisitudes.

Ella le besó suavemente en el pecho, se aproximó más a él y, de pronto, dijo:

—Quiero tener un bebé.

Él profirió una carcajada, pero tuvo que sofocarla porque le dolía.

—¿Puedo confiar en que esperes el tiempo requerido para que eso ocurra de una manera natural? —le preguntó al cabo de un momento.

—Si tengo que hacerlo… —suspiró ella.

Él bajó la mirada para verla más de cerca.

—¿No bromeas? ¿De verdad quieres un niño?

—Si se parece a ti, sí.

—Supongo que si no se parece a mí tampoco podremos devolverlo, aunque yo preferiría que se pareciera a ti.

Ella hizo una mueca de resignación y luego sonrió.

—Siempre podemos tener uno como cada uno.

Él la miró, puso los ojos en blanco y soltó una risita.

—¡Dios mío! No había pensado en eso, pero no sería tan raro que tuviéramos mellizos. —Y añadió suavemente—: Has aportado más cosas a este matrimonio de las que yo negocié.

—Los mellizos son una sorpresa —observó ella—. Pero no un negocio.

—Me refería al amor.

—¡Ah!

Milisant se ruborizó, regocijándose internamente. Le abrazó con más fuerza, llena de felicidad.

—Podríamos empezar ahora mismo —dijo él pasado un rato.

—¿Empezar con qué?

—A hacer ese niño.

Ella se incorporó, le sonrió pero meneó la cabeza.

—¡Ah, no, primero tienes que curarte! Ni se te ocurra hacer nada fatigoso hasta que te hayan quitado los puntos.

—A mí no me parece nada fatigoso hacer niños.

A ella casi se le escapó la risa. Se apoyó de nuevo en él.

—Tal vez cuando te pase el dolor —concedió.

—¿Qué dolor? —repuso él solemnemente.

Esa vez ella no pudo evitar reírse. Le besó despacito, suavemente, y con muchísimo sentimiento. Y luego se marchó a toda prisa antes de que aquello se convirtiera en una de aquellas ocasiones en que disentían. Milisant se había propuesto velar por su salud. Aunque tal vez luego, por la noche, Wulfric se sintiera algo mejor...

Título de la edición original: *Joining*
Traducción del inglés: Núria Pujol,
cedida por Plaza & Janés Editores, S. A.
Diseño: Serifa
Ilustración: Siqui Sánchez

Círculo de Lectores, S. A. (Sociedad Unipersonal)
Travessera de Gràcia, 47-49, 08021 Barcelona
www.circulo.es
1 3 5 7 9 10 10 8 6 4 2

Licencia editorial para Círculo de Lectores
por cortesía de Plaza & Janés Editores, S. A.

Depósito legal: Na. 1954-2001
Fotocomposición: Víctor Igual, S. L., Barcelona
Impresión y encuadernación: RODESA (Rotativas de Estella, S. A.)
Navarra, 2001. Impreso en España
ISBN 84-226-9015-2
N.º 34116 B